서점 탐정 유동인 2
리턴즈

김재희
장편소설

MONGSIL BOOKS

차 례

가을,

유명작가 실종사건

오늘도 손님이 바글바글 있는 미림문고. 왠지 모르게 직원들 얼굴에는 웃음과 평화로움이 걸려 있다.

강동경찰서 여성청소년과에 근무하는 아람은 작년 겨울 한 사건을 수사하면서 동인과 사귀는 건가 싶은 생각이 모호하게 들 정도로 그와의 거리를 좁혔다.

아람은 지난날을 돌이켜보았다.

서점에 근무하면서 엄청나게 많은 책, 특히 추리소설을 수천 권 독파한 동인은 그간 아람과 함께 종갓집 종부 실종사건과 교통사고로 위장한 살인사건, 북토크 음독사건, 물품을 이용한 사기 사건 등을 해결했다.*

동인은 특유의 추리 지식과 행동력으로 아람의 수사에 지

* 《서점 탐정 유동인-더 비기닝》 참조

대한 도움을 주었고, 아람은 차츰 그를 서점 탐정으로 인정했다.

그리고 하나 더, 둘 사이에 달라진 점이 있었다.

지난해 연말 아람은 동인에게 제대로 고백했고, 동인은 책보다 너의 냄새가 좋아질 때까지 기다려 달라고 했다.

그 말인즉슨, 아직은 아니라는 이야기였다. 이후로도 둘은 쭉 만났지만, 데이트다운 데이트는 없었다. 아람이 사건을 자문하면 동인이 그걸 조사해 주고, 둘은 사건 이야기하느라 그렇게 시간이 갔다.

해가 바뀌고 2월 밸런타인데이에 아람은 예의상 동인에게 초콜릿을 선물했다. 사실 직접 만들려고 해봤지만, 워낙 똥손이라 실패만 거듭하다가 그냥 유명하다는 외국산 초콜릿을 사서 주었다. 그런데 그것마저 동인이가 먹어보더니 맛이 그 맛이 아니라 해서 브랜드를 자세히 보니 이게 웬일!

이탈리아제가 아니라 제대로 국내산이었다. 이름이 'F'로 시작하는 게 너무도 흡사하고 디자인이 비슷해 다른 걸 집어온 거였다. 일부러 신경 써서 골랐건만.

'흠, 요즘은 만나면 당일에 손잡고, 3번째 키스 그리고 10번째 데이트는 음 그런다던데….'

돌이켜보니 둘은 너무도 많이 만나서 그날 처음 본 이성이 가장 끌린다는 법칙에 제대로 위반이었다.

'하는 수 없지, 뭐. 에휴. 다시 친구로라도 만나야지.'

그렇게 시간을 보내고 자기 혼자 마음을 정리하고는 아무렇지도 않게 동인과 만났다. 그래도 선톡이 오느냐 안 오느냐는 연락 문제의 불균형으로 연인들이 많이 고민한다는데, 아람은 아무렇지도 않게 전화하고 선톡도 하고 그렇게 보면 꽤 괜찮은 친구 사이였다.

그렇게 시간은 흐르고 흘러 이제는 어느덧 가을, 아무리 연인인지 친구인지 모호한 사이라 해도 가을과 겨울은 커플이 아닌 사람에게 너무 시렸다.

아람은 동인을 잊기로 마음먹었다. 그래서 요즘 미림문고를 더 자주 왔다. 혹시라도 동인을 자주 보면, 식상해서 안 좋아하게 될까 봐.

그렇게 아람은 미림문고에 와 있었다.

서가 구석 거울처럼 반사되는 벽에 자기 모습을 비추어 보았다. 평소에 입는 검은색 슬랙스 정장이 너무나 형사 같은, 보디가드 같은 딱딱한 느낌을 주어 동인과 거리가 멀어지나 하는 생각에 오늘은 베이지색 블라우스에 검은색 진을 입었지만 역시나 활달하고 엄청 건강한 여자 형사 느낌은 살아 있었다. 포니테일 머리도 풀고 다니려 했지만, 치렁치렁한 게 귀찮아 역시 질끈 묶어버렸다.

형사로 경찰서에서 피의자가 조사에 협조를 잘 하지 않으면 얼굴을 무섭게 일그러뜨리며, '협조 잘해주십시오, 선생님.'이라고 말할 때의 얼굴은 역시 엄청난 포스와 파워가 느껴진다. 하지만 이런 장점이 연애에 있어서는 단점이 되는 것도 같았다.

아, 나도 좀 여리여리한 청순파였으면 좋겠지만 이 혈기방장한 에너지는 어디로 가지도 않는다. 의리! 의리! 하고 외칠 것만 같은 기세다. 성형 시술이라도 받아야 하나 싶지만, 또 그렇게까지 해야 하나 하는 마음이었다.

혼자서 서점을 슬금슬금 돌아다니는데 저만치 점장님과 같이 서점으로 들어오는 동인이 보였다.

아람은 몸을 슬쩍 숨기고 잠복근무하듯 눈을 동그랗게 뜨고는 동인을 지켜보았다.

그들은 외근을 다녀왔는지 주차장 전용 엘리베이터에서 내렸다. 점장님의 뒤를 따라오는 동인은 메모지를 주머니에서 빼 들고 점장님의 지시사항을 받아 적었다. 며칠 만에 본 동인은 역시 멋졌다. 하얀 셔츠의 소매는 두 단을 곱게 접어서 팔을 드러냈고, 카키색 일자 팬츠를 입었다. 하얗고 말간 얼굴에 이마의 반을 드러낸 따옴표 머리에 큰 키는 정말 아람을 심쿵하게 했다.

아람은 오른손으로 머리를 쳤다.

"정신 차려, 강아람. 너랑 쟤는 남사친 여사친도 아닌 그냥 친구야, 친구. 아무런 이성적 감정이나 호감을 느껴선 안 돼."

자책하는 아람의 눈에 점장님이 들어왔다.

비혼인 40대 후반의 점장님은 큰 키에 호리호리한 체구로 등허리는 꼿꼿하고 어깨는 반듯했다. 평소에 늘 조용하신 편으로 배우 정우성처럼 무척 고상한 분위기의 소유자였다.

온화한 미소를 머금고, 시선을 살짝 내려 주변을 보며 여유 있게 인사하는 모습이 무척 멋졌다. 귀 위로 살짝 새치가 보이는 것도 묘하게 지적인 분위기를 만들었다.

아람은 점장을 뒤따르는 동인을 보았다. 그는 매의 눈으로 매장과 진열 평대를 관찰하면서 다녔다. 머리를 손으로 빗어 내리다 긁적이고, 성큼성큼 걸어 다니면서 책들을 체크했다.

아람은 씩 웃었다. 아까 평화롭던 직원들의 표정은 역시 수장이 자리를 비웠기 때문이었다. 아람 자신도 사무실에 과장님이나 계장님이 자리를 비우면 얼굴에 웃음이 자동으로 걸렸다.

아, 그런데 역시 온갖 환한 조명에 화려한 예술적 책 표지들 사이에서 동인이는 너무도 빛난다.

확실히 밖에서 보면 그래도 좀 덜 멋지다고 느껴지는데 서점 홀에서는 역시다. 엄마를 돌이켜 봐도 집에서 그냥 있을 때 보면 뚱뚱하고 그냥 다른 엄마들처럼 평범한데, 페이스북이나 인스타에서 작가로 북토크를 하는 사진들은 멋져 보인다.

역시 사람은 자신의 자리에서 일할 때 빛난다. 그래서 매번 서점에서 동인이를 보니 계속 반하는 것이다.

아람이 망상에 빠져 홀로 멍하니 있는데, 동인이가 어느 틈에 등을 '탁' 쳤다.

"하이, 강아람 형사님."

"어, 유동인 탐정. 점장님과 어디 다녀와?"

"근처 로데오거리에서 코로나 거리두기 지침이 완화돼 오랜만에 거리 축제가 열렸잖아. 거기에 우리 서점이 부스도 참여해서 출판사 직원들도 나와서 같이 책 판매 중이야. 책 배달해주고 왔지."

"그렇구나. 이따 가봐야겠네."

"이따가 저녁에 와봐. 내가 가판대 마감해야 해. 가을은 책 판매가 비수기라 열심히 해야 한단다."

"알았어. 시간 나면 도와줄게. 근데 원래 가을은 독서의 계절 아냐?"

"흠. 통설에 의하면 여름이나 겨울, 봄에 비해 도서 판매율이 줄어들어서 그렇게 이름을 붙였다는 호랑이 담배 피던 시절의 전설 같은 이야기를 선배 마케터들한테 들었지."

"글쿠나. 가을이 비수기라니, 새롭다. 근데 아까 톡으로 용건이 있다는 거는 뭐냐? 동인 탐정님아."

"진짜 사건 의뢰 때문에 너한테 뭐 물어보려고."

"왜? 무슨 일인데?"

동인은 아람과 같이 홀에서 사무실로 들어가 탕비실에서 커피 한 잔을 대접했다.

"나중에 말해줄게. 도서전 가판대 위치 좌표 줄 테니까 퇴근하고 거기서 보자."

퇴근 후 아람은 거리 도서전 가판대에 도착해서 동인이 책을 판매하는 걸 돕고 마감을 한 후 가판대 정리를 도왔다. 행사 마지막 날이라 둘은 직원들과 함께 책과 집기들을 차량에 실어 서점 창고에 가져다 두고 나왔다.

그들은 '귀염 귀염' 타코 가게에서 시그니처 메뉴인 나초를 아작아작 먹으면서 수다를 떨었다.

"요즘은 우리 서점도 인터넷 서점과 중고 서점이랑 경쟁이야. 코로나 시대 이후 더 치열해졌어. 솔직히 작가나 출판사 입장에서는 중고 서점에서 나오는 이윤이 거의 안 돌아가니 좀 서운한 것도 있고."

아람은 고개를 저었다.

"꼭 그렇지만은 않아. 나는 너희 서점에서 신간 사서 읽고 집이 작아 쟁여둘 데 없으니까, 올구스 서점에 팔거든."

올디스 벗 구디스 중고 서점은 줄여서 올구스 서점이라고 많이들 불렀다.

"근데 팔 때 가격이 그 작가의 주식시세 같이 재미나더라. 인기 작가 책은 중고도 비싸게 쳐주더라고. 내 친구 중에 에세이 낸 애가 있는데 그 친구 책은 아직 신인이니까 좀 싸게 쳐주고 그러더라."

"흐음. 사실 인터넷 서점 포인트가 높으면 책이 더 잘 팔리니까 다들 신경을 많이 쓰는데, 어떤 출판사는 다른 출판사 책이 궁금하긴 한데 괜하게 그 책 포인트 높이기는 싫으니까 꼭 오프 서점에서만 산대."

"푸하하하. 그런 거 은근히 재미있다. 업계 사람들만 아는 이야기들."

"재미가 전부는 아니야. 실은 낮에 가판대에서 싸움이 일어났었거든. 점장님과 같이 가서 중재했는데 책 사러 온 고객들끼리 싸움이 붙었더라고."

"무슨 일인데?"

"표지족과 내용족 사이에 싸움이 난 거야. 한쪽은 표지, 그러니까 외모지상주의 즉 표지가 예뻐서 독자들이 고른다를 주장했고, 다른 쪽은 편집이 잘 되어 있고 목차가 잘 정리돼 있어야 고른다고 했거든. 그러니까 내용이 중요하다는 고객들이었지."

동인의 말에 아람의 눈이 휘둥그레졌다.

"뭐어? 그런 일들이 다 있어? 흠흠. 그러고 보니 나도 표지족인가 봐. 예쁜 표지에는 그냥 손이 슉 가던데."

동인은 고개를 갸웃했다.

"그게 책이 탄생한 후부터 시작된 고민인데, 내가 볼 때는 말이지 닭이 먼저냐 달걀이 먼저냐 하는 것과 같은 고민이야. 솔직히 내가 독자들을 분석해 볼 때는 예쁜 표지를 인스타그램에 올리는 것도 책을 사는 목적이기는 한데, 내용족들은 그래도 로그 라인을 중요시하지. 줄거리나 혹은 이 책은 정말 어떤 처세에 필요하다는 한 줄 카피가 선택을 부르기도 하거든."

"야, 그거 묘하게 디테일이 있다. 난 더 나가서 목차족인데 목차 보고 땡기면 구매, 아님. 로그 라인이 아무리 좋아도 안 낚임. 난 목차 떡밥이 딱이야."

"MD로서 죽을 때까지 고민이 될 거야. 내용이냐? 표지냐 아님 목차냐."

"내가 준 거 딱 줍네."

"무슨 소리, 나도 목차 마니아야. 근데 저번에 어떤 고객이 책을 다 읽고 나서 읽은 흔적이 보이는 책을 가져와서 목차는 맘에 드는데 책 내용이 맘에 안 든다고 반품 하신 고객이 있었어."

아람이 눈을 휘둥그레 떴다.

"뭐, 책이 반품 가능해?"

"영수증 가져오고 파손 흔적 없으면 가능은 하지. 그런데 그런 경우는 거의 없어. 그리고 만화책이나 래핑 된 거나 굿즈가 포함된 거는 굿즈가 훼손되면 당연히 반품 불가."

"재미있다. 그런 거는? 띠지는? 그거 잘 찢어질 거 같아."

"그래서 그거 때문에 곤란해. 띠지는 손 타면 찢어지기도 하는데, 그걸로 반품 하시는 분도 계시고. 그런데 또 어떤 독자는 띠지가 있는 빈티지 책들을 찾아 소장하느라 발품 팔고. 한마디로 책의 소장 세계는 무한대의 아트 수준이야."

"띠지 찢어진 그 책은 어떻게 한대?"

"다시 띠지 같이 하는 거지 뭐. 비용이 한 권당 20원이라는 얘기를 출판사 사장님께 들었어."

"그나저나 동인아, 너 추리작가는 언제 데뷔하냐? 작가가 되어야 책을 더 잘 이해할 것 같은데. 근데 아까 뭐 한다던 이야기가 이거야?"

"아니, 실은 오늘 좀 있다 모임 가는데 그때 들어 봐봐."

"무슨 모임?"

"추리작가협회 운영진 모임."

"엥? 그분들 어떻게 알아?"

"북토크 가봤다가 몇 분 뵈었어."

"에헤. 협회 운영진이면 어르신들 아냐? 나 어르신들 힘든

데. 경찰서에서도 윗분들 어려워."

"내 소문 들었다면서 서점 탐정에게 부탁할 일이 있대. 근데 나 혼자서는 어려울지도 몰라서 네 도움 받으려고 같이 간다고 했지."

"응? 추리작가라면서. 자기들이 풀지."

"원래 자기 사건은 자기가 못 풀어. 객관적으로 들여다봐야 풀리지."

아람과 동인은 시간에 맞춰 약속 장소인 카페로 갔다.

"반가워요, 어서 와요."

추리작가협회 회장 등 운영진들이 앉아 있었다. 진중해 보이는 인상에 사각 테의 안경을 낀 중년 남성이 회장, 그 옆에 둥근 안경을 끼고 키가 큰 남자 부회장과 둥근 어깨에 살집이 있는 여자 부회장 등이 인사를 했다.

아람이 동인의 귀에 대고 속삭였다.

"다들 어째 체중이 좀 나가 보이시는데?"

"코난 도일이나 에도가와 란포를 생각해 봐. 작업실에서 내내 앉아서 글만 쓴다면 어찌 되겠어. 안락의자 탐정이 본인들 이야기인 거라면."

"으흠, 그렇군."

"저, 여기는 강동경찰서에서…."

"안녕하십니까. 강동서 여청과 강아람 형사입니다."

"어머나, 어서 와요."

형사라는 말에 다들 아람에게 자신의 옆자리에 앉으라고 하셨다.

"우리가 취재하려고 형사님들 종종 만나는데 이렇게 여자 형사님은 처음 뵈어요."

"반갑습니다. 실은 추리작가협회에 마약수사과 형사님도 계세요. 경북청에 계시는 분입니다."

아람의 인기는 급상승하고, 동인은 살짝 밀려난 분위기였다.

국내와 해외 추리소설 동향에 관해 이야기가 무르익고 아람은 부회장이 취재하면서 묻는 말에 답을 했다. 분위기가 무르익자, 회장이 정중하게 화두를 꺼냈다.

"저 사실 유 대리님이 서점 탐정으로 소문나서 뵙자고 했습니다."

"오늘 말씀하신다는 게…."

"이게 박태영 작가님이 실종된 지 오래됐는데 해결이 안 났거든요."

동인은 아람에게 간략히 박태영 작가 이력에 관해 설명했다. 아람은 인터넷에서 박태영을 검색했다. 자그마한 눈에 둥근 안경, 온순하게 생긴 중년의 남자였다. 소심하게 보였고,

체구가 작았다.

박태영 추리작가는 2016년에 베스트셀러였던 추리소설 《인간의 파멸일기》로 대히트를 친 작가라 했다. 아람도 들어본 적 있는 제목인 걸로 봐서 엄마 서가에 꽂혀 있었던 것 같았다. 그런데 지금 그 작가가 실종 상태라는 것이다.

이 책은 추리적 기법으로 사람들의 정신적 고뇌와 인간성의 상실에 관해 쓴 소설로 결말의 파격적 반전이 유명하댔다.

아람이 이야기 나누는 걸 듣다가, 슬며시 끼어들었다.

"경찰에 실종신고는 되어 있는 건가요?"

협회 회장이 답했다.

"물론이죠. 꽤 됐어요. 하지만 단서를 못 찾아서 우리도 나름대로 고민 많이 하고 발로 뛰기도 했습니다. 그런데 실종의 흔적을 실마리도 못 찾았습니다."

협회 회장이 커피를 한 잔 마시고 고뇌에 찬 얼굴로 말을 이었다.

"태영 선배 와이프가 그렇게 암 투병하다 가시지만 않았으면 이 자리도 그 선배가 하고, 지금도 후속작으로 대단한 작가로 조명받았을 텐데 아쉽죠."

이번에는 여자 부회장이 말했다.

"대단한 필력이셨어요. 하지만 정신적으로 무너지고, 나중에 우리가 집에 찾아가 보니 먹을 것이라고는 아무것도 없고, 작가님은 빈방 안에 망연자실 앉아 계셔서 너무나 놀랐잖아요. 어머니와 집을 합쳐 같이 사신단 얘기를 후에 들었고요."

이번에는 남자 부회장이 고개를 끄덕였다.

"그러고 나서 한 10개월인가 지나 실종됐다는 소식이 들렸죠. 실종만 안 됐어도 지금쯤 작품이 해외 번역도 되고 세계로 뻗어나갈 작가였는데. 후속작으로 부활일기, 생존일기 등등 기획한 작품이 꽤 많았는데 그렇게 사라지시고 지금 5년이 넘었어요. 어디에 살아는 계신 건지."

협회 회장이 동인의 눈을 똑바로 보았다.

"저희가 부탁드릴 의뢰는 작가님의 행방입니다. 저희가 사실 박태영 작가님 소재를 아무리 알아봐도 알 수 없어서요. 여기 형사님도 친구로 계시니 오늘 정말 잘 왔다는 생각이 듭니다."

작가들이 아람과 동인에게 정중히 부탁했다.

"박 작가님을 찾아 주십시오."

동인은 고민해보겠다고 했다.

모임이 끝나고 아람은 동인을 집에 태워주었다.

"에혀, 너 혹시 이 사건 해결해 주면 뭐 협회 가입시켜주고 그런 거 원하는 거 아냐?"

동인은 눈을 둥그렇게 떴다.

"아니! 그럼 큰일 나. 협회 가입은 협회에서 발간하는 《계간 미스터리》에 투고해 신인상을 받아야 가입할 수 있는 거야. 절대 네버 에버 그런 일은 있을 수가 없으니 어디 가서 그런 말 말아라."

"아, 알았어. 그나저나 실종 수사 그거 쉬운 거 아냐. 게다가 5년이나 지났으니까, 폰이나 메일 계정을 조사해도 흔적이 거의 없지. 게다가 형사인 나도 내가 맡은 사건만 사법 포털사이트에서 사건 관련해 검토할 수 있지 아무거나 함부로 열어볼 수는 없어. 다 열람 기록이 남으니까."

"그럼 발품을 팔아야 한다는 거네. 사실은 박태영 작가의 작품을 낸 출판사 대표님을 알거든. 우리 서점에도 자주 오셔서 책 홍보도 하시고 북토크도 여시는 분인데 강마음 사장님이라고 그분도 박 작가님을 꼭 찾고 싶다는 거야. 후속작 원고도 받고 싶고, 어떻게 사는지 너무 궁금하대."

"서점 탐정, 그럼 우리 한번 의기투합해서 박태영 작가님 찾아볼까? 가족은 계셔?"

"아까 들은 대로 작가님 부인은 돌아가셨지만, 어머니는 살아계셔. 같이 가보자. 강마음 사장님하고 약속 잡아볼게. 작가님 어머니와 가끔 연락하신대."

"알았어."

아람은 강동경찰서로 돌아와 실종자 찾기 사이트 등에 들어가서 박태영을 검색했다. 페이스북에 장기실종자 찾기 센터로 들어가 보니, 5년 전 전단을 복원한 포스팅이 있었다.

실종될 당시의 사진도 있었는데 지금 아람의 나이와 그렇게 많이 차이 나지 않는데도 어른스러워 보였다.

성명 : 박태영
실종 당시 나이 : 40세 (현재 나이 45세)
실종 시간 장소 : 2017년 4월 20일 서울 중구 명동 지역으로 추정.
신체 특징 : 얼굴은 갸름한 편이며 175센티미터 키에 날씬한 체형으로 부인을 잃고 실의에 빠져 낙담하던 중 소설 취재한다며 명동 방면으로 나간다고 했는데 돌아오지 않음.

일요일에 만난 강마음 사장은 40대라고는 하지만, 무척 날렵한 체구여서 젊어 보였고 인상도 좋았다.

"그러니까 작가님이 저랑 동갑이었거든요. 제가 무턱대고 찾아가 만났죠."

강마음이 운전하는 차에 아람과 동인이 올라타고 박태영 작가의 모친 집을 찾아가는 중이었다.

"저는 1인 출판사 대표였고 박태영 작가는 회사원으로 소설 등단을 한 신인이었지만 그래도 여러 작품이 히트해서 전업 작가로 돌아서셨고, 막 떠오르는 작가였죠. 제가 먼저 연락해서 우리 출판사에 원고를 좀 주십사 간청을 드렸습니다. 솔직히 거절당할 줄 알았는데 다음날 진심이 느껴진다면서 원고 계약하실 의사를 밝혔거든요."

동인이 맞장구쳤다.

"그게 바로 그해 추리문학대상을 받은 《인간의 파멸일기》 맞죠?"

"네. 맞습니다. 초대박이 나서 저희 출판사 직원도 책 분야별로 뽑을 수 있었으니 저에게는 은인 같은 작가님이죠."

강마음 사장이 운전해 간 곳은 곧 재개발이 들어간다고 소문난 대단지 저층 아파트였다. 이사 나간 집들의 쓰레기로 가득한 주차장 한편에 차를 세우고 아파트로 천천히 걸어갔다.

201동 건물로 들어가려는데 한 할머니가 다 죽어가는 관음죽을 화분에서 낑낑대며 삽으로 후벼 파내고 있었다.

"도와드릴까요?"

동인이 화분을 들려고 하는 할머니에게 물어보는데 강마음 사장이 놀란 기색으로 인사했다.

"박태영 작가님 어머니 되시죠? 저 기억하시죠? 지난번에 찾아온 강 사장입니다."

"어머나, 사장님 이렇게 오셨네요? 기억나죠. 암요."

"어머니, 뭐 하시는 중이셨어요?"

"화분의 화초가 다 죽어가서 여기 심어 놓으려고요."

동인과 아람이 화분에서 관음죽을 파내서 화단에 옮겨 심
는 걸 도왔다. 이때 저만치서 폐지가 가득한 리어카를 전동
기 휠체어에 연결한 노파가 다가와 화를 버럭 냈다.

"아니, 이 여편네야. 그렇게 관리사무소에서 화분 쓰레기
그만 내다 버리라 하는데 또 옮겨 심어?"

"이거 죽은 거 아니야. 우리 태영이가 좋아하던 화초야. 오
래된 건데 갑자기 시들시들해져서 해를 좀 보게 하려고."

"아이고, 언제까지 아들 타령이야. 저번에도 누가 화초 화
단에 옮겨 심은 거 훔쳐 갔다고 방방 뛰더구먼. 그거 경비원
아저씨들이 캐내서 내다 버린 거야. 다 죽은 거라서. 그러니
까 이 짓 좀 그만 혀! 어이구 참나. 망령도 제대로야."

박태영의 어머니는 풀죽은 얼굴로 다시 화분에 관음죽을
옮겨 심었다. 화분은 동인과 강마음이 들고 3층으로 이동했
다. 아람은 이 무거운 화분을 노모가 어떻게 들고 내려오셨
을지 생각하며 아들을 생각하는 그 마음이 느껴졌다.

아람은 다리를 저는 어머니를 팔짱 껴 부축하고 3층으로
올라갔다. 박태영 작가의 모친인 유명숙이 뜨겁게 우린 홍차

를 내왔다. 버터링 쿠키도 가져왔는데 담긴 접시가 고급스러
웠다.

강마음과 유명숙이 일상적 대화를 나누는 사이 아람과 동
인은 잠자코 있었다.

유명숙이 동인과 아람에게 시선을 돌렸다.

"차린 건 없지만 좀 드세요들. 사장님, 혹시 우리 태영이
연락은 왔나요?"

강마음이 조심스레 고개를 저으면서 고개를 숙였다.

아람은 유명숙을 슬그머니 살피면서 그녀의 건강에 문제가
있나 유심히 보았다. 실종자 가족 중에는 알츠하이머병을 앓
는 노인들이 제법 있어서 아람은 그런 부분에 있어 잘 판별
할 능력이 있었다.

"그렇게 안 보셔도 돼요. 아직은 멀쩡해요. 인지능력 검사
에서 경계에 있지만 괜찮아요."

"죄송합니다, 어머니. 제가 직업이 여성청소년과 형사여서
요. 정말 죄송합니다."

아람은 머쓱해져 머리를 조아렸다.

"집에서 아무리 물을 주고 거름을 줘도 이파리가 시들한
게 뿌리가 썩어 그런가 싶어, 일단 통풍이 잘되는 바깥 화단
으로 옮겼죠. 근데 그걸 또 파가는 사람이 있으니, 원. 그렇
게 먹고 살기 힘든가?"

아람은 아까 경비원이 버린다고 했는데, 뭔가 싶었다. 유명숙이 고령에 혼자 사시다 보니 건망증이 있는 듯 보이기도 했다. 아람은 여청과 일을 보면서 위태로운 독거 어르신들을 많이 접했는데 그때마다 주민센터 복지과에 잘 들여다봐달라고 부탁하고는 했다.

동인이 살갑게 말했다.

"누군가 더 잘 키우려고 가져갔나 보죠. 심려치 마세요, 어머니."

"꼭 우리 태영이 젊을 적 모습 같네. 누구세요?"

"저는 박태영 작가님 책을 파는 서점 직원입니다. 탐정으로도 종종 일합니다."

"그렇구나…, 흐흑. 태영이 생각만 하면 가슴이 저며요. 어디 가서 뭐 먹고 사는지, 춥지는 않은지, 어디서 잠을 자는지. 형사님, 우리 태영이 찾을 수 있을까요? 흐흑…."

유명숙이 한동안 흐느끼더니 눈물을 훔치고 쿠키를 권했다.

"어머니, 이분들이 박태영 작가님 찾으러 나선 분들이세요. 여청과 형사님하고 추리를 잘하시는 탐정이시니 누구보다 작가님 마음을 잘 이해할 수 있을 겁니다. 작가님이 어떻게 실종된 건지 듣고 싶대요."

유명숙은 천천히 실타래를 풀듯이 긴 이야기를 시작했다.

5년 전, 박태영은 작가로서 입지가 서고 베스트셀러 작가로 바쁘게 살았는데 아내 이서정이 갑작스레 말기 췌장암 판정받고 투병을 하다 6개월 만에 숨졌다고 했다.

박태영은 아내와 정이 각별했고, 종종 여러 작품에서 아내를 모델로 소설을 썼댔다. 그런 아내가 죽자, 정신이 흔들렸고 글을 쓰는 일도 그만두고는 방에서 두문불출하다가 어느 날 소설 취재를 한다며 집을 나갔다 그대로 사라졌다는 것이다.

"그때 며느리가 그렇게 가고 나서 태영이는 살던 집을 정리하고 그 돈을 나한테 줬어요. 그 후로는 이 집에 들어와 저기 구석방을 썼어요. 서정이의 물건이 있는 같이 살았던 정든 집에서 도저히 살기가 힘들다고 하더군요."

"방에 들어가 봐도 될까요?"

동인의 제안에 유명숙은 고개를 끄덕였다.

서재로 꾸며진 방으로 들어가자, 박태영의 물건으로 보이는 책들과 컴퓨터 그리고 침대가 그대로 있었다.

동인이 컴퓨터를 켜보았지만, 오랫동안 방치되어 버린 컴퓨터는 부팅이 되지 않았다.

아람은 강마음과 서가를 훑었다.

"어 여기 있다. 《인간의 파멸일기》 이거 무슨 내용이에요? 제가 아직 안 읽어봐서요."

아람의 질문에 강마음이 대답했다.

"간단히 말하자면 한 여성이 피해자와 가해자 가족 간에 얽힌 범죄에 휘말리고 나락까지 떨어지지만, 형사의 도움으로 새 출발을 한다는 내용이죠. 휴머니즘적 주제 의식에 본격적 추리 요소도 있어서 호평을 받고 영화로도 제작되고, 한마디로 히트했죠."

동인이 다가왔다.

"사장님. 이게 실화 르포소설인가요? 예전에 추리 작법 강연 들을 때 그런 이야기를 들은 적 있어요."

"그런 말도 있었는데, 자세한 건 모르지만 그래도 여기 나오는 여자 주인공은 아내를 모티프로 썼다는 소문이 있었죠. 실제 묘사도 그렇고 영화에 나오는 배우도 아내와 무척 닮았어요. 전에 제가 물어본 적 있었는데 작가님은 말하기 곤란하다면서 정확하게는 말씀 안 하시고 모든 건 창작이라고만 했죠. 차기작을 준비하고 있던 시기예요."

"그렇군요. 말씀을 아끼시는 분인가 봐요. 그렇다면 신작 취재하려다 사라지신 건데, 무슨 작품을 쓰려고 하셨나요?"

강마음이 아람의 물음에 대답했다.

"신작 소설은 《인간의 파멸일기》에 나오는 형사 시리즈로 갈 예정이었는데 여자 주인공은 새로운 사람으로 바꾸고 시작한대서 저는 그간 흔들리던 박 작가님이 재기하는 건가 해서 반가웠죠. 차기작은 《인간의 부활일기》를 가제로 했는데 그만 이렇게 됐죠."

그날은 그렇게 1차 조사를 마쳤다. 강마음 사장의 차에 아람과 동인이 탔다. 그들은 다음번 만날 약속을 잡았다.

며칠 후, 아람이 동인을 만나러 가는 중에 톡이 왔다.

아람 아람, 이거 따봉 눌러주고
댓글 좀 달아줘.

이게 뭔데?

포털사이트 웹 소설 미스터리 부문
연재인데, 댓글 수나 따봉 수로 랭
킹이 매겨져.

너 뭐 추리작가협회 발간 잡지로
등단한다고 하지 않았냐?

그건 나중에 공모에 낼 거고 이건
매일 연재하는 미스터리 웹 소설
형식인데, 부탁한다.
그리고 좀 있다 주소 찍어줄게. 그
리로 와.

여간해서 이런 부탁은 거의 없던 동인이 원하는 거라 아람은 당장 아이디를 만들어서 회차별로 댓글을 달고, 따봉도 눌러주었다. 댓글도 거의 없고 랭킹도 뒤로 밀려 있어 언제 작가가 되나, 걱정만 될 뿐이었다.

'희망 고문 아냐? 아예 관심을 안 줘야 이걸 멈추려나.'

아람의 입가에 미소가 배시시 떠올랐다. 동인이가 이런 데 열을 올리는 게 신기하고 웃겼다. 자칭 서점 탐정이라고 도도하게 구는 동인이가 말이다.

톡으로 보내준 주소에 도착했더니 저만치 동인이가 나와 있었다. 택시를 타고 15분 전에 도착했다고 했다. 잠실나루역에 있는 대형 헌책방이었다. 은색 돔 형태의 지붕 아래 헌책이 10만 권 정도 비치돼 있다고 소문난 곳이다.

"야, 유동인."

"아람아, 마침 잘 왔어. 나 좀 도와줘. 우리가 찾을 책이 있어. 여기가 아직 정식 오픈 전이라 책 배치가 끝나지 않아서 우리가 직접 찾아봐야 해."

"아니, 정말 이 책이 여기 있다면 왜 강마음 사장님은 출간된 걸 몰라?"

"그게 좀 이상하긴 한데 지난번 만남 이후 본사 선배한테 박태영 작가가 실종된 사실을 잘 알 만한 사람을 좀 찾아봐 달라고 부탁했어. 알려준 몇 분과 전화해보니 전설의 북 셀러셨던 한진선 부장님이라고 있는데 작가님이 그분과 관련이 있다는 소문이 있더라고."

"그런 분이 계셔? 근데 왜 전설의 북 셀러야?"

"미림문고 각 지점에 공무원처럼 4년씩 근무하셨는데 그분이 근무하던 지점은 매번 재직 기간 동안 대박이 났다는 전설 같은 일화가 존재하고 있지."

"그만큼 실적이 좋다는 거네? 가는 곳마다. 신기하다. 너도 좀 그렇게 됐으면 합니다만."

"노력해야지. 한 부장님은 비혼으로 평생 북 셀러에 몸 바쳐 일하시다 명예퇴직하셨는데, 그분을 모델로 박태영 작가님이 소설을 쓴 게 있대. 실종 직전에."

"말도 안 돼. 그게 그럼 우리가 찾는 책과 관련이 있다는 거야?"

"그렇다니까. 박태영 작가님이 실종 후에 썼다는 책을 찾는 거야. 그 책을 찾는 게 목표야."

아람이 동인의 어깨에 손을 올렸다.

"근데 여기서 어떻게 찾아. 검색 같은 거 없어?"

"없어. 아직 가 오픈이고 리스트를 만드는 중이라서 문학과 소설 파트에서 일일이 박태영이라는 작가 이름을 찾으면 돼. 다행히 가나다순으로 제목이 되어 있으니까."

"그러니 문제지. 제목은 가나다순이지만 작가는 다 섞여 있잖아. 작품 제목도 모른다면서."

"하나하나 발품 파는 게 형사 일이라고 할 때는 언제고."

"야! 소설만 해도 족히 만 권은 넘어 보인다. 발품이 아니라 손품을 만 권이나! 어떻게 팔아. 제목을 모르니 더 답답하지. 그나저나 좀 이상한데. 아내가 죽고 다른 사람을 모델로 소설을 썼다고? 혹시 여자분이야? 한 부장님 말이야."

"응."

"그럼 저번에 강마음 사장님이 말씀하셨던 박 작가님 후속작 쓰려던 거 제목이 뭐였더라? 무슨 일기라고 했던 거 같은데?"

동인의 눈이 휘둥그레졌다. 그는 얼른 이응 파트로 달려갔고 그 뒤를 아람도 따라 달렸다.

"《인간의 부활일기》, 찾았다! 작가 이름 박태영 맞아!"

아람과 동인은 카운터로 가서 계산하려 했지만, 아직 가오픈 상태라 판매할 수 없었다. 그렇다고 물러날 동인이 아니었다. 통사정해서 일단 값을 치르고 나중에 문제가 있을 시에 가져온다고 했다.

책은 대략 5, 6년 정도 되어 보였지만 색이 바래지도 않았고 어디 한 곳이 찍히지도 않은 그야말로 깨끗한 새 책 상태였다. 표지는 오톨도톨한 질감이 나는 종이에 광택이 빛났고 먹색의 제목이 찍혀있었다. 제목 부분이 미세하게 눌려 있는 것이 손으로 만져졌다. 표지 그림은 하늘로 날아오르는 새가 역동적으로 그려져 있었다.

"대박! 이거 박태영 작가가 후속작으로 내려고 했던 책 아냐? 그런데 이렇게 이미 출간이 되어 있다고?"

"줘봐, 판권 페이지 좀 보게."

동인은 책 맨 뒤의 판권 페이지를 펼쳤다. 출판사와 발간 날짜는 없고 지은이만 박태영이라고 적혀 있는데 그 아래에 있어야 할 ISBN이 보이지 않았다.

"일반적으로 책에는 ISBN, 그러니까 국제표준도서번호를 따서 바코드를 붙여야 서점에서 인식할 수 있거든. 여긴 그런 번호가 없어. ISBN이 없으니까 이건 독립출판물로 봐야 하고 독립서점을 통해서 유통이 가능할 거야. 그러니 강마음 사장님도 출간된 걸 모르고 있었겠네."

"박 작가가 이 책을 쓰고 독립출판을 했다니. 일단 내가 먼저 읽어보고 너한테 넘길게."

책을 펼쳐서 책장을 호로록 넘기던 아람이 소리쳤다.

"어? 근데 여기 뒤쪽이 잘렸는데? 여기 봐봐. 동인아."

아람이 책 뒷부분을 펼치자, 벼린 칼로 잘려 나간 흔적이 드러났다.

동인은 어깨에 메고 다니던 자기 가방에서 《인간의 파멸 일기》를 꺼냈다.

"여기 1부 파멸일기 책은 정확하게 305페이지, 보통 후속 시리즈를 1권과 페이지 수를 얼추 맞추는 관행에 비추어 보면 정확하게 280페이지부터 더 이상 없으니까 한 20페이지가량 잘려 나간 거야. 결말이 사라졌어."

"그렇네. 진짜 그렇다. 왜 뒤 페이지를 자른 걸까?"

"흐음."

동인은 뭔가 깊이 생각하는 듯했다. 주차장으로 갔다. 아람이 차에 올라타면서 물었다.

"이상한 거 또 있어. 인터넷에 이 책 쳐보면 아무것도 안 나오는데?"

"그래서 여기를 온 거야. 여기는 유통이 안 된 독립출판 책들도 있을 법하니까."

"아무리 그래도 책이 출간되면 웹상에서 독립출판물 홍보는 했을 거 아니야?"

아람이 고개를 갸웃거렸다.

"사실, 이거 나도 선배들한테 들은 이야기인데 말이지. 아까 말한 한진선 부장님에 관한 소문이 있어. 5년 전 즈음, 박 작가님이 사라지기 전에 한진선 부장님을 스토킹했대. 그러고 나서 책을 한 권 냈대."

"뭐라고?"

"한 부장님을 소설의 뮤즈로 한다면서 따라다니고 귀찮게 해서 회사에서는 말이 좀 있었나 봐. 명동지점에 근무할 때 일인데."

"대박! 그럼 박태영 작가가 그분을 만나러 갔다 사라진 것은 아닐까? 그분을 만나러 가보자. 연락처는 얻었어?"

"선배한테 번호를 받기는 했는데 그동안 번호가 바뀌었을 수도 있고. 퇴사하셨으니까."

"그래도 해봐."

동인은 전화를 걸었다. 잠시 후, 전화를 끊고 다시 걸었지만, 고개를 저었다.

"결번으로 나오네."

"여기서 단서 꼬리를 놓쳤다는 말이지. 서점 탐정, 한진선 부장님은 어떤 분이야? 예전에 뵌 적 있어?"

"아주 멀리서 한 번 봤어. '미림문고 서점인 상'을 수상한 선배를 축하하러 본사에 갔었는데 그게 벌써 한 6, 7년 됐나? 그때 한진선 부장님이 시상자로 나왔었어."

하얀 백발을 빠짐없이 진주 핀으로 마무리한 170센티미터 정도 되어 보이는 큰 키에 마른 체구의 여성이 한진선이었다. 동인도 그간 소문으로 듣기만 해서 성별도 몰랐다. 직접 얼굴을 본 건 그때가 처음이었다. 친절하고 고상한 자태가 풍기는 분이었다.

그녀는 50세의 나이에 명예퇴직했다고 들었는데 박태영

작가와 연관이 있다는 건 이 사건을 의뢰받아 조사하다 선배에게 들어서 알았다. 풍문으로는 퇴직을 신청한 한진선을 회사에서 잡았지만, 만류하고 나갔다는데 이후 소식은 거의 들을 수 없었다.

"왜 그분이 근무하는 지점은 다 대박이 난 거야? 그것도 궁금하다."

아람이 묻자 동인이 고개를 갸웃했다.

"들기로는 일단 친절함에 있어 따를 자가 없대. 그때만 해도 인터넷보다 직접 물으시는 분들도 많으셨거든. 물어보면 어떤 책이라도 정확하게 책 위치를 알려주고, 또 추천을 원하는 사람들에게는 적합한 책을 골라주고, 그리고 POP나 배너도 직접 디자인하고 캘리그라피 카피로 매장에 들어서는 독자들의 시선을 붙잡았대. 나도 그런 부분을 배워보려고 노력은 많이 했지만 역시 전설은 전설이야."

"그런 분이 계셨구나. 혹시 박 작가님의 부인이 세상을 떠나신 후 새로운 분을 마음에 두고 있다가 소설의 모티프로 삼으려다 일이 생긴 건 아닐까? 한진선 님한테 고백했지만, 실연당해서 사라졌나? 작가님이 예민하신 분 같으니."

"이게 서로 간의 마음이 맞아 사귀는 게 아니라 일방적으로 따라다닌 스토킹이라면 불법이라고."

동인이 책을 아람에게 건넸다. 아람이 먼저 읽고 주기로 했다.

아람은 집으로 돌아와서 그날 밤새 책을 읽었다.

책은 남편이 죽어가는 아내를 살리려고 신약을 찾으려다 사기를 당하고 아내가 죽자 방황하는 내용이었다. 소설 초반은 조금 음울한데, 중반 이후부터는 아내의 부활을 위해 주인공이 의문의 여성을 쫓는 내용이 그려졌다. 그 여성이 아내가 다시 살아날 부활의 열쇠를 지니고 있는데, 후반부는 스릴러적인 요소가 강해서 죽은 자를 되살리려는 주인공과 악을 추종하는 사악한 사람 간의 결투 장면이 있기도 했다. 책이 처음 찾았을 때부터 결말이 나와야 하는 페이지가 20여 장 뜯겨 있어서 끝도 모르게 되었다.

여러모로 이상한 책이었다. 아람은 다음날 미림문고로 동인을 찾아가 책을 건넸다.

"후우, 밤을 꼴딱 새울 정도로 몰입이 되는 아주 기이한 내용의 책이야."

"그렇단 말이지."

"게다가 끝이 뜯겨서 도무지 결말을 모르겠어. 주인공이 이아사나 요가원에 가면서부터가 잘려있어."

"엉? 진짜? 이아사나 요가원은 들어본 적 있어."

"그게 정말 있는 곳이야?"

"응."

동인이 폰으로 검색했다.

"서점에서 100미터 걸어가면 상가건물에 있는 데거든. 간판이 밖으로 걸려 있어서 오다가다 봤어. 이상하다. 왜 실제 요가원 이름이 나오지?"

아람이 포니테일 스타일로 묶은 머리를 흔들었다.

"이거 우리보고 따라와 달라는 거 맞지. 가보자."

"그것보다 아람 형사, 이 책이 어떻게 만들어졌는지 물어볼 수 있는 사람이 있어. 좀 있다 퇴근하니까 같이 가보자. 내가 전화해볼게."

퇴근 후, 그들은 충무로 고층빌딩에 있는 제지 회사로 들어갔다. 엘리베이터를 타고 11층 사무실로 들어가니, 여러 가지 종이 샘플들이 작은 액자에 넣어 벽에 걸려 있었다. 회사에서 생산되는 종이로 만든 각종 책이나 브로슈어, 화보나 명함, 카탈로그 등이 가득 전시돼 있어서 인쇄소나 서점 같아 보였다.

"부장님, 여기는 제 친구 강아람 형사입니다."

"어서 와요, 강아람 형사님. 저는 영업부의 오상인 이라고 합니다."

아람과 동인이 커피를 마시고 나서 질문을 던졌다.

"그러니까, 이 책이 만들어진 방법이 궁금한 거군요."

"네. 책이 만들어진 장소를 알아낼 수 있을까요? 판권 페이지에 출판사 이름도 없고 날짜도 적혀 있지 않아요. 그런데 종이를 만져보니 예전에 봤던 이 회사의 에코 종이와 비슷한 질감인 것 같아서요."

"잠시만요. 설명이 필요해요."

오상인 부장은 종이 샘플을 가지고 나왔다.

"우리 제지의 에코 종이는 이렇게 구성되어 있습니다. 매트한 프리미엄은 아동 전집이나 카탈로그, 달력이나 브로슈어에 쓰이고 미터당 평균 중량이 무겁고 두께감이 가장 좋죠. 에코 종이 중에서 중량이 가벼운 종이는 이건데 이게 출판할 때 쓰이는 종류들입니다. 주로 단행본에 쓰이죠."

아람이 여러 종류의 에코 종이 중 '제주 감귤지'라고 적힌 걸 보고 신기하다는 듯 들어 냄새를 맡았다.

"제주 감귤지? 감귤 냄새가 나나?"

아람은 종이 향을 맡고 고개를 갸웃했다.

"아무 냄새 안 나요."

"향을 코팅 가공했지만, 영구적으로는 낼 수 없어서 감귤 분말을 재생 펄프에 넣고 화장품 패키지 등에 상품으로 납품했죠."

"그렇군요."

"회사마다 에코 종이 재질이 다른데 이 책의 종이는 우리 회사 제품은 아닙니다. 샘플로 책을 두고 가시면 제가 어느 회사 건지 한 번 알아볼게요. 종이를 보니 한 5년 정도는 된 것처럼 보이는데, 색이 바랜 정도나 질감이 만져지는 정도에 따라 그렇게 추정됩니다. 개인이 이렇게 제작하려면 돈이 꽤 많이 들었을 텐데요."

동인은 책을 두고 가긴 어렵다고 대답하며 오상인을 보고 다른 질문을 했다.

"부장님, 어떤 종이를 선택하느냐에 따라 제품 단가도 많이 달라지죠?"

"그렇죠. 우리 회사 종이는 품질이 확실한 대신 가격이 좀 나갑니다. 이 외에도 후가공이라고 해서 표지에 홀로그램을 입히느냐 아니면 제목을 엠보로 입히느냐, 안으로 들어간 음각이냐 밖으로 돌출된 양각이냐에 따라 가격이 좀 차이가 납니다. 이건 책 제목을 유광에 먹박으로 넣었네요. 그걸 1쇄 1,000권으로 쳐서 곱하면 가격은 수십에서 수백만 원까지도 차이 날 수가 있는 거죠."

"그럼 이 책을 찍기 위해서는 얼마나 들었을까요?"

오상인은 고개를 갸웃했다.

"분명히 한 권만 찍지는 않았을 겁니다. 이렇게 오프셋인 쇄기를 돌리려면 최소 300에서 500부는 찍을 텐데요. 거기다 이런 에코 종이면 아마도 보통 인쇄비보다 곱절은 넘을 겁니다. 300만 원 이상 들었을걸요. 300권을 찍는다고 해도 요."

"그 정도 드는군요. 잘 알겠습니다. 자세한 정보와 시간 내 주셔서 감사합니다."

"뭘요. 더 궁금한 게 있으시면 언제든지 연락해주세요."

동인은 제지 회사를 나오면서 아람에게 질문했다.

"아람아 혹시, 책을 한 권만 찍기는 어려우니까 만약에 책 300권 정도를 인쇄기 돌려서 찍고 파쇄해서 남은 것이 겨우 몇 권뿐이라면…. 어떻게 생각해?"

아람과 동인이 헌책방 사이트를 틈틈이 뒤져봤지만, 이 책 은 거의 유통되지 않았다. 박태영 작가의 어머니인 유명숙에 게 전화로 물어봐도 집 서가에 그런 책은 없다고 했다.

아람은 심각한 얼굴을 했다.

"그럼, 특수한 목적으로 책을 만들어야 하니까 300권을 찍 고 나머지는 없애버린다는 거지?"

"응. 어차피 이 책은 유통해서 돈을 벌려는 책이 아니니까 오로지 하나의 목적을 위해 몇 권만 두고 나머지는 없앴을 수 있어. 이유는…."

"이유는 정말 아직은 추정인데, 책 내용대로 아내를 부활 시키기 위해 낸 걸까. 하지만 진짜 아직은 추정뿐이야. 혹시 한진선을 염두에 두고 쓴 책이라면?"

"그럴 수도 있지."

그들은 동시에 고개를 끄덕였다.

"그런데 설마 책을 낸다고 죽은 사람이 다시 살아나는 게 가능할까? 대체 작가님이 책을 집필한 의도가 뭘까?"

아람은 형사 수첩을 펴들었다.

박태영 작가가 한진선을 위해 그녀를 주인공으로 삼아 소설을 써서 인쇄한 후 몇 권만 남기고 다 없애버렸다? 만약 책을 다 없애버리지 않았다면 나머지 책들은 어디로 갔을까?

그리고 왜 그렇게 한 것일까?

결과적으로 박태영은 어디로 간 것일까?

아람은 이렇게 메모하고 곰곰이 생각에 빠졌다.

다음날, 동인과 아람은 이아사나 요가원에 갔다.

번화가의 다목적 건물 2층에 있는 요가원은 세련된 디자인의 인테리어가 인상적이었다. 프런트에 요가원장 면담을 문의하니, 구루님이 수업 중인데 잠시 참관해도 좋다고 허락했다. 누구나 초보자는 수업을 참관할 수 있게 하는 분이라 했다. 동인과 아람은 방해되지 않게 조용히 들어갔다.

요가 스튜디오에는 스무 명 정도의 사람들이 하타 요가를 하며 명상을 하는 중이었다. 물 흐르는 소리가 인도 명상음악에 섞여서 요란하게 들렸다.

금으로 화려하게 치장한 휘장 구석으로 미니 분수가 있어서 비둘기 모양과 잉어 모양의 도자기 사이로 맑은 물이 뿜어져 나왔다. 앞쪽에서 요가 구루가 동작을 말했다.

"에카 파다 라자 카포타 아사나."

모두 왼 다리를 뒤로 돌려 굽히고 고개를 한껏 뒤로 숙여 머리가 발에 닿게 했다. 아람도 요가를 배워본 적 있는데, 저 자세는 몸을 둥글게 모으면서 어깨와 가슴 그리고 고관절을 여는 대표적인 전신이 열리는 자세였다. 무척 고난도의 동작이었다.

"하누만 아사나."

이번에는 다리를 앞뒤로 스트레칭해서 두 손을 고개와 함께 뒤로 뻗었다. 다들 엄청난 근력으로 버티면서 하는데 보통의 수련자들이 아니었다. 머리가 활처럼 휘어 뒤로 향한 사람도 있었다.

"살람바 사르반가 아사나."

머리를 바닥에 두고 물구나무서기 등의 고난도 동작을 마친 후 모두 바닥에 등을 대고 누웠다.

"사바 아사나."

요가 구루의 말이 낭랑하면서도 낮은 음조로 흘러나왔다.

"머릿속에 있는 온갖 더러운 망상을 모두 밀어내십시오. 오늘 하루 있었던 일들을 깨끗하게 정화합니다. 온몸의 경직이 이완되면서 시체처럼 늘어집니다. 저 바닥 아래로 내가 사라지면서 다시 태어납니다."

잠시 정적이 흐르더니, 갑자기 전등이 파팟 꺼졌다.

맨 뒤에 서 있던 아람과 동인은 어둠 속에서 숨을 죽였다.

몇 분 후, 구루의 목소리가 다시 들렸다.

"발가락 꼼지락꼼지락 손가락 꼼지락꼼지락, 다시 이승으로 건너오세요. 죽었다가 살아납니다."

회원들은 손가락과 발가락을 움직이다 구루의 말에 상반신을 천천히 일으켜 합장한 후 나마스테라고 인사를 하고 나갔다.

구루는 머리카락을 다시 꼼꼼히 묶고, 레깅스 복장 위에 옥빛 사리를 걸치고 아람과 동인에게 다가왔다.

보라색으로 염색한 머리에다 피부에 주름 하나 없는 얼굴은 나이를 가늠하기 힘든 외모였다. 다만, 둥근 테 안경 너머 보이는 눈동자 깊이로 짐작하건대 보통 수행한 사람은 아니었다.

"무슨 일로 오셨죠?"

요가 구루는 아람 일행을 작은 방으로 불렀다. 안으로 들어가니 만다라 그림이 걸린 벽 앞에 자그마한 좌상 탁자에

다기가 놓여 있고 짙은 향이 타고 있었다.

아람은 여기까지 오게 된 이유를 밝혔다.

"그러니까, 소설 쓰는 작가님이 여기에 취재하러 오거나 했던 적이 있느냐는 거죠? 제 기억에는 없는데요."

"박태영 작가님이고 추리소설 쓰던 분입니다."

"모르는 분입니다."

"그러면 혹시 여기서 수강하지 않았을까요?"

아람이 동인의 말을 이어 적극적으로 물었다.

"5년 전 요가원 회원 명부를 좀 볼 수 있을까요?"

구루는 고개를 저었다.

"5년 전이면…, 회원 서류를 3년마다 폐기하니까 없죠. 찾기 힘들 겁니다. 경찰서를 찾아가시는 게 빠르지 않을까요."

동인은 혹시 하는 얼굴로 질문했다.

"그럼 50대 여성분으로 한진선 씨라고 아시나요?"

구루는 고개를 숙이고 잠시 뭔가를 생각하다 고개를 저었다.

"아뇨. 모르는 분입니다. 오래전에 수강하신 회원분이라면 이름을 기억 못 할 수도 있겠고요. 스쳐 간 회원분들이 오백 명도 넘으니 이름을 일일이 기억할 수 없지요. 안타깝지만 도와드리기 어려울 것 같네요."

구루는 다음 강의가 있다고 했고 동인과 아람은 별 소득 없이 요가원을 나왔다.

"동인아, 한진선이라는 이름 말할 때 요가 강사가 뭔가 아는 듯한 눈치 아니었어?"

"그런 것 같기도 하고. 그것보다, 요가원에서 정신적인 것도 교육하는 것 같던데 박태영 작가가 요가 하다가 뭔가 다른 생각이 든 건 아닐까?"

"다른 생각이라니?"

"득도해서 인도로 가서 요가를 배운다거나 말이야."

"그게 그런 친구가 있어서 나도 딱 잘라 아니라고는 말 못하겠다. 나랑 고등학교 동기인데 은행 잘 다니다가 갑자기 프랑스로 파티시에 한다며 유학 간 친구도 있고 공무원 하다가 필라테스 강사 하는 애도 있고 그래."

"그러니까. 그런 이유일까?"

"만약 그렇다고 하더라도 집과 완전히 연을 끊는 건 좀 그렇잖아. 게다가 신용카드나 전화를 사용한 적이 없다는 건 의심스러워. 생활반응이 전혀 없다는 거지. 실종 접수된 경찰서의 선배 형사님 통해 알아봤는데, 현재까지 수사 내용이 그래."

"응, 그건 그래. 만약 단서가 있었다면 실종으로 남지는 않았을 거야."

며칠 후, 동인은 아람과 서점 근처 카페에서 만났다.

"무슨 단서를 잡았다는 거야?"

"아람아, 이 사진 봐봐. 누구 같아?"

아람은 검은 단발의 사진 속 여성을 보았다. 3, 40대 정도로 보이며 큰 키에 날씬한 체구였다. 검은 재킷과 검은색 스커트를 입고 안에는 베이지색 쉬폰 블라우스를 받쳐 입었다. 대형서점으로 보이는 곳에서 책을 진열하면서 촬영 포즈를 취한 것 같았다.

검은 머리카락을 길이가 가지런하게 어깨까지 오도록 칼단발로 잘랐고 눈에 잔잔한 웃음을 띠고 입꼬리가 올라가 있어서 친근해 보였다. 전반적으로 따스한 성품이 엿보이는 얼굴이었다. 나이는 30대 후반이나 40대 초반 정도로 보였다.

신문사 마크가 찍힌 걸 보니, 신문 기사 인터뷰 사진이었다.

"이분이 누구인데?"

"퇴직 전의 한진선 님. 내가 미림문고 명동지점에 근무하는 선배님께 한진선 부장님 퇴직 전에 찍은 사진이 있는지 물어보니까 이걸 파일로 보내주셨어. 이 사람 누구 안 닮았어?"

"응? 누구?"

"어허. 강아람 눈썰미 아주 무뎌졌네. 봐봐."

동인은 핸드폰에서 사진을 보정하는 페이스 앱을 열고 한진선의 사진을 가져와 검은 단발의 헤어스타일을 보라색 긴 머리로 바꾸고 옷을 인도의 사리 같은 옷으로 바꾸었다.

"오 대박! 유동인 탐정 끝내주는데. 이 사람 바로 엊그저께 본 이아사나 요가 강사 아냐? 회원들이 구루라고 부르던 분."

"맞아. 본인이 한진선인데 모른다며 부정했어. 왜 그런 걸까?"

"이유가 있겠지. 이렇게 보니까 외모도 그렇고 옷차림이나 분위기도 완전히 달라졌어."

"나도 한진선 부장님을 행사에서 본 게 전부라 기억이 안 났는데 사진으로 보니 요가원 원장님이더라고."

동인은 이아사나 요가원 원장이나 구루를 연관 검색어로 넣어 검색하자 엊그제 보았던 한진선의 현재 모습이 나왔다. 눈빛이 사진 속 그대로였다. 다만 머리카락 색과 스타일이 무척 달라져서 못 알아볼 만도 했다.

아람과 동인은 요가원에 전화를 걸어 한진선과 어렵게 약속을 잡았다.

다음 날 저녁, 한진선은 아람이 내미는 사진을 보고 잠시 뜸을 들인 후 답을 했다.

"사진은 제가 맞습니다. 지금은 개명했지만, 개명 전 이름이 바로 한진선입니다. 법원에서 한희영으로 개명했어요."

"개명하신 사정을 여쭤봐도 될까요."

"짐작하시는 대로입니다. 박태영 작가와 관련 있는 거 맞아요."

동인과 아람은 놀랐지만, 진술을 끌어내려고 담담하게 기다렸다.

"저번에… 다시 혼돈에 빠지기 싫어서 모른다고 말한 겁니다. 후우…. 마음 좀 정리하고 다 말씀드릴게요."

한진선은 허브 향초를 피우고 불을 꺼서 분위기를 고요하게 한 후 눈을 감았다.

동인과 아람은 기다렸다. 한진선이 모래시계를 뒤집는 것을 본 아람은 아예 눈을 감아버렸다. 간밤의 야근으로 인한 피로감이 몰려오면서 잠에 소록소록 빠져드는데 눈처럼 하얀 평원이 보였다. 저 멀리 누군가 한 사람이 손을 흔들며 애타게 불렀다.

뭐라 하는 거지?

아람이 달려가려는데, 다급하게 부르던 남자가 서서히 사라졌다. 아람은 문득 박태영 작가가 구조 요청하는 건가 싶어 눈을 번득 떴다.

한진선이 입을 열었다.

"박 작가님은 원래 작품으로만 알던 분인데, 언젠가 제가 근무하는 서점에 와서 소설 취재하신다고 해서 친분을 맺었죠. 작품을 쉬시는 걸로 알고 있었고, 부인이 돌아가신 사정도 들어 알고 있기는 했습니다. 그런데 어느 날 카페에서 긴요하게 하실 말씀이 있대서 나가서 만나보니, 특별한 사명감으로 저를 모델로 소설을 쓰고 있대요. 그리고 그 소설을 출간하면 죽은 사람이 살아온다더군요. 휘몰아치게 써서 두 달만에 저에 관한 소설을 완성하고 싶댔어요."

"네?"

아람이 눈을 휘둥그레 떴다.

동인이 진지하게 물었다.

"그래서 어떻게 됐습니까?"

"너무 소름이 끼치고, 후우. 지금은 담담하게 말할 수 있지만, 그때 박 작가님 눈빛은 너무 광기에 차 있어서 어떻게 할 수 없었어요. 무슨 말을 해도 안 들을 태세였죠. 요점은 저를 모델로 삼을 테니 주기적으로 취재할 수 있게 도와달라고 했어요. 소설을 쓰는데 진도가 잘 나가지 않는다고요."

한진선은 말을 쉬었다가 이었다. 초가 타 내리면서 진한 라벤더 향이 코를 근질였다.

"그때부터 직장 밖에서 기다렸다가 내가 퇴근하면 마주치고 주차장에서나 엘리베이터에서도 계속 어디서나 만나게 됐죠. 너무나, 힘들었습니다…."

아람이 조심스레 물었다.

"그 문제로 혹시 다른 분에게 도움을 요청하지는 않으셨나요?"

한진선은 고개를 숙였다가 아람을 보았다.

"지금은 스토킹 범죄가 처벌받지만, 그때만 해도 그게 범죄라고 생각하지 않던 인식이 많았죠. 경찰서에 찾아가 형사님께 상담했지만, 남자가 여자를 좋아하는데 그냥 거절하면 되는 거 아니냐 그런 식으로 말하더군요."

아람도 고개를 끄덕였다.

스토킹법이 제정된 게, 2021년 일이다. 그 이전에는 법률조차 명확하지 않았고, 그 때문에 많은 피해자가 나와도 가해자에 대한 처벌이 가벼웠다.

현재 스토킹법이 생겼지만, 아직도 제대로 처벌하지 않아서 심각한 피해로 죽음에 이른 피해자도 많다.

한진선의 눈에 회한이 맺혔다.

"결국 제가 더는 참을 수 없어 퇴직하고 숨어버렸죠. 너무 무서웠습니다."

아람이 눈을 감았다. 동인은 놀란 눈치였다.

스토킹이라니. 박태영 작가의 사라지기 직전 행적이 무척 불미스러웠다.

"대체 누가 살아난다는 거죠? 소설을 출간하면요."

동인이 질문했다.

"부인 같습니다. 제 짐작으로는요. 저를 그 부인의 살아있는 모습으로 묘사한다는 이런 문자를 받은 날 이후로 전화를 안 받고 피하기 시작했죠. 집요하게 취재한다. 책을 낸다 했지만 제가 다 피했어요. 퇴직 후 잠적했고요."

"대체 왜 그런 행동을 한 거죠? 정신질환이 있었던 걸까요?"

아람의 말에 한진선이 심각한 표정을 지었다.

"배후에 꽤 유명한 사람이 있었어요."

"유명한 사람이요?"

"박태영 작가님이 5년 전 스토킹하면서 내뱉은 이름을 잊지 않고 있어요. 아주 유명한 멘토로 활동하는 명상 관련 연구소 소장이죠. 그 사람이 계시를 내려서 저를 모델로 소설을 써서 아내를 부활시킨다는 계획이랬어요. 그 연구소가 지금은 세력도 커지고 정식 학교도 설립을 준비한다고 들었어요."

"그 사람이 누구입니까?"

"명상 연구소 소장이라는 것만 압니다. 보시죠."

한진선은 폰으로 검색해서 웹사이트를 보여주었다.

아람이 고개를 갸웃했다.

"그런데 왜 박 작가님이 그런 일을 했을까요? 한진선 씨께 그럴 이유라도."

동인이 중얼거렸다.

"혹시, 그 명상 연구소 소장과 무슨 일이라도…"

"저는 오랜 기간 요가를 수행했죠. 미림문고를 다니면서도 요가원에서 강사 일을 지속해서 했어요. 제가 속해 있던 요가 명상 단체와 그 연구소가 경쟁 관계였기는 했습니다. 하지만 그 단체가 막무가내로 회원을 확장하는 과정에서 무리수를 두었죠. 우리를 비방하기도 하고요. 거기까지 말하겠습니다. 설마 그 일로 박 작가님을 사주했을까요? 정말 의아했지만 저는 퇴직하고 사라지는 수밖에 없었어요."

아람이 몇 가지를 물었지만, 한진선은 자세한 대답을 회피하고 만남을 끝내고자 했다.

근처 카페에 앉은 동인과 아람은 한진선이 준 링크를 보면서 곰곰이 생각했다.

'송동지 연구소'

명상과 수행에 중점을 둔, 사단법인입니다.

자연 명상과 마음 상처 치료에 힘씁니다.

간단하게 적힌 설명 아래 연구소 주소와 연락처 등이 나와 있었다. 연동된 페북으로 들어가 보니 팔로우하는 회원 수만

2만 명이 넘었다.

"유동인, 우리 여기 가보자."

"알았어."

며칠 후 아람과 동인은 송동지 연구소로 향했다. 판교역 부근에 있는 송동지 연구소는 큰 건물의 20층에 있었다. 로비에서 방문록을 작성하고 신분증을 맡긴 후 사무실로 갔다.

연구소는 IT 기업의 사무실과 비슷했다. 공유 오피스 안쪽에 자리 잡고 있었는데 송동지 연구소로 들어가는 길은 잘 가꾼 화단을 갖춘 공용 공간을 통해야 했다. 연구소로 들어가니 북유럽 가구가 놓여 고급스러웠다. 어디선가 피톤치드 향이 솔솔 났다.

"안녕하세요. 저희는 송동지 연구소장님 뵈러 왔는데요. 예약은 했습니다."

"강아람 씨죠? 들어오세요."

검은 슈트 차림의 20대 여성이 일어나 안내했다.

안쪽의 사무실로 들어가자, 창가로 햇살이 가득 들어오고 있었다. 하얀 셔츠에 몸에 딱 맞는 베이지색의 리넨 슈트를 입은 남자가 창가를 내려다보고 있다가 그들이 들어서자 뒤돌아보았다. 얼굴에는 금색 마스크를 썼는데, 보통 사람들이 일반적으로 착용하는 마스크와 달리 무척 화려하고 얼굴에 딱 피트 되는 디자인이었다. 색상도 일반적인 금색이 아닌 광택감이 있는 화려한 로즈골드라 뭔가 미래적인 느낌마저 들었다. 뭐라 말할 수 없이 기이한 느낌을 주는 사람이었다.

마스크 위로 보이는 그의 눈이 깊으면서 그윽했다.

아람과 그다지 나이 차이가 있어 보이지 않았고, 홀쭉한 몸과 큰 키가 동인과 비슷한 분위기의 깔끔한 차림새였다. 역술인이나 명상가 같은 느낌은 전혀 나지 않았다. 오히려 스타트업 대표 같아 보였다.

사무실 안쪽에 투탕카멘 황금관 등이 전시된 진열장 옆으로 동백이나 매화, 노루와 새 등이 자수로 놓아진 화려한 열 폭 병풍이 놓여 있었다.

"안녕하세요, 송동지라고 합니다. 앉으십시오."

송동지의 권유로 자리에 앉는데, 동인이 약간 움찔했다. 영문을 알 수 없는 아람은 동인이가 왜 저러지 하는 생각을 잠시 했다.

앉고 나니 들어올 때는 몰랐던 창가에 놓인 금으로 만들어진 작은 사슴뿔과 새 부리처럼 생긴 중세 가면 등 여러 아이템이 그제야 눈에 들어왔다.

송동지는 아람의 시선을 따라가 사슴뿔 모형을 들어 보였다.

"특이하죠? 프랑스 트루아 프레르 동굴 벽화에 나온 샤먼의 사슴뿔을 그대로 복제해 만든 겁니다."

"근사하네요. 쓰고 계신 마스크도 특이해 보입니다."

"저는 기성품 대신 제가 쓸 고유의 마스크를 특별히 주문 제작해서 얼굴에 딱 맞게 착용합니다. 그런데 무슨 일로 찾아오신 거죠?"

아람은 동인과 시선을 한 번 맞추고 공무원증을 내밀었다.

"강동경찰서 여성청소년과에 근무하는 강아람입니다. 여기는 저를 도와주고 있는 유동인 이고요. 혹시 박태영 작가님이라고 아십니까? 5년 전 즈음 실종된 분인데 실종 당시 관할 경찰서와 공조수사를 하고 있습니다. 그분 행적 중에 이 연구소와 관련이 있는 단서가 잡혀서 방문했습니다. 혹시 여기 취재하러 오지 않았나요?"

아람은 한진선이 간곡하게 당부해서 그녀 이야기는 빼놓고 인터넷에서 보고 왔다고 둘러댔다.

송동지는 고개를 갸웃했다.

"작가님이라. 드라마를 쓰시나요? 몇몇 분이 방문하시기는 했죠. 취재 때문에요."

"아니요, 추리소설 작가세요. 5년 전에 실종되신 후 행적이 아직 없습니다."

"소설가라면, 글쎄요. 아는 분이 없는데요. 기억이 잘 안 나네요."

동인은 이상하다는 눈초리로 송동지를 보았다.

"혹시 저 모르시겠어요?"

"네?"

송동지는 태연한 시선으로 동인을 마주 보았다.

"목소리는 맞는 것 같은데."

"너 혹시, 고등학교 때 그, 동인이니?"

동인은 고개를 작게 끄덕이며 답했다.

"어, 반갑다. 맞구나."

아람은 의아했다. 송동지는 반가워하는데, 동인은 오히려 뒤로 슬쩍 물러났다.

"개명해서 단번에 못 알아봤다. 마스크도 쓰고 있어서."

동인의 말에 송동지는 황금빛 마스크를 벗고 얼굴을 보였다. 무척 깨끗하게 생긴 미남이었다. 하얀 피부에 눈코입의 윤곽이 뚜렷해 서늘하다는 느낌도 들 정도였다.

"얼굴은 그대로지? 이름은 바꿨어. 스승님한테 송동지라는 이름을 받았거든."

동인이가 친구인 걸 알고 난 후 송동지는 고등학교 시절 이야기를 몇 번 했는데 그때마다 동인의 표정이나 시선은 어두웠다.

"어쨌든 도움이 못 돼 미안하다. 그런데 너 무슨 형사라도 된 거야?"

"아니야. 서점에서 MD로 일하는데 이 친구 일 돕다 같이 온 거야."

"그렇구나. 다음에 언제라도 개인적으로 사무실에 놀러 와. 친구니까 무료로 상담해줄게, 후후. 나도 나중에 미림문고 한 번 가봐야겠다. 연락할게."

연구소를 나오면서 아람이 송동지에 관한 이야기들을 물었다.

"대박! 송동지가 너랑 고등학교 동기라니. 30대 초반 나이에 벌써 자리 잡은 명상가라는 건 더 놀랍다. 역술인 같기도 하고. 아니 요즘은 뭐든지 나이가 어려지니 당연한 건가? 진짜 얼굴은 배우 같아."

"개명 전 이름은 송주선. 아마 개명해야만 했을 거야."

"개명해야만 했을 거라니?"

"학교에서 사건이 있었거든."

"대체 무슨 일이 있었던 거야?"

동인은 서울로 돌아오면서 이야기를 시작했다. 고등학교 때, 송동지는 내신 1등급의 수재였다고 했다. 부모가 원해서 서울대 의대를 지망했고, 거기에 가기 위해 꼭 입상해야만 했던 과학이나 수학 경시대회에서도 늘 상위권이었다고 했다.

"그렇구나. 그런데 왜 의사가 안 되고 연구소 소장이 된 거지?"

"의대에 못 갔어. 사건에 연루돼서."

"엥? 사건이라니?"

"주선이보다 성적이 더 좋은 애가 있었거든. 김명진이라고. 개랑 이과에서 탑 자리 두고 경쟁했는데 개가 사고로 죽었어. 그리고 거기에 주선이가 관련이 있다는 걸 친구들이 알아냈거든. 지금부턴 송동지라고 할게. 개명했으니까."

"야, 자세히 말해봐. 보통 이야기가 아닌 것 같다."

"이 이야기는 좀 있다가 할게. 스토리가 길어."

아람은 동인과 근처 카페로 가서 이야기를 마저 이어갔다.

"그러니까 대체 송동지 연구소장하고 무슨 일이 있었던 거야?"

동인은 고등학교 3학년 때 송동지와 옆 반이었다고 했다. 동인이 학급회장, 송동지가 전교 회장이었는데 여러 가지 학교 일을 같이하다 이상한 점을 발견했다고 했다.

"무슨 일을 하는 데 있어 송동지의 의견을 반대하는 애들은 그날 꼭 사고가 터졌어."

"응?"

"혼자 하교하다 계단에서 넘어져 다친다거나 체육 시간에 운동하다 다치거나."

"그럼 그게 송동지가 계단에서 밀어버리거나 했다는 거

야?"

"아니, 그건 아니야. 그런 일이 벌어질 때마다 거기엔 박선호가 있었어."

"박선호?"

"응. 걔는 조용하고 친구도 별로 없었는데, 하긴 나도 그랬으니까. 근데 걔가 송동지 의견에 반대한 애들이 사고가 날 때마다 목격자로 나섰어. 그 아이 혼자 발이 계단에 걸려 넘어졌다고 하거나 체육 시간에 박선호가 축구 경기하다 반대파 애와 부딪혀 같이 넘어지기도 하고."

"설마. 우연 아냐?"

"뭐, 언제는 서점 탐정의 눈썰미가 추리가 어떻다면서."

"하긴 동인이 너는 눈치나 추리 실력은 있지. 그래서?"

"그런 점이 이상했어."

"그럼 아까 말한 성적 탑이라는 애는?"

"명진이와 동지가 서울대 의대 원서를 두고 내신 성적이나 품행에서 학교장 추천장 받는 걸로 경쟁이 붙었어. 같은 대학에 같은 과는 한 명만 추천장을 받을 수 있는 전형이었거든. 그런데 입시 전형 전에 이과 탑이었던 명진이가 죽었어."

"뭐어?"

"사고였어. 명진이가 그렇게 되고 난 후 경시대회에서 수상하고 내신 1등급에 추천장을 받은 동지가 서울대에 원서를 넣어 붙었지. 그런데 뒤늦게 송동지가 등록을 안 해서 입학이 취소됐어."

아람은 잠자코 들었다. 동인이 말을 이어 나갔다.

"등록 안 하기까지 여러 사연이 있었어. 명진이 부모님이 교통사고가 난 날에 송동지가 운전했다는 걸 봤다는 목격자를 데리고 경찰서로 갔어. 한 마디로 송동지가 용의자로 의심받는 정황이 있었어. 블랙박스나 CCTV가 없어서 뺑소니로 그쳤고 미제사건이 됐지만."

"미성년자여서 면허증도 없잖아."

"차는 남의 면허증으로 빌려서 운전했을지도 모르지. 차를 모는 걸 본 목격자는 있었지만, 뺑소니 사고는 목격자가 없어서 동지는 결국 무혐의로 조사가 끝났어. 하지만 명진의 부모님이 계속 뺑소니 조사를 하던 중에 학교 동기들이 송동지가 요양병원 자원봉사나 대학교수 논문에 제1 저자로 이름을 올린 게 허위라고 뒤늦게 항의해서 입시담당자들이 고민했대. 동지는 물의를 빚지 않기 위해 합격하고도 서류 등록을 안 했지. 끝내 그 교통사고는 송동지가 벌인 일인지는 밝혀지지 않았어."

"그럼 그때 경찰 조사도 같이 마무리된 거야?"

아람의 말에 동인이 고개를 끄덕였다.

"응. 동지는 의심이 가는 부분이 많았던 아이고 나는 이해 안 가는 몇몇 사건을 보다 보니 의아했지."

아람은 대뜸 물었다.

"동인아. 송동지가 너한테도 피해 입혔지? 아닐 수가 없는데. 네가 그렇게 자세히 기억하는 데는 말이야."

"피해까지는 아니지만 그래도 맞아. 문과랑 이과로 반도 달랐지만, 이상하게 나한테 자주 찾아와서 같이 스터디도 하자고 전교 회의도 논의하고 그랬어. 그러다가 하루는 우리 집에 놀러 와서 서재에 들어가 보고 책을 빌려 가더라. 나중에는 우리 집에 사상이 이상한 책들이 있다면서 내가 주체사상파를 따른다고 소문을 내서 좀 곤혹스러웠긴 했지."

"뭐어어? 네가 김일성이 창시한 주체사상을 따른다고? 말도 안 된다."

"별다른 책들도 아닌데 《마르크스 자본론》 같은 책들을 보고 그랬다는 게 그냥…, 뭐 음해하려 한 것 같고 그래서 나도 걔를 멀리하려 했지."

카페에서 나온 아람은 동인의 차에 올라탔다. 집으로 향하던 도로에서 옆 차선을 달리던 차가 무리하게 칼치기 하듯 끼어들었다.

동인은 경적을 빠방 눌렀다.

"우, 너도 이제 성낼 줄 아네? 운전 얌전하게 하더니."

"그런 거야. 지렁이도 밟으면 꿈틀. 박태영 작가와 한진선 셀러의 관계도 그런 거 같아. 얌전하고 조용한 사람들이 누군가의 지령에 따라 묘하게 꼬이게 된 거라면? 아직 추정이지만."

"넌 그게 송동지 연구소장과 관계가 있다고 보는 거야?"

"연구소장은 무슨! 사실 송동지가 내 동기라는 것도 창피해. 걔가 인생 상담하러 온 20대 청년들 솔깃하게 해서 자기 단체에 들어오면 같이 연구도 하고 나중에 큰돈도 벌고 여러 사람 구제할 수 있다 이렇게 말했다더라. 내가 서치한 바에 의하면. 《그것이 알고 싶다》에 나올 일 아니냐고."

"사이비 같긴 하다. 야, 유동인. 너 송동지가 네 동창인 거미리 알고 온 거지? 나한테 왜 말 안 했냐?"

"확실치 않았어. 일단 정확하게 얼굴 확인하고 말하려 했지. 송동지 연구소장 검색해보고 주선인가 싶어서 동기들한테 확인했는데 그렇다는 말도 있고 아니라는 애들도 있어서. 하여간 정확하지 않아서 만나보고 판단하려 했지. 입회비도 청년들한테 수백에서 수천까지 받았대."

"그런 건 또 어디서 알아냈대?"

"피해자 포털 카페가 있더라고. 찾아본 이야기들을 모두 퍼즐 맞추듯 해보니 이런 거야."

"근데 이상한 게 박태영 작가와 연루됐다면 5년 전 송동지

나이가 20대 후반인데 뭔가 있으려고? 그 어린 나이에. 그때는 뭐 하고 지냈대?"

"그걸 아무도 잘 몰라. 개명까지 했으니."

아람은 유심히 생각하다 고개를 끄덕였다.

"그러면 마인드 콘트롤 세뇌기법으로 박태영 작가에게 무슨 일인가 시킨 거고, 그게 그 《인간의 부활일기》를 쓰게 된 계기도 된 거야. 자비로 출판한 거고."

동인은 고개를 끄덕였다.

"그럼 혹시 찢긴 페이지에 진실이 적혀 있는 건가? 동인아, 네가 송동지에게 뭔가 더 캐낸다는 거 어렵겠지? 당연히 말하려 하지 않을 테고. 만약 네가 입회비를 내고 들어간다면? 그건 가능하려나."

동인이 도리질했다.

"야! 생각을 해봐. 나를 받아줄 턱이 없잖아. 내가 형사랑 같이 사건의 단서를 찾으러 찾아갔는데."

"그럼 해성 씨는 어때? 도와주려나?"

다음날 바로 서점 입구에 있는 방가방가 카페에서 동인은 미림문고의 막내 직원인 해성에게 파르페를 사주면서 아람과 분위기를 맞췄다. 사연을 들은 해성은 토핑된 초콜릿과 웨하스를 엄지와 검지로 집어 먹으면서 놀란 얼굴을 했다.

"그러니까 송동지 연구소에 들어가서 동정을 파악해 달라고요?"

동인이 해성과 시선을 맞추면서 고개를 끄덕였다.

"뭐, 실종된 추리작가님을 찾는 일이고 그게 가족분에게 도움이 되는 일이라면 당연히 돕는 게 맞지만…. 글쎄요. 그러다 저도 그 사이비 같은데 세뇌되면 어떡하죠?"

해성의 말에 아람이 진지하게 숨을 내쉬었다.

"그러게, 말입니다. 해성 씨. 그게 문제죠."

"저도 아람 형사님 돕는 일이라면 뭐든 하고 싶긴 한데…. 좀 그러네요."

이때 방가방가 사장이 아이스커피를 리필해주면서 슬쩍 끼어들었다.

"무슨 일인데 형사님 돕는다는 이야기가 나오나요?"

"아, 사장님."

방가방가 사장은 아람의 이야기를 듣고 입맛을 다시다 뭔가 구미가 당긴다는 표정을 지었다.

"사실 나도 잠이 잘 안 오고 요즘 정신적으로 피폐한데요. 뭐랄까, 아내가 5년 전에 가고 이제 홀아비로 사는 거도 익숙한데 계속 이렇게 살아야 하나 싶기도 하고."

아람은 귀를 쫑긋했다. 동인이 사장의 손을 부드럽게 잡았다.

"안 됩니다. 사장님. 아무리 인생이 헛헛해도 그런 것에 휩쓸리면 안 돼요."

"아니, 뭔가 사회에 도움 되는 일을 안 하고 시간만 보내는 것 같아서요. 그 언더커버 내가 할게요. 이 나이에 위험할 게 뭐 있어요. 그렇다고 해도, 애도 다 컸는데 뭘. 나 혹시 어떻게 되면 플라워 미장원을 이 자리에 들어오라 해요. 여기가 목이 더 나을지도 몰라."

아람은 흠, 하는 얼굴로 고개를 끄덕였다.

며칠 후, 방가방가 사장 원성구는 입회서류를 이메일로 연구소에 보낸 후, 연락을 받았다. 소액의 참가비를 내고 연구소 세미나에 참석하라고 했다.

세미나를 마치고 나서 영성을 고양하는 고급과정에 등록할 수 있다고 했다. 고급과정 등록비는 삼백만 원이 넘었다.

원성구는 오랜만에 양복을 꺼내 입고 세미나에 갔다. 강당에는 청년들과 노인, 중년 등 다양한 연령의 사람들이 10여 명 정도 좌식 바닥에 둥그렇게 모여 앉아 있었다. 어느 정도 간격을 두고 떨어 앉은 모양새로 보아 다들 잘 아는 사이는 아닌 것 같았다.

송동지는 황금색 마스크를 쓰고 하얀색의 두루마기를 입고 들어섰다. 머리에는 사슴뿔 모양의 관을 썼는데, 원성구는 처음에는 그 모습이 웃겼지만, 연구소 직원이 노려보자 얼른 진지한 표정을 지었다.

"뎅~~ 뎅~~ 뎅~~ 뎅~~."

소복을 입은 여성이 티베트 싱잉볼을 진중하게 울렸다.

"눈을 감으세요. 마음을 비우고 내 몸으로 우주의 신성함을 느껴보세요. 모든 괴로움과 번뇌가 물밀듯이 들어왔다가 해일처럼 밀려 나가는 것을 온몸에 느끼십시오. 쏴아아아, 빠져나갑니다. 그리고 텅 빈 몸에 가득 차는 진동을 느끼십시오."

송동지가 청명하게 울리는 목소리로 지시하자 모두 눈을 감고 집중했다.

"먼저 하늘로 가신 분이 계십니까. 그분이 미치도록 보고 싶나요? 조용히 아주 천천히 조금씩 떠올려 보십시오."

"뎅~~ 뎅~~ 뎅~~ 뎅~~."

원성구는 명상 음을 들으면서 천천히 기억을 떠올렸다. 아내와 카페를 차리고 간판을 올리던 기억, 아내가 내려준 커피를 시음하면서 웃던 기억들이 떠올랐다.

"좀 더 이전의 기억으로 돌아가 보세요. 그 사람과 처음 만났던 때로 말입니다."

원성구는 아내를 처음 만났던 종로 사거리의 카페를 떠올렸다. 잔잔한 피아노곡이 흘러나오던 앤티크 소품이 가득한 카페 안. 엘피판이 돌면서 지글거리는 소리와 방금 내린 핸드드립 커피 향이 그윽했다. 원성구의 커피에 각설탕을 넣어 주던 아내의 고운 손. 그가 커피를 흘리자 하얀 바탕에 핑크 도트무늬의 손수건을 건네는 아내. 20대의 아내는 무척 귀엽고 수줍은 모습이었다. 마음이 풀어지며 원성구는 기억 속에서 아내의 손수건을 받아 내렸다. 그리고 아내의 손을 붙잡았다. 부드러웠다.

눈을 뜨는데, 송동지의 눈이 그의 바로 앞에 있었다. 송동지는 마스크를 벗은 채 하얀 얼굴에 눈물을 흘리면서 안타까운 표정을 지었다.

"부인을 만나셨나요?"

송동지가 나직하게 귓가에 말을 건네자 원성구는 그만 펑펑 울면서 손바닥으로 얼굴을 쓸어내렸다.

다음날, 방가방가 카페에서 원성구는 입에 거품을 물고 아람과 동인을 설득했다.

"그러게 말이야. 아주 용하다니까. 내가 아내 기억 떠올린 거를 어떻게 알아냈는지 몰라."

"큼큼. 입회서류를 보내셨잖아요. 거기 가족관계란 보면 딱 파악 할 수 있죠."

아람의 말에 원성구는 고개를 저었다.

"아니, 아니. 그런 거 아니고 사실 진짜 같았어. 나 완전 감동먹었다니까. 유 대리님 톡 아니었으면 하마터면 그 고액 교육과정 바로 신청할 뻔했다니까."

"일단 경계를 풀지 마시고 그쪽에서 연락이 오면 저희에게 문자나 이메일 내용을 바로 알려주십시오. 그리고 명심하십시오. 사장님은 언더커버지 갱단이 나오는 버디무비의 주인 공이 아닙니다. 나서지도 마시고 세뇌나 동화되면 큰일 납니다!"

"옛썰! 형사님 말씀 명심하겠습니다."

그날 밤 원성구는 송동지 연구소에서 보낸, 아내를 부활시킬 영성 교육을 일대일로 연구소장이 직접 해줄 수 있다는 메일을 아람에게 전달했다.

아람은 동인이 야근하는 서점으로 와서 같이 메일을 보고 연구했다.

"그러니까, 아내를 부활시키는 최고위 영성 교육을 받으려면 천만 원의 교육비와 과정을 잘 이수하겠다는 각서를 써서 내야 한단 말인데. 심히 의심이 간다."

"동인아, 박태영 작가도 아내를 살리려다 이런 사기성 사이비 일에 휘말린 거는 아닐까?"

동인은 뭔가를 생각했다.

"어떻게 하지? 원성구 사장님도 더 휘말려서는 안 될 것 같아. 이러다 진짜로 사기당하거나 세뇌될 수도 있어."

"그럴 것 같아. 안 되겠다. 우리가 뛰어들자."

"내가 돌아가신 이모를 그리워한다고 말해볼게."

동인의 얼굴에 애수가 슬쩍 어렸다. 동인은 어릴 적 부모님이 해외에 계셔서 이모와 함께 살았다. 이모가 암으로 일찍 돌아가셔서 안타까워한 적이 많았다.

"동인아, 아무리 그래도 이렇게 개인적인 사정까지 드러내면서 조사를 할 수는 없는 일이야."

"모르겠다. 생각 좀 더 해보자. 참, 밖에 비 오던데 집에 데려다줄까? 차 안 가지고 왔다면서."

"옹? 운전실력 늘었어? 밤에는 운전 잘 안 하더니 웬일이래?"

아람과 동인은 주차장으로 향했다.

"그냥저냥. 오늘은 책 배송하는 일 때문에 가지고 왔어. 서점을 통해 지인분들에게 대량의 책을 구매해 보내달라는 고객분이 있으셨거든. 일일이 내가 도와드렸지."

"특이하다. 어떤 분인데?"

"환경학 연구하시다 은퇴하신 교수님인데 자기 일과 관련해서 환경보호에 관한 책을 널리 알리고 싶으시대."

"책이 자신의 사상을 널리 알리는 데 쓰이니 멋지다. 아,

가을비다."

아람은 창을 조금 내려 오른손으로 비를 맞았다. 낙엽이 지는 거리를 비가 촉촉이 적시고 있었다.

차가 드문 도로에 떨어지는 빗소리를 들으며 동인이와 드라이브를 하고 있으니 마음이 왠지 몽글몽글해지는 느낌이었다.

"동인아, 이모 다시 보고 싶어?"

"응. 그냥 가끔 책 냄새를 맡으면 그리울 때가 있어."

"난 그 감정을 잘 모르겠어. 할머니 할아버지 돌아가실 때도 덤덤했거든. 근데 가끔은 할머니가 내 뒤통수 만지면서 아, 이쁘다 어쩜 이리 고우냐 그러시던 때가 생각나. 나 되게 예뻐하셨는데. 첫 손녀라고."

"비가 오면 이모가 더 많이 생각나. 감정이 가라앉아서 그런가?"

아람은 말없이 창밖을 내다보았다. 가로등 불빛 아래 띄엄띄엄 비치는 헤드라이트 불빛이 안개비 속에 아스라이 스러졌다.

차에 켜둔 라디오에서 조니 스팀슨의 《Flower》가 흘러나왔다. 아람이 로맨틱한 노래 가사에 젖어 드는데 문득 뭐지, 하는 생각이 들었다.

동인과 다시 친구, 아니 더 나아가 홈즈와 왓슨처럼 콤비 탐정은 됐는데 그래도 뭔가 허전했다.

남녀 사이에 친구는 존재하는가? 그 영원한 화두에 아람은 Yes를 외치기는 싫었다.

No! 우린 친구가 아니야. 남녀 사이는 친구 없다는 명제 아래 우린 연인이야. 그럼 절대로 연인이지.

그렇게 망상에 빠진 아람을 동인이 큰 소리로 깨웠다.

"좋은 생각이 떠올랐다. 아람 형사, 이렇게 하자! 송동지가 최근에 명상 관련 책을 냈거든. 그 책을 미림문고를 통해 대량 배송을 신청하면 내가 택배기사로 하루 서비스하는 거야!"

"응? 야, 이거 추리소설로 쓰면 너무 상황 급조에 우연인데? 그리고 그게 가능은 한 거야? 네가 택배기사로 사무실에 가서 뭐 할 건데? 증거를 찾기도 어렵고 그렇게 찾은 증거는 실제로 사용하지도 못해. 일단은 노. 그 계획은 패스."

"아, 알았어. 가끔은 내가 너무 추리작가로서 현실을 망각한다고."

노래는 라우브의 《Sims》로 바뀌어 경쾌한 분위기가 됐다. 어느새 비가 그치고 차는 도로를 시원하게 달려 나갔다.

며칠 후, 아람은 동인의 톡을 받았다.

송동지가 드디어 미끼에 걸려들

었다. 궁금하면 달려와.

오늘 미림문고 저녁 7시.

아람은 퇴근하자마자 부리나케 미림문고로 출발했다. 혹시 동인이가 전에 말했던 것처럼 서점 직원이라는 신분도 망각하고 탐정 업무에 빠져서 택배기사로 변장하면 정말 큰 일이었다. 말려야 했다.

미림문고 7시. 도착해보니 동인은 사무실에 없었다. 해성이 북토크 홀에 있대서 가보니 송동지와 회원들이 함께 비대면 줌 콘서트를 준비하고 있었다.

아람은 동인에게 가서 나직하게 물었다.

"뭐 하는 거야?"

"줌으로 북콘서트를 하는 거야. 요즘은 비대면 시대라 그렇게 해. 내가 장소 제공한다니까 흔쾌히 응하던데? 라이브 방송하면 된대."

잠시 후, 30분에 시작된 인터넷 북토크에서 송동지는 하얀색의 도포로 갈아입고 카메라 앞에 앉았다. 그는 독자들에게 명상하는 법을 가르쳐주고 시연하면서 책을 홍보했다.

송동지의 얼굴이 표지에 크게 들어간 책을 집어 든 아람은 흠, 하는 얼굴로 북토크를 지켜보았다.

북토크는 명상과 책 설명을 오가면서 자연스럽게 흘러갔

다. 송동지의 낭랑한 음성은 비대면으로도 잘 전해졌다. 감격에 겨워 우는 참석자, 만족하는 참석자의 얼굴들이 북토크홀의 대형 화면으로 보였다.

"저도 20대 중반에 하던 일도 잘 안되고 우울한 기운에 그만 나쁜 마음을 먹을 뻔도 했습니다. 하지만 마음을 고쳐먹고 명상을 통한 정신적 힘을 기르면서 차츰 저의 길을 찾았습니다. 지금은 마음의 힘을 기르기 위한 명상 프로그램과 세미나를 하고 있으며 스타트업 설립과 기술적 보완을 거쳐 명상 앱을 개발할 예정입니다. 저만 믿고 따라와 주시면 마음의 힘을 기르는 데 도움이 되실 겁니다."

확신에 찬 송동지의 말이 끝나고, 질문하는 시간이었다.

한 독자가 손을 들고 질문을 했다.

"소장님, 예전에 양주에서 했던 동굴 명상이 참 인상적이었는데 언제 또 그런 행사가 있는지 궁금합니다."

안경을 낀 중년 남성의 질문에 송동지는 미소를 지어가면서 차분히 설명했다.

"아, 양주에 있는 외부 명상센터 말씀이시죠? 그곳은 현재 거리두기 지침으로 인해 관리가 어려워 문을 닫았습니다. 조만간 연구소에서 다른 세미나장을 임대해 방역을 철저히 하고 소규모로 진행할 예정입니다. 안내해 드릴 테니 기대해 주십시오."

그렇게 북토크는 끝났고, 송동지와 동인은 정중하게 인사를 주고받고 별다른 말 없이 헤어졌다.

아람이 행사장을 정리하는 동인에게 다가왔다.

"뭐 단서 잡은 거라도 있어? 왜 이런 라이브 방송을 벌인 거야?"

"내가 먼저 온라인 북토크를 우리 서점 행사장에서 하자고 제의하긴 했어. 그런데 달려들더라. 내 느낌인데 자신은 떳떳하니 상관없다는 이런 걸 보여주기 위한 거 아닐까?"

아람이 고개를 갸웃했다.

"정말 관련 없는 거 아니야? 우리가 헛다리를 짚는 거고. 다른 데를 파볼까?"

"아직은. 송동지의 과거 행적을 볼 때 뭔가 있을 성싶기도 해. 사람은 많이 변하지 않아."

"하지만 과거 일은 심증만 있지 확실하게 증거가 있는 것도 아니잖아. 야, 유동인. 네 동창한테 조용히 과거 일이나 현재 송동지 근황에 관해 물어봐. 사람의 평판이라는 건 무지하게 중요하더라. 사건 파보면 그 사건이 오늘 처음이 아니라 과거에도 비슷한 일들이 무지하게 많았다는 거야."

"하인리히의 법칙 말하는 거지?"

"정답."

1920년대 미국의 보험회사 직원 하인리히가 발견한 산업

재해에 관한 법칙은 재해가 일어나기 전에 비슷한 재해가 29번이나 있었고, 그보다 가볍게 다칠 뻔한 적은 300번 정도 있다는 내용이다. 아람은 경찰로 근무하면서 정말 이런 예를 많이 보았다.

데이트폭력, 마약 사건, 성추행, 강도, 살인 등은 그날 처음 일어난 게 아니라 그전에도 비슷한 경우가 많았다. 사후 대처가 늦어지다 큰일이 벌어진 것이다.

동인은 며칠간 정보를 캐느라 분주한지 아람이 찾아가면 일찍 퇴근했거나 약속이 있다고 했다.

일주일 후, 아람과 동인은 송동지 연구소를 불시에 찾아갔다.

송동지는 제자들과 미팅하다 그들을 보고 15분 정도 시간을 낼 수 있다고 했다.

아람은 시간을 낭비할 수 없어 본론으로 바로 들어가 조목조목 따졌다. 원성구 사장의 이름은 빼고 피해자 카페에 올라와 있는 피해 내용을 말해주며 설명을 요구했다.

"강아람 형사님, 그걸 나쁘다 할 수 있어요? 죽도록 보고 싶은 사람을 추억하게 하는 일을 돕는 거죠. 아무 일도 안 하고 지나갈 수도 있어요. 하지만 그런 게 무슨 소용이죠? 남는 게 있나요? 난 사람들의 마음을 안정되게 하는 영성 교육을 할 뿐입니다."

아람이 송동지에게 대차게 응수했다.

"당신은 살아있는 사람들의 여린 마음을 이용하는 거잖아
요. 살아 돌아오지 못하는 사람을 미끼로."

"그들에게 희망을 주는 겁니다. 그것에 비하면 그들이 내
는 돈은 정말 적을 수 있어요. 전 그들에게 살아갈 의미를
부여하는 겁니다."

동인이 차분하게 말했다.

"아니. 그건 아닐 수 있어. 잊고 싶다가도 추억하고 싶고
살아 돌아왔으면 하는 혼돈만 주게 돼. 주선아, 그걸로 우리
들의 마음에 남겨진 죄책감이나 아픔, 아쉬움을 씻어낼 수
없어. 네가 영원히 그런 것처럼."

송동지의 얼굴이 어두워졌다.

"내 예전 이름 함부로 부르지 마. 나는 과거의 네가 알고
있는 이상한 사건과는 전혀 상관없어. 솔직히 말할게. 박태영
작가가 찾아온 거는 맞아. 난 그냥 상담만 해줬어. 그 소설을
써서 아내와의 추억을 기억하고 부활을 꿈꾸고 그러다 망상
에 빠진 것도 모두 그 사람의 일이야. 나는 단지 그 사람이
죽은 아내를 그리워하는 걸 상담만 해줬을 뿐이야."

"이상하다. 5년 전에 너는 그렇게 남을 인도할 만큼 마음
이 여물지 못했을 거야. 입시도 좌절되고 너도 아픈 상태였

으니까. 누구야? 너를 이용해서 이런 자리에 오르게 하고 모든 스킬을 가르쳐준 사람이. 너한테 사람을 이용하고 갈취하는 방법을 알려준 사람이 대체 누구야?"

동인은 동창생들을 통해 추가 정보로 송동지가 의사의 꿈을 버리고 많이 방황했다고 들었다. 그리고 연구소 내에 실제 세력인 송동지의 스승이자 멘토가 있다는 결정적 정보를 얻었다. 오히려 송동지가 이용당하고 있다는 이야기도 있었다.

동인의 추궁에 송동지는 얼굴이 파리해지면서 머뭇거리다 말했다.

"그분을 함부로 욕되게 입에 올리지 마. 스승님은 만인에게 살아가는 지혜를 알려주셔. 만권의 책을 통해 얻은 마인드 콘트롤 기법으로 인간이 더욱더 희망을 품고 행복하게 살 방도를 알려주셔. 불안에 겨워 우는 현대인들의 눈물을 닦아 주신다고."

동인이 큰 소리로 말했다.

"한진선 님. 나오시죠."

아람의 등골에 소름이 돋았다. 사무실 벽에 놓인 병풍 뒤에서 보라색 긴 머리를 늘어뜨린 여성이 걸어 나왔다.

이아사나 요가원의 구루이자 미림문고 마케터였던 사람이다.

"아니!"

아람이 놀랐다. 동인은 큰 목소리로 말했다.

"한진선 님. 박태영 작가에게 스토킹 당하고 피해 본 척하더니 왜 작가님이 사라진 후에 이 모든 일을 계획한 거죠? 대체 왜."

한진선은 얼굴에 잔잔한 미소를 띠고 자애로운 표정을 보였다.

"박태영 작가가 원한 게 그거니까요. 저는 그에게 가는 길을 인도해준 겁니다. 아마 마음이 편했을 겁니다. 책으로 주목받은 시절보다요. 찾아가서 물어보세요."

송동지는 경비실에 연락해 동인과 아람을 쫓아냈다.

아람은 연구소를 나오다 동인에게 물었다.

"정말 한진선 씨가 이 모든 배후의 뒤라니 믿을 수가 없어. 언제 눈치챈 거야?"

"이아사나 요가원과 송동지 연구소는 자매 연구기관처럼 협력한다는 걸 뒤늦게 알았어. 소설의 뒤에 나온 내용, 잘린 부분 말이야. 강마음 사장이 안 잘려있는 헌책을 구해 와서 읽어봤어. 부산에 있는 보수동 책방에서 찾아냈대. 이거 읽어 봐."

"뭐어어?"

아람은 동인에게 책을 받았다. 순식간에 뒤를 펴서 읽어나 갔다.

이야기는 남자 주인공이 아내를 살리려고 구원의식을 치르기 위해 아내를 대신할 한 여성을 찾아내고, 스토킹하고, 그로 인해 여성이 자살하지만 부활한다는 내용으로 끝났다.

"바로 이 소설 속에서 한진선을 상징하는 캐릭터는 죽고, 주인공은 아내를 부활시키는 내용으로 끝마치지. 소설에서 되살아난 환생의 여인은 신이 되고."

"뒤에서 완전히 신격화시키는데?"

결말은 아내의 영혼이 깃든 여인이 다시 살아나는데, 천지에 아름다운 소리가 울리고 하늘과 땅이 열리는 판타지적인 끝을 맺었다.

"한진선을 상징하는 소설 속 캐릭터는 아내의 영혼이 깃들어 신이 되어서 되살아 나."

아람이 질문을 던졌다.

"그렇다면 한진선이 자신들의 사상이나 영성을 강화하기 위해 박태영 작가를 속여서 이런 소설을 집필하게 했다는 거야? 뭐 그런 거야?"

"아마도. 정확하게는 모르지만 일단 박 작가님을 찾아야 해. 나는 일단 송동지 쪽 사람을 캐볼게. 넌 계속 박 작가님을 찾아봐 줘."

"알았어. 이상한 건 우리가 송동지에게 가도록 왜 한진선이 유도를 했느냐는 말이지. 그냥 안 알려주고 감출 수도 있었을 텐데."

동인은 곰곰이 생각하다 입을 열었다.

"알았을 거야. 우리가 자신들을 알아내리라는 걸. 선수 쳤을 수도 있어. 거기다 우리도 세뇌할 수 있다고 착각했을지도. 그래서 송동지에게 보냈는지도."

동인은 그간 캐낸 정보를 아람에게 자세히 말해주었다. 고등학교 동기들과 송동지에게 피해를 본 피해자들을 통해서 그가 사이비 영성 단체에 들어가 요가를 수련하고 독자적으로 연구소를 냈다고 들었다. 동인은 사기 피해자들을 더 캐고 난 후 그 연구소 병풍 뒤에 스승이자, 실세의 임원이 늘 앉아서 송동지를 감시한다는 결정적 소문을 들을 수 있었다. 그리고 그 사람이 요가원의 한진선이라는 걸 알 수 있었다.

아람은 굳은 얼굴로 동인의 말을 경청했다.

며칠이 지났다.

오늘은 동인이 야간 당직을 서는 날이다. 영업시간이 끝난 후 직원들이 퇴근하고 마지막으로 홀에서 사람들이 모두 나갔는지 확인 후 보안 장치를 점검하고 서점을 나서면 된다. 누군가 해야 하는 일인데, 족히 15분은 넘게 걸려 직원들이 돌아가면서 하는 일이었다.

동인이 책이 꽂혀 있는 서가들이 있는 홀을 살피고 책을 보관하는 후방 창고를 지나쳐 가려는데, 창고 문이 삐걱 열리면서 괴한이 튀어나왔다. 검은 점퍼, 모자에 마스크를 쓴 남자는 동인의 목을 단숨에 낚아챘다.

"캑캑…."

괴한은 동인의 목을 더욱더 거세게 졸랐다. 동인이 두 손으로 붙잡아 메치려는데 남자는 팔뚝에 힘을 주며 목을 더 감아 눌렀다.

동인이 필사적으로 서가의 책을 붙들고 늘어지면서 정돈되어 있던 책들이 우수수 떨어져 내렸다.

동인은 책을 부여잡으려다 그대로 손가락이 툭 떨어졌다.

눈이 감기고 의식이 흐릿해져 갔다. 어디선가 빗소리가 났다. 동인은 초등학생이 되어 있었다. 팔뚝을 휘감는 빗방울들. 동인은 앞을 바라보았다. 모두 엄마가 우산을 가지고 와서 데리고 가는데 동인만 소나기를 맞고 있었다. 횡단보도에 서서 파란불이 몇 번 바뀌어도 그냥 서 있는데, 저만치 얼굴이 흐릿한 누군가 동인을 향해 손을 흔들면서 빨간 우산을 펄럭였다.

"동인아! 동인아!"

"아, 아…."

동인이 풀려나고, 괴한은 다른 누군가에 의해 얻어맞고 있었다.

"너, 누구야! 대체."

동인이 시선을 들어 보니 괴한에게 아람이 두 주먹으로 잽 펀치를 날렸다. 괴한은 주머니에서 칼을 빼 아람에게 휘두르며 대응했다. 아람은 고개를 숙여 날렵하게 피했다. 아람의 포니테일 머리가 휘날리면서 칼날이 그대로 아람의 재킷 어깨 부분을 찢었다.

"안 돼!"

동인은 얼른 고개를 들어 정신차리고 일어나 돌려차기로 괴한을 날려버렸다. 괴한이 나가떨어지며 그 앞으로 아람이 두 주먹을 불끈 쥐고 달려들었다.

아람은 괴한의 마스크와 모자를 순식간에 벗겼다.

송동지였다.

"너, 이 자식! 감히 여기까지 와서!"

아람은 분노하며 그대로 땅을 짚고 일어나 옆에 있는 서가를, 칼을 잡고 휘두르는 송동지에게 엎어버렸다.

서가와 책들에 깔려 그는 꼼짝하지 못했다.

잠시 후, 경찰들이 와서 송동지를 폭력 현행범으로 체포하고 동인은 아람과 서가의 책들을 정리하고 쉬었다.

"어휴, 진짜 큰일 날 뻔했다. 이 나쁜 놈! 나 경찰서에 가

봐야 해. 같이 가자. 상황 진술하러."

"알겠어. 그나저나 넌 이 밤에 여길 어떻게 오게 된 거야? 송동지가 흘린 단서라도 주웠어? 나를 공격하려는 걸 어떻게 알았어?"

아람은 진지하게 대답했다.

"꿈."

"꿈?"

"응."

아람은 며칠간 꾼 꿈을 말했다. 꿈에서 아람은 비가 오는 숲길을 걸으면서 천천히 산책했다. 기분 좋게 산책하는데, 갑자기 누군가 뒤에서 우산을 씌워주었다.

남자였다. 아람이 아는 사람인가 싶어 뒤로 돌았더니 붉은 우산이 젖혀지면서 얼굴이 드러나는데 흐릿해서 누군지 식별은 불가능했다. 남자의 붉은 입술이 갑자기 씩 웃었다. 그때, 황금색 이빨이 드러나면서 아람의 등골에 오소소 소름이 돋았다.

기분이 싸했다. 어디선가 동인이가 부르는 '아람아! 일어나!' 하는 소리에 벌떡 일어났다.

비슷한 꿈을 이틀인가 더 꾸니 그냥 무시할 수 없었던 아람은 동인의 동선과 근무 시간대를 파악해서 며칠간 미행과 감시를 하고 있었다.

"뭐? 말도 안 돼. 그럼 내가 퇴근하고 서점 주차장에서 차 타고 나가는 것까지도 지켜봤다고?"

"당연하지. 골목에서 보고 돌아갔지. 그래도 조금은 불안하더라."

"그럼 오늘은 서점 홀에 몰래 숨어 있었던 거야?"

아람은 씩 웃었다.

"그건 아니고. 오늘 네가 야근인 걸 근무일지를 보고 알아서 일단 서점 밖 복도에서 서성였지. 그러다 검은 점퍼를 입은 남자가 몰래 서점 홀로 들어가는 걸 봤어. 영업시간이 끝나 에스컬레이터도 멈췄는데 슬금슬금 걸어 내려와 수상쩍게 텅 빈 홀로 들어가기에 나도 따라 들어갔어. 그런데 이런 일이 벌어진 거지."

"흐음. 근무일지 본 건 어떻게 된 거지? 스토킹인데! 개인정보 보호법 위반이야."

"뭔 소리야. 해성 씨한테 물어봐서 내가 확인한 거는 맞아. 하지만 솔직히 너희 사무실에 들어가면 벽에 붙은 칠판에 쓰여 있잖아. 당직 날짜."

"맞네. 그건 그러네. 암튼 고맙다 고마워. 신간 책 냄새도 못 맡고 죽을 뻔했어. 다음 주에 괜찮은 책들 들어오는데."

"야 유동인. 생명의 은인 잘 모셔라."

자신을 손으로 가리키며 으쓱대는 아람에게 동인은 허리

굽혀 꾸벅 인사했다.

"진심 고맙습니다. 강 형사님."

며칠이 지났다.

강아람 형사, 송동지 씨 일단

풀어줬다고 강력팀에서 전화

왔다.

아람은 선배가 보낸 톡에 정신을 가다듬고, 외근을 서둘러 마친 후 얼른 강동경찰서로 부리나케 달려갔다.

"뭐라고요? 아니 현행범을 그렇게 풀어주시면 어떻게 해요?"

김 형사는 아람에게 차근차근 설명했다.

"서가가 넘어지는 바람에 지나가던 직원을 붙잡고 쓰러진 거라고 하는데 어떡해? 게다가 거기 유동인인가 하는 직원이 자기 고등학교 동창이고 절친이라 퇴근길에 만나러 왔다는데?"

아람이 질색했다.

"네? 전혀요. 둘이 안 친하다고요! 만나러 올 이유가 하등 없습니다."

김 형사는 어쩔 수 없다는 얼굴을 지어 보였다.

"함부로 구금 못 시키는 거 알잖아. 명확한 법적 근거 없이는. 일단은 내일 서점 CCTV들 다른 각도에서 촬영한 자료들 좀 더 요청해서 보고 판단하려고 풀어줬지. 판사가 구속영장을 기각했어. 게다가 송동지 연구소 측에서 로펌 변호사를 몇 명이나 불렀는지 경찰서를 계속 찾아와."

"그럼 칼은요? 제가 CCTV 서점에서 받아다 드렸잖아요."

"네 등에 가려 그 부분은 아무리 봐도 안 보여. 옷 찢어진 거는 잡아당겨 그런 거라던데? 칼은 우리가 갔을 때는 찾지 못했고."

서가가 뒤엉켜 있어 범행도구를 찾지 못했다. 동인이 다음 날도 뒤져봤지만, 칼은 나오지 않았다. 아람은 사건 당일 송동지가 입었던 옷이 쓸데없이 주머니가 많았던 걸 기억해냈다. 검은색 카고팬츠를 입고 있었는데 칼을 주머니에 숨겨 들어와서 범행을 저지른 후에 숨기기 용이할 거였다. 만약 떨어뜨렸다 하더라도 기회를 봐서 나중에 주워 주머니에 감출 수 있었다. 실제로 그런 사건이 있으면 형사들이 범행도구를 찾느라 애를 먹었다.

아람은 얼른 달려 나가면서 동인에게 전화했다. 하지만 받지 않았다.

"어우 동인아, 제발 전화 받아라. 무사해야 하는데!"

잠시 후, 동인이 전화를 되걸어왔다.

"아람아, 무슨 일이야? 후방 창고 정리하느라 못 받았다."

"야 큰일났어. 송동지가 풀려났대."

"응? 안 되겠네. 일단 증거를 더 모으자."

"오키. 조심히 퇴근하고, 이상한 일 있으면 즉시 연락!"

"알았어."

아람과 동인은 송동지의 공격으로 박태영의 흔적을 찾으려던 계획을 전면 수정했다. 송동지와 한진선을 자극하지 말고 다른 증인을 더 찾아보려고 노력했다.

그러던 중 아람은 과거에 송동지의 제자 중에서 그를 고소한 사람이 있다는 것을 찾아냈다. 이름은 도구홍. 그는 송동지의 비서로 일하다가 무속에서의 신내림 굿 비슷한 제사 의식을 치르고 제자 관계를 맺고 일을 도왔다. 하지만 차츰 송동지가 수많은 사람에게 제사 의식을 진행하게 하고 수억대의 돈을 사기 치자 비서 일을 관두고 나간 후 제자로 입문할 때 낸 돈을 돌려달라고 고소했다.

아람은 송동지 관련 사건을 수사 중인 경찰서에 협조를 구해서 도구홍을 만날 수 있었다.

아람이 도구홍을 커피숍에서 만났다. 그는 잘 차려입은 평범한 청년으로 보였다. 지금까지 일어난 일들을 정리해 말해주자 그가 자신의 이야기를 들려줬다.

"송동지 그 작자 못 써요. 하여간에 제사를 지내라, 명상하면서 신의 계시를 받으라 하면서 사람을 홀려 돈도 억대로 받아내고 아예 폐인을 만들어요. 지금 형사님이 말한 그 작가란 분도 아마 그런 케이스일 겁니다. 아, 그 무슨 베스트셀러 작가 하나한테 제사 의식을 했다는 거는 들은 적 있어요. 저 들어오기 전 일이라서 정확하지는 않은데 무슨 제사 의식을 치르게 하고 책을 써서 뭐 누군가를 새롭게 태어나게 한다는 그런 거라고 했었습니다."

"그러니까 베스트셀러 작가가 특수한 제사 의식을 받았다고요?"

"네, 그렇다니까요. 양주에 있는 불곡산 동굴에서요."

"정확하게 말씀해 주십시오."

도구홍의 말에 의하면 의식은 이렇게 치러진다고 했다.

한 달 동안, 육식을 삼가고 명상 훈련에 집중한 후에 심신을 정화하고 나서 의식에 들어간댔다. 송동지가 홀로 명상하러 종종 들어가는 깊은 산속의 동굴에서 제사 올릴 대상자와 송동지, 그리고 여러 제자가 함께 참석한다. 횃불을 환하게 밝혀두고 자정이 넘은 시각에 제사상을 차린 후, 빨간 옷을 입은 대상자가 한가운데 눕는다. 싱잉볼 소리를 들으면서 다들 깊은 명상에 들어가고 대상자는 송동지가 집전하는 의식으로 온몸의 옷이 벗겨지면서 세속의 정을 끊고 차가운 물로 세례를 받는다. 그리고 다시 태어나서, 송동지의 예언을 내려

받는다고 했다.

"대체 어디에 있습니까? 그 동굴이요."

아람은 동인에게 전화를 걸어 도구홍에게 알아낸 정보를 알려주었다.

동인은 차를 몰고 속력을 높여서 서울을 빠져나갔다. 양주에 있는 불곡산 중턱의 명상을 하는 동굴은 이미 송동지 연구소 홈페이지에서 사진과 주소를 본 적이 있었다.

송동지 측은 코로나로 외부에 있는 동굴 등의 명상 장소를 폐쇄하고 내부적으로 세미나실을 빌려 명상 행사를 하고 있었다.

산에 도착하니 한밤이 되었다. 동인은 산 입구에 도착해 폰으로 플래시를 켜서 앞을 비추며 올라갔다.

다행히 송동지 연구소에서 만들어 둔 명상 동굴 안내판이 보였다. 화살표 방향으로 올라가다 보니 저만치 어둠 속에 거대한 아가리를 벌린 동굴 입구가 보였다.

'송동지 연구소 명상센터'라고 적힌 안내판이 서 있었다.

아람의 전화를 받고 동인은 떠오르는 게 있었다. 송동지 책에서 발견한 내용에는 동굴 속에서 명상하며 죽은 가족을 살린다는 부활 의식이 묘사돼 있었다. 그곳의 배경이 바로 여기 불곡산 동굴이었다.

"작가님! 작가님! 박태영 작가님!"

동인이 외쳤다.

동굴 안이 갑자기 훤하게 밝아졌다. 너른 터에 신당이 차려져 있고 등불이 켜져 있다.

동인이 안으로 달려들어 가는데 누군가 그의 발을 걸어 넘어뜨리고 그 위로 달려들었다.

"캑캑…"

"누, 누구야."

"작가님께 도움을 주러 온 사, 사람입니다. 저는 미림문고에서 근무하는 직, 직원입…니다…"

그제야 남자는 뒤로 꺾은 동인의 팔을 풀어주었다.

동인은 천천히 남자가 일으켜 주는 대로 일어나 앉았다. 긴 머리, 긴 수염에 광대가 불쑥 나오고 깡마른 체구의 남자는 박태영인지 확실치 않았다.

"내가 박태영인지 어떻게 아셨습니까?"

동인은 박태영을 보고 눈시울이 약간 붉어졌다. 애타게 추리하던 사건이 풀릴 즈음에서 왈칵하기도 했다. 특히 이렇게 무척이나 찾고 싶었던 사람을 걱정하다 마침내 찾으니 더 그랬다.

"어머님이 찾고 계세요."

박태영이 망연한 표정을 짓다 눈이 붉어졌다.

"어, 어머니…."

"작가님. 저랑 같이 나가세요."

박태영은 고개를 저었다.

"아, 아뇨. 아닙니다. 난 속죄해야 합니다. 난 누군가를 괴롭혔습니다."

"한진선 님이요? 그것도 다 이유가 있다는 것을 알게 됐어요. 송동지 연구소장이 술수를 부린다는 것도요. 이제 나가서 진실을 밝혀요."

박태영은 고개를 저었다.

"난 한진선 씨 죽음에 책임이 있소. 그럴 수 없소."

"예? 죽, 죽다뇨? 한진선 씨와 얼마 전에 만났는데요."

박태영은 놀란 얼굴을 했다.

"송동지 선생님이 분, 분명 내가 스토킹하고 괴롭혀서 그녀가 불안하고 무서워하며 사라지고 나서 스스로 죽음을 택했다고 들었는데요? 난 그 죗값을 치르는 게 두려워 여기저기 떠돌면서 막노동도 하고 그렇게 살았습니다. 그러다 이곳으로 숨어든 겁니다."

"작가님. 자세한 일들은 나가서 같이 밝혀요!"

박태영은 동인이 자신감 어린 얼굴로 안심시키자, 그의 손을 붙잡았다. 그리고 서서히 일어나 그를 따라 나왔다.

오랫동안 가만히 앉아 있기만 하고 근육을 안 써서 그런지 박태영은 걷는 게 부자연스러웠다. 동인이 박태영을 부축했다. 그들은 천천히 한 발자국씩 발맞추어 나갔다.

둘이 가던 중에 동인은 자초지종을 들을 수 있었다.

《인간의 부활일기》중 약 20페이지 정도가 유실된 것은 박태영 작가 자신이 책의 뒷부분을 칼집을 주어 뜯어낸 것이었다.

후반부에서 나오는 자신의 스토킹 범죄에 시달리던 여인이 죽고 아내의 영혼이 들어가 환생한다는 내용에 박태영은 자신이 썼음에도 죄책감에 시달렸다. 자신의 스토킹으로 인해 한진선이 서점도 관두고 잠적했으니 얼마나 괴로웠을까 짐작해서였다.

게다가 죽었다는 말도 전해 들었으니 도피 생활을 했던 것이다.

거기다 박태영은 책을 발견하게 되면, 끝의 20장을 직접 뜯어냈다는 것이다. 그는 자신의 책을 물류창고까지 가서 뒷부분을 모두 뜯어냈다고 했다. 후에도 자신의 책을 헌책방이나 독립서점 등에서 발견하면 그렇게 뜯어냈다고 했다. 죄를 지었다고 생각해서 도피하던 중에 그렇게 한 것이다.

아람이 산 아래 차를 대고 기다리고 있었다. 그녀도 부랴부랴 차를 몰고 달려온 것이다.

서울로 돌아와 경찰서로 가서 조사받았다. 그리고 유명숙에게 아들이 살아있음을 알렸다. 유명숙은 오열하면서 경찰서로 강마음 사장과 함께 달려왔다.

아들과 어머니의 만남에 동인과 아람은 눈물을 글썽였다.

그날 아람과 동인은 한진선과 송동지가 결탁해 박태영 작가를 세뇌했다고 자세하게 말해주었지만, 그는 좀체 믿지 않았다. 오히려 본인의 잘못을 뼈저리게 후회한다고 했다. 아람은 차근히 알려주기로 마음먹고 동인과 눈을 맞추었다. 지금은 누구의 말도, 그 어떤 진실도 그의 귀에 들어오지 않을 것이다.

그 후 꽤 시일이 지났다. 박태영은 조사를 끝내고 전화로 연락을 해왔다. 어머니의 집으로 들어가 잘살고 있다고 했다. 사건은 그렇게 일단락됐다. 하지만 박태영이 송동지와 한진선을 사기범으로 고소하지 않아 그들에 대한 조사는 시작조차 되지 않았다.

이틀 후 주말.

동인은 아람과 청계천 헌책방에서 만났다.

각종 책이 가득 들어찬 책방에서 아람은 외쳤다.

"찾았다! 부활일기!"

아람은 책을 들어 보였다.

동인은 《인간의 부활일기》를 들어서 뒤를 살폈다. 역시

나 20페이지가 없었다.

동인은 책을 구매했다. 며칠 전부터 동인과 아람은 인터넷으로 헌책방 홈페이지에서 책이 있는지 검색해보고 있으면 책을 주문하거나 사 들고 왔다. 3권 정도를 그렇게 샀다.

박태영 작가는 경찰 조사를 받은 후에 자신이 한 과거의 일이 부끄럽다면서 혹시라도 헌책방에 가게 될 일이 있으면, 책을 수거해달라고 했다. 그는 자신이 5년간 다니면서 책을 찢거나, 사들여 이제 거의 없을 거라고 했지만 혹시 있을 수 있으니 발견하면 그렇게 해달라고 했다.

아람이 책을 들고 환하게 웃었다.

"이제 웹상에서 잡히는 헌책들은 모두 찾았네? 다른 헌책방 사이트에는 입고 알림을 신청해두었으니 기다리자. 그나저나 이거 찾는 동안은 별다른 이유 없이도 우리 계속 만나야 하겠네. 큼큼."

아람은 심각한 얼굴로 경찰의 수사 진행 과정을 말해주었다.

"완전히 박태영 작가를 세뇌해서 실종되게 만든 거지. 그걸로 한 사람의 인생 5년이 날아갔고 가족도 고생하게 했어. 송동지는 박태영에게 아내를 부활시키려면 한진선을 쫓아다녀서 새로운 책을 만들어 내야 한다고 했대. 부활 제사 명목으로 돈도 여러 차례 받고, 나중에는 한진선이 스토킹으로 불안해서 죽었으니 평생 숨어서 살라고까지 했다나 봐. 제사를 올리려면 돈을 모아오라고 재차 종용했고. 막노동으로 번 돈을 수십 차례 갈취했대. 하지만 피해자가 고소를 안 하니, 잡아들일 수가 없어. 우리가 어떻게든 작가님을 도와야 해."

동인은 고개를 저었다.

"정말 송동지는 하나도 안 변한 것 같아. 남을 이용하고, 증거를 없애고 누군가를 사주해서 자신이 유리하게 상황을 만들어 버리고. 거기다 한진선이라는 날개를 달았으니 더 큰 일을 벌일지도 몰라."

아람과 동인은 박태영과 유명숙을 설득해 한진선과 송동지를 고소하도록 마음을 돌려먹게 했다. 일주일 후에 변호인을 통해 고소 절차가 진행 중이었다. 그제야 그들은 마음을 놓았다.

어느덧 평온한 몇 주가 지났다.

아람과 동인이 광화문 미림문고에서 만나 책을 구경하는데 송동지가 스쳐 지나갔다. 동인이 멈칫했다.

"야, 동인아."

"아."

동인과 아람이 그와 마주 보았다.

송동지는 같이 가던 일행을 먼저 보내고 잠시 말을 나눴다.

"그런 표정 짓지 마라. 나 결백해. 이제."

송동지와 한진선은 박태영 작가가 추후 진술을 번복해 그들의 세뇌 때문에 자취를 감춘 것으로 거론하지 않았다. 그들은 당연히 아무런 관련이 없는 사람들이 되었고 조사받지 않았다. 고소도 취하했다.

박태영은 자의에 의해 실종이 된 것으로 판명되고 사건은 일단락되었다. 동인에게 저지른 폭행도 사고에 의한 것으로 기소유예 판결이 났다. 결과적으로 송동지는 몇 건의 사기 관련 고소 사건으로만 조사받았다. 하지만 아람이 나중에 알아보니 그마저 합의를 보았는지 고소가 취하되었다고 했다.

송동지 연구소 인터넷 홈페이지에는 여전히 명상과 관련한 문의 글이 많았다. TV나 유튜브 송동지 연구소 채널도 인기를 끌고 있었다. 심증은 가고 물증도 있지만, 피해자들이 적극적으로 고소하지 않거나 합의를 봐서 아직도 처벌받지 않은 것이다.

"앞으로 고민 있으면 와. 사건이나 뭐 그런 걸로는 서로 마주치지 말자고. 네 안에 평화가 있기를 기원할게."

송동지는 동인의 셔츠 깃을 만지면서 씨익 미소를 지었다. 그 모습을 보던 아람은 소름이 쫙 돋는 게 이만저만 기분 나쁜 게 아니었다.

송동지가 일행에게 가자 아람이 나직하게 말했다.

"저게 또 성질부리거나 해코지하러 오면 나한테 말해. 아주 작살내 버리게. 끝까지 불도그처럼 물고 늘어져 꼭 형사 기소까지 가게 할 거야. 감방에 처넣어야지."

"형사님이 사적으로 친구 일에 관여하면 안 되죠. 걱정하지 마. 나도 이번 일로 예전의 내가 아니야."

초겨울 바람이 슬슬 코를 간질이는 시기가 찾아왔다. 아람은 오랜만에 코트를 입고 플라워 미장원을 찾았다.

꽃무늬 원장은 이제 꽃무늬 옷도 안 입고 회색 승복같이 칙칙한 긴 원피스를 입고 머리도 푸석거렸다.

"어, 형사님 좀 기다려요. 앞 손님 손질이 덜 되어서요."

그래도 활기찬 표정은 여전했다.

"아니 글쎄, 그래서 국숫집 총각들이 뭐라는 줄 알아? 내가 마흔 넘었다니까 놀라는 눈치더라고."

보글거리는 펌을 하던 중년 여성이 물었다.

"그 총각들은 몇 살인데? 우리 철물점에도 종종 물건 사러 오던데. 뭐 고친다고."

"하나는 쥐띠, 그리고 소띠. 둘 다 나보다 한참 더 어려. 얼마나 부지런한지 쥐처럼 바지런을 떨고 소처럼 부지런히 일해서 비빔국수를 만든다니까."

"요즘은 연하가 대세라던데. 원장님도 더 늦기 전에 시집

가야지.”

“시집은 뭐. 게네들 여기 와서 커트도 안 해. 로데오 거리에 있는 주노 헤어만 간다니까.”

“어머, 여기 커트 기술 못 믿고. 흥.”

“아이고. 내가 안 받아, 걱정하지 마. 오히려 내가 맛을 좀 덜 맵게 해봐라 해도 꿈쩍 안 해. 꼰대 보듯이 한다니까.”

“요즘 애들이 그렇지 뭐. 자영업이 얼마나 힘든데, 지들이 겪어봐야 얼마나 겪는다고. 나도 철물점 먼저 간 남편한테 물려받아 저만큼이야.”

“아저씨 제사 이맘쯤 아냐?”

“잉? 그이 제사 언제지? 그것도 까먹네. 어제도 철물 물품 대금 입금하는 거 까먹었어. 재촉 전화 올 때까지 몰랐다니까.”

“우리 나이 때가 그렇지, 뭐. 그래도 게네들이 빠릿빠릿해서 내가 코로나 자영업자 지원금 신청 못 할 때 컴퓨터로 친절하게 도와줘서 단번에 했어. 젊은 애들이 똑똑하기는 하더라.”

“뭐가 똑똑해. 자영업자 포털 카페 ‘아프니까 가게 차린다.’ 거기 보면 젊은 애들이 이 시국에도 겁도 없이 가게 차리다가 미납 월세 내라는 문자 받고 멘탈 나가는 거 못 봤어? 그런다니까. 장사가 장난인가.”

"그런가? 그래도 보기는 좋던데. 청년들이 가게 안 열면 누가 해. 용감해야 돈도 버는 거지. 형사님, 이리 와요."

"형사? 저 아가씨가? 그렇게 안 보이는데?"

"그런 게 있어."

아람은 미용 의자에 앉았다. 아람은 작게 말했다.

"아람 씨라고 해주세요, 부담됩니다."

"네."

원장이 작게 입 모양으로 말했다.

"후우. 사실 그런 카페 이제는 아예 안 가요."

흐음. 아람은 작년에 그린 카페 앞에서 과일가게 사장님과 드잡이 싸움하던 걸 기억해냈다.

"마땅히 갈 데 없어 방가방가 사장네로 가는데, 역시 거긴 구려."

갑자기 옆에서 철물점 사장이 대화 도중 인터셉트했다.

"어머 방가방가 원성구 사장이 이 동네 30년 토박인데, 여기저기 상가 갖고 있고 알짜야. 한번 만나보라니까. 제대로."

원장이 갑자기 언성을 높였다.

"거긴 딸도 있고 그런데 뭔 소리야! 나이도 나보다 정말 많아. 거기는 나랑 정말 세대 차이나. 왕 꼰대라니까! 나한테 괜하게 공짜 커피 막 주고 그러는데 별로야."

이때, 갑자기 데스크 위에 놓여 있던 커다란 유리 상패가 떨어져 쨍그랑 깨졌다.

"어맛, 내 최우수상 트로피!"

다행히 밑의 받침대만 깨지고 원형 상패는 무사했다. 아람이 주워주었다.

"2018 강동구 미용 페스티벌 나가서 탄 건데. 남 얘기하지 말자. 듣나 봐."

아람은 어깨를 으쓱했다. 사실은 데스크 밑 나사가 빠져 기울어져 있었다.

"근데 아람 형사님, 요즘 동네에 흉흉한 일이 있어요."

"네? 무슨 일인데요?"

"꽃나무가 자꾸 사라져. 나도 미장원 앞에 고객들이 선물로 주고 간 국화나 화초들 비 맞으라고 내놓고 어느 날 들여놓지 못하고 퇴근했는데 다음 날 와보니까 세 개나 가져간 거예요. 나만 도둑맞은 게 아니더라고 옆집, 그 옆집 사장님들도 화분이 사라졌는데 어떤 분은 아예 벚나무를 캐갔더래. 마당에 키우고 있었는데요."

아람은 난감한 얼굴을 했다.

"신고는 하셨어요?"

"아니, 동네 사람끼리 무슨 신고를."

"그 말인즉슨."

"당연히 동네 할망구들이겠죠. 설마 할아버지가 훔쳐 갔을까요? 일단 화분을 가져가 봐야 돈도 안 되고, 그 무거운 거 꽃시장까지 갖고 가는 품이 더 들죠. 어머, 내 정신 좀 봐. 커피 드세요."

아람은 원장이 타서 건네는 인스턴트커피를 마셨다. 좀 생각하다 입을 열었다.

"형사로서의 제 촉으로는 말이죠. 예뻐서 가져가신 것 같은데 사실 길에 심어진 꽃이나 나무 혹은 내놓은 화분을 개인의 사적 재산으로 안 보고 무단으로 가져간 것 같습니다. 그러니 범죄에 대한 개념이 희박한 분이 범인이죠."

"그렇겠죠? 참, 저기 저 허름한 건물에 60대 남자가 하는 '신신 미용실' 고객들은 주로 70세 이상 어르신들인데 그분들이 내 욕을 그렇게 한다네요. 동네에서 비싸게 받아먹고 바가지 씌운다고요. 세상에, 내가 그래요?"

"아니요. 시내에 비하면 훨씬 싸죠."

"그렇죠? 그런데 내 욕하면서 시집도 못가 어쩌고저쩌고, 그렇게 욕하는 걸 내가 건너 건너 들었다니까요. 그 할망구 중에 분명히 내 화분 집어 간 사람 있을 거야. 꼭 잡아주세요. 나보다 이 동네 소문이 흉흉해 그래요."

아람은 미장원에서 나와 서점으로 동인을 찾아갔다. 서점을 나와 근린시설에서 커피 한 잔을 마시면서 송동지에 관한 이야기를 나누다 아람이 화제를 바꿨다.

"참, 너 소설 공모전 어떻게 됐어?"

순간 동인이 눈을 감고 한숨을 내쉬었다.

"떨어졌지. 뭐."

"시무룩 동인은 내가 용납하지 않는다. 다른 데 또 내봐. 읽어보니까 괜찮던데."

"정말?"

"당연하지. 그럼 읽지도 않고 '이 소설 매우 기대됩니다.' '결말이 궁금해요.' '캐릭터 정말 쌈박한데요?' 이렇게 댓글 남겼겠냐?"

동인은 역시 그렇지 하는 표정으로 고개를 끄덕였다. 그러다 다시 고개를 떨어뜨렸다.

"아니, 그래도 이번이 벌써 몇 번째냐. 박태영 작가님 글에 비하면, 난."

"야 유동인! 이렇게 해봐, 기분이 나아질 거야."

아람은 저만치 놓인 헬스 기구에서 두 손으로 원을 그리면서 마주 보고, 하하 호호 웃는 할머니들을 보고 싱긋 웃었다. 재빨리 동인의 팔을 양손으로 딱 잡아서 허공에서 원을 그리게 했다.

"저렇게 어르신들처럼 운동하다 보면 기운도 나고, 다른 소설 쓸 엄두도 날 거야. 힘내!"

"아, 알았어."

동인과 아람은 마주 보고 웃으면서 운동하듯이 두 손을 빙글빙글 돌렸다.

그날 밤, 아람은 침대에 누워 잠들기 전에 속으로 이렇게 결심했다.

'그래, 이것도 그리 나쁘지 않을 수 있어. 그냥 친구 사이. 내가 형사로서 맡은 사건에 동인이가 추리 실력으로 단서를 주면 얼마나 좋아. 나도 인사고과 점수 올라서 승진할지도 모르고. 그러면 또 관계가 달라질 수도 있고. 히히.'

아람은 그렇게 생각하면서 몸을 모로 돌려 벽을 보았다.

'근데 왜 이렇게 맘이 허하지?'

아람은 이것저것 생각해 보다가 다른 상상도 해봤다.

내가 남자로 태어나고, 동인이가 여자로 태어났다면 어땠을까?

아마도 그럼 조금 더 연애의 진척이 있지 않았을까? 그런데 성격이란 게 그대로 세팅된다면 여전히 별 진척이 없는 건가?

아람은 고개를 저었다. 자신이 남자로 태어났는데 동인이 비슷한 연령대 여자로 태어나리란 법도 없다. 게다가 동인이의 특이한 성격은 여자든 남자든 참, 연애하기 어려울 게 뻔하다.

아람은 오만가지를 상상하다 그대로 애착 인형, 민트색 해마를 껴안고 꿀잠에 스르르 빠져들었다.

겨울,

미림문고 보물찾기 사건

아람은 동인의 긴급한 연락을 받았다.

"아람아, 너 지금 어디야?"

"나? 너희 서점 옆 로데오 거리에서 친구와 노닥거리고 지금 집으로 가려다 너한테 전화하려던 중."

"잘 됐다! 어서 서점으로 와!"

"폐점 시간 아냐?"

"급한 일이 있어!"

아람은 무슨 일이 생겼나 싶어 포니테일 스타일의 머리를 휘날리며 서점으로 달려갔다. 도착은 했지만, 서점 입구에 철로 만든 셔터가 내려가 있어서 들어갈 수 없었다.

동인에게 폰으로 전화하려는데 해성이 안쪽에서 셔터를 올려주면서 아람을 들어오게 했다.

"해성 씨, 무슨 일이에요?"

"들어가 보세요. 지금 서점 난리 났어요."

아람이 안에 들어가 보니 동인이가 홀 가운데 책상 앞에 서 있는 20대 남자와 여자의 이야기를 들어주고 있었다. 긴 생머리에 앞머리를 살짝 가볍게 내린 키가 작고 마른 체구의 여성은 눈물을 흘리며 동인에게 무언가 부탁을 하는 중이었다. 그녀 옆에 서 있는 안경을 끼고 호리호리한 체구의 남성이 여성을 다독이며 달랬다.

"그러니까 전 남친하고 헤어진 지 꽤 됐는데 그 남자분이 되돌려 줄 돈을 수표로 찾아서 여기 책 중 한 권에 숨겨놓고 찾아가라고 했다는 말이죠?"

여자는 고개를 끄덕였다. 아람은 얼른 동인의 옆에 앉아 간단하게 강동경찰서 형사임을 밝히고 청취하겠다고 했다. 여자 이름은 한다인, 남자 이름은 박동서였다. 둘은 지금 사귀는 사이라고 했다.

한다인은 아람의 눈이 뭔가 미심쩍다는 투로 보이자 얼른 대꾸했다.

"환승 이별 아니에요. 시영이와는 이미 헤어진 지 1년이나 됐어요."

아람은 두 손을 내저었다.

"아! 일부러 그런 눈으로 본 거 아니에요. 제가 직업이 형사다 보니 원래 이래요."

동인이 옆에서 거들었다.

"그렇습니다. 강아람 형사는 친구인 저도 자주 그렇게 보거든요. 별것도 없는데 의심하는 눈초리는 정말 좀 그렇죠."

아람은 야아, 하면서 동인의 팔을 툭 쳤다. 한다인이 말을 이었다.

"저 사실, 처음에 같이 동거하던 방의 보증금을 나눠 내서 제 돈 천만 원이 들어가 있었어요. 그땐 사정이 어렵대서 기다렸고 이번에 시영이가 방을 빼서 돈을 줄 것으로 알고 기다렸는데 톡만 보내고 사라졌어요. 제 돈 천만 원을 수표로 찾아 이 수많은 책 중 한 권에 숨겨 놨대요. 그걸 어떻게 찾아요! 전화를 해 봤는데 받지도 않아요!"

"동인아, CCTV 있잖아."

동인은 아람을 따로 불러냈다. 동인은 CCTV 프로그램을 열면서 말했다.

"사실 CCTV는 추리소설의 적이야."

"엥? 그건 또 뭔 말이야?"

"범인이 누군지 다 알려주니까 말이지. 그래서 우리 추리 작가들은 트릭을 짤 때 거의 고장 났다고 서술해. 다행히 우리 서점 CCTV는 고장 안 났지만, 사각지대가 꽤 있어."

"흠, 우리 경찰들은 솔직히 연쇄살인범이 최근에 거의 안 나오는 거는 폐쇄회로 카메라 공이 크다고 파악한다. 다른 살인이 일어나기 전에 잡아버리니까."

동인은 고개를 끄덕였다.

"CCTV를 보고 한다인 씨가 전 남친인 정시영 씨를 확인해줬는데 한 번 봐봐."

동인이 노트북에 띄워 놓은 CCTV 화면에서는 회색 수프림 점퍼를 입고 모자를 눌러 쓴 한 남자가 추리소설 서가에 잠깐 머무르면서 이것저것 책을 빼서 보았다. 그런데 카메라가 위에서 내려찍는 각도여서 등만 보이지 실제로 무슨 책을 꺼내는지는 보이지 않았다. 화면의 해상도도 그렇고 화면 사이즈도 작아서 잘 안 보였다.

정시영이 이번에는 인문 코너로 옮겨서 또 여러 책을 봤다. 이런 식으로 아동 서적과 초, 중고 학습도서 코너로 부지런히 옮겨 다녔다.

"이걸 무슨 수로 어떤 책인지 알아내냐? 너희 서점 책이 몇 권인데…."

"그러게. 실제로 몇 권이나 될지는 나도 정확히 모르겠어. 하도 입출고가 잦고 반품도 많아서. 매장에 만 삼천 권일 때 재고 정리해둔 적이 있는데 그 정도가 아닐까 한다만."

"그중에 천만 원짜리 수표가 어느 책에 숨겨져 있는 줄 알고 찾냐. 차라리 은행에 지급정지하면 되잖아."

동인은 고개를 저었다.

"지급정지하려면 경찰서에 가서 이게 불법적인 일에 사용된 수표라고 신고해야 하는 거 너도 알잖아? 이분 지금 남자친구와 결혼도 앞둔 마당에 하겠어? 아까 울면서 하는 얘기 들어보니까 신혼집 계약하는 데 쓰려면 당장 내일까지 찾아야 한대."

"후우, 근데 그분하고는 왜 헤어졌대? 일단 수사하려면 사건 앞뒤부터 들어보자."

동인은 한다인과 박동서에게 홀에서 수표를 찾아볼 수 있도록 CCTV 화면에서 정시영이 머물렀던 곳을 캡처해 폰으로 보내주었다. 추리소설 코너, 인문학 코너, 에세이 코너 등여러 곳에서 머물렀다가 책을 꺼내 들고 펴보는데 무슨 책인지 정시영의 등에 가리어서 어느 정도 위치 파악만 해두고 일일이 서가 책을 찾아보는 수밖에 없었다.

동인은 한다인에게 커피를 주고 사무실에서 아람이 잠깐 면담을 할 수 있도록 했다.

아람은 이것저것 질의응답을 마치고 사무실에서 나와 동인과 홀을 훑었다.

"대충 둘 사이 얘기는 들었고 이제 찾아야 하는데. 동인아, 서가는 어떤 식으로 배치가 되어 있는지 알아야 수사 단서가 나올까 싶다."

"따라와."

아람과 동인은 홀 중앙의 서가들로 이동했다.

"먼저 여기서 내가 좋아하는 추리 책들을 찾아볼까나."

동인은 검색대에서 《바리스타 탐정 마환》을 검색했다.

"여기, 추리소설 평대에 있다고 나오지?"

추리소설 평대로 이동했다.

"어 찾았다."

아람이 책을 들었다.

"평대는 이처럼 누워 있는 책이고, 서가는 서 있는 책. 백화점 옷은 누워 있는 옷이 세일 품목이지만, 책은 그 반대야. 신간일수록 평대에 누워 있지."

"그럼 정시영은 카메라에 보이는 대로 주로 뒤쪽의 서가에서 시간을 보냈으니 평대는 빼고 서가들만 조사하면 되네? 정시영이 서 있던 서가만 중심으로."

그들은 서가로 이동했다.

동인은 눈에 힘을 주어 집중하며 서가를 노려보았다.

"보통 한 서가의 위부터 일반적 단행본들이 있다고 가정하면 서가 하나의 단에 30권 더하기 알파 권수가 들어가. 두꺼운 책들이 많으면 그 이하로 들어가고. 정시영의 손이 닿을 법한 서가는 7개의 단 중에서 가슴 부분의 3개로 잡으면 그래도 90권 넘게 봐야 하는데 추리, 에세이, 심리학, 수험서,

인문학, 아동 등등의 여러 서가를 다녔거든. 보통 한 분야에서 3개의 서가 사이를 오가며 정확하게 3분여 동안 책을 보면서 머물렀어."

"그렇지, 동인 탐정 강림하셨네. 그리고 중요한 건 정시영의 등에 가려 무슨 책을 보는지는 정확히 안 보이고. 그러니 결론은 우리가 그 책들을 모조리 뒤져 봐야 한다는 거야. 형사들이 보통 그렇게 발품을 팔아 수사하지, 암. 네가 쓰는 추리소설에 모두 적어놔."

"할 수 없다. 밤새더라도 서점에서 벌어지는 일은 내 손으로 마무리해야 하니. 참, 책 잡다가 자칫하면 손 베니까 이 장갑 껴."

"하긴 종이에 손 베이면 진짜 아프더라."

동인은 고개를 끄덕였다.

"맞아. 안 베일 줄 방심하다가 베이니까 더 아프게 여겨지는 거야. 과학적으로는 날카로운 칼보다 종이에 베이는 단면이 우둘투둘해서 더 아픈 거래. 바로 여기 추리 서가부터 시작해보자."

아람은 동인이 건네는 면장갑을 끼고 눈에 들어오는 책을 들어 살폈다.

"동인아, 너희 서점은 어떤 순서로 책을 진열하는 거야? 그 진열 방식을 알면 뭔가 나오지 않을까?"

"문학은 작가들 팬이 많으니까 작가들 이름 가나다순이고, 인문서나 수험서 등은 출판사 팬이 참 많거든. 출판사에서 비슷한 종류의 책들을 내니까. 그래서 출판사 순이지. 드물게 제목 순으로 배열해 놓은 서가도 있어. 사주팔자나 운명학책 등은 종목 수도 적고 아주 확실하게 찾는 사람이 정해져 있으니까 서가 너비도 작아서 책 제목 순으로 배열해 놔도 쉽게 찾지."

"그렇구나."

"여기 와봐. 오영주 작가, 네 엄마 책들 모아놓은 서가도 있어."

아람은 서가에 다가가 오영주 작가라고 작게 표지가 붙은 서가를 손으로 쓸어보았다.

"우와! 울 엄마 지분이 이 정도네? 미림문고에서."

"그렇지. 참 이 책 되게 재미있어. 너 엄마 책 안 읽지?"

"당연하지. 뭘 읽냐. 다른 작가들 것도 사 놓고 안 읽은 것도 많은데. 그리고 오 작가님은 나한테 사인해서 주지도 않아요."

"본가 좀 가봐라. 맨날 집에서 혼자 배달 음식 먹고 그러면서. 집밥 안 먹고 싶어?"

"별로. 식당마다 시그니처 집밥 다 파는데?"

동인과 아람은 추리 서가를 다 뒤졌다. 책들을 훑어봐도 수표 같은 건 나오지 않았다. 동인이 고개를 갸웃했다. 그걸 본 아람도 따라 했다.

"뭔가 찜찜하지? 아람아. 3개의 단만 검사를 한다?"

"너도? 하긴 너는 워낙 꼼꼼하니까. 할 수 없다. 동인아. 다 훑자."

추리 서가의 책들을 다 훑자 1시간이 지났다. 이번에는 에세이 서가로 이동했다. 아까보다 더 많았다. 책들이 추리 서적들보다 얇아 더 많은 수를 훑어야 했다.

아람과 동인이 에세이 서가를 다 훑고 털썩 주저앉는데, 해성이 다급히 다가왔다.

"그분 후방 창고도 들어갔다 나왔어요. 제가 기억해요!"

해성은 정시영이 창고에 들어가 있어서 거기는 직원용이라고 말하고 나와 달라고 요구했다는 것이다. CCTV 화면을 다시 뒤져보니 서점 안쪽 후방 창고에 들어갔다 나오는 영상이 정확하게 6시쯤 있었다. 그다음에 찬찬히 서점을 둘러봤는데 동인은 서점 홀에 있는 영상만 살펴본 거였다.

"큰일이네. 창고에 숨겼다면 어디에 뭐가 있는지 파악하기 더 힘들어. 게다가 마침 대도빌딩 시설관리실에서 야간에 전기공사한다고 여기 전기선을 뜯어놨는데 큰일이다. 내일 오전에 바로 연결해준다고 하고 뜯었거든."

"일단 가보자."

그들은 '관계자 외 출입 금지'라고 적힌 인문학 서가 뒤쪽에 있는 후방 창고로 달려갔다. 동인이 비밀번호를 눌러 문을 열었다.

"원래는 닫혀 있어야 하는데 책을 계속 반출 하다 보면 그냥 열어두기도 하거든. 그때 들어갔나 봐."

동인은 어둠 속의 창고를 플래시로 비추면서 말했다.

"안이 좀 깊다. 아람이 네가 앞장서. 넌 형사잖아. 발밑에 책 묶음 조심하고."

"야, 형사라는 고정관념 버려. 난 안 넘어지냐? 게다가 여기는 너희 서점 창고라고. 알아도 네가 더 잘 알지. 어라. 아차차."

동인은 뭔가 걸려 넘어질 뻔한 아람을 잡아채 붙들었다.

"조심! 조심!"

"좀 무섭다. 으스스한 게 소름 돋는 거 봐. 왜 괴담 '내 다리 내놔' 뭐 이런 데서 뒤돌아보면 큰일 나고 그러잖아?"

동인이 아람 뒤에서 나직하게 말했다.

"뒤에 잘생긴 남자 있다. 돌아서서 봐라."

"장난치지 마. 지금 수사 중이야."

아람이 천천히 뒤돌아보는데 해성과 동인이 각각 플래시를 켜서 얼굴 밑에 대고 있었다.

"헉스. 뭐 하냐 둘 다. 근데 흐음, 해성 씨 정말 잘생긴 거는 인정."

"아람 형사님, 지금 뒤돌아보지 말라는 금기를 깼으니 위험할지도 몰라요."

"아 진짜! 무서운 소리 좀 하지 마요. 나 공포영화 정말 무서워한단 말이죠, 해성 씨. 특히 일본 주온 귀신. 한국 처녀 귀신은 진짜!"

"흠, 공포영화는 현실이 아니라고 생각하면서 음 소거하거나 1.5배속 하면 괜찮은데."

"야, 그러려면 그걸 왜 보냐? 블로그에서 줄거리를 읽거나 편집 영상을 유튜브에서 보지. 가만 있어 봐봐. 초집중해서 수사력을 동원해야 해."

"유 대리님, 이거 가져왔어요. 서점에서 샘플로 진열한 상품인데요."

해성은 무드 등을 여러 개 가져와 창고 곳곳에 두어 어둠 속에서 무엇이 있는지 볼 수 있게 했다. 나이트클럽에서 블루스 타임 정도의 조명이었다.

아람은 창고에 가득한 책들을 살폈다. 묶음 형태로 수도 없이 많은 종류가 쌓여 있어 한 번 더 슬랩스틱 할리우드 액션 모양으로 넘어지려는데 이번엔 해성이 잡아주었다.

"조심해요! 형사님."

"고마워요, 해성 씨. 여기는 어떤 식으로 분류해 놓은 거예요?"

"매장하고 비슷해요. 분야별로 모아두었는데 반품 처리하고 한 두 권 정도 남긴 것들이 많아요. 신간이나 베스트셀러는 받아둔 것들이 좀 있고요."

아람은 해성, 동인과 나누어 책들을 살폈다. 래핑이나 끈으로 묶음 처리된 것은 그 안에 수표를 넣을 공간이 거의 없어 살피지 않았고 재고로 보유 중인 낱권으로 된 책들만 살폈다.

하지만 역부족이었다.

아람은 한숨을 쉬면서 앉았다.

"와, 앉으니 좀 살겠다. 동인아, 너 일 힘들었구나. 이거 이렇게 해서는 해결이 안 될 것 같으니까 일단 수표 지급정지시키고 경찰 신고로 해결하자. 한다인 씨한테 내가 말해볼게."

홀로 나가서 한다인과 마주 앉은 아람이 말을 꺼내려는데 한다인이 폰을 보여주었다.

"사실, 이런 문자를 보내왔어요. 시영이가."

다인아, 우리가 처음 만났던 날의 감정은 어땠을까.

아람이 다급한 얼굴로 물었다.

"이거 언제 받은 거죠?"

"사실 조금 전에 받은 건데 수표 찾는 거랑 상관없을 것 같아서…. 이렇게 질척거리는 거 정말 짜증이 났거든요. 그래서 말씀 안 드렸어요. 힌트를 달라는데 이런 뜬금없는 말이나 하고."

"흠, 그렇단 말이죠?"

한다인이 정시영에게 제발 수표를 감춰둔 책을 알려달라고 하자, 힌트랍시고 보냈다는 것이다.

아람은 고개를 갸우뚱하다가 질문을 했다.

"그 사람을 시험 준비하다 만났다고 아까 말씀하셨죠? 자세히 말해주세요."

한다인은 과거를 떠올리듯 허공에 시선을 두었다.

"공무원 시험 준비하다 만났어요. 스터디 모임에서 만났는데 시영이는 스터디 모임장을 했어요. 둘 다 7급 행정직을 준비한다는 걸 알고 친해졌어요. 공통점은 돈이 없음이었죠. 둘 다 용돈을 타서 생활했고 고민하다 집을 합쳐서 동거를 시작했어요."

월세와 책값을 줄이기 위해 동거를 시작했다. 양쪽 집안에는 사귀는 정도로만 말해두었다. 남는 월세로 좋은 학원도 등록하고 인터넷 강의도 신청하고 맛있는 것도 사 먹었다.

1년 동안 동거하며 공부했지만, 정시영은 떨어지고 한다인은 붙었다. 한다인이 다른 지역으로 발령받아 떠나던 둘 사이는 거리상 멀어졌다. 2주에 한 번 정도 만나던 그들은 한다인이 정시영의 시험 준비로 인한 갖은 스트레스를 받아주고 그러다 저절로 연락이 뜸해지고 헤어지게 되었다.

"서로 잡지 않았어요. 저는 직장 일로 바쁜데다 상사나 동료 관계에서 힘들었어요. 걔는 걔대로 성적이 안 나와 결국 이별했죠. 아주 자연스럽게 헤어지자는 말이 나왔고 시영이가 간곡히 부탁해서 보증금 천만 원은 1년 후에 받기로 했었어요. 시험에 붙으면 어찌해 볼 수 있다나요?"

하지만 정시영은 또 시험에 떨어졌고 그사이 같은 사무실서 근무하던 박동서에게 업무 스트레스 고민을 털어놓다가 친해져서 사귀게 되었고, 결혼을 준비하며 돈을 달라고 하자 정시영은 이렇게 수표로 찾아 감춰둔 것이었다.

"여기에서 자주 만났어요. 돈이 없던 시절에 여름에는 시원하고 겨울에는 따뜻한 서점에 앉아서 미래의 꿈을 이야기했었거든요."

"처음 만난 장소는 어디예요?"

"노량진에 있는 '시작하는 사람의 스터디'라는 곳이에요."

어느새 다가와 둘의 이야기를 경청하던 동인이 말했다.

"어, 그런 책 제목 들어본 것 같은데…."

"처세서나 자기계발서 뭐 그런 책 아닐까?"

"한번 찾아보자."

동인은 홀 중앙에 있는 직원용 단말기로 가서 '시작하는 사람', '스터디' 등을 입력했다.

"아니지. 한다인 씨는 7급 공무원 시험을 준비하다 정시영 씨를 만난 거니까 수험서 코너로 가보는 게 더 맞을 것 같은데."

공무원 시험 교재 코너로 동인이 앞장서고 아람도 부리나케 달려갔다. 한다인도 따라와 주춤 서 있었다. 미안함이 얼굴에 가득했다. 아람은 긴장을 풀어줘야겠다는 생각이 들었다.

"근데 다인 씨, 무슨 업무를 보고 있죠?"

"저, 행정직이요."

"그럼 시험 과목이었던 책들 보여주세요."

한다인은 7급 공무원 수험서를 몇 개 빼서 건네고 자신도 안을 살폈다. 아람은 샅샅이 뒤졌다. 동인이 합세해 국어, 영어, 한국사, 행정법 등 과목별로 나누어서 찾는데 동인이 외쳤다.

"어? 아람아. 이것 봐봐."

동인은 손에 페일 블루 색의 편지 봉투를 들어 보였다. 두꺼운 한국사 수험서에서 찾아낸 것이다.

'한다인에게'라고 적혀 있었다.

한다인이 아람의 손짓에 다가와 봉투를 받았다. 그리고 떨리는 손으로 열었다.

'다인아, 내가 너에게 남긴 편지들을 찾아서 그간 우리 사랑의 여정을 마저 마치게 해줘. 그게 나의 바람이야. 부탁해. 다음번 편지를 찾아줘.'

동인은 난처한 얼굴을 했다.

"큰일이다. 한두 개가 아닌가 봐. 이거 뻥카 편지인데? 수표도 없고."

아람은 이마에 손을 갖다 댔다.

"정말 사정은 딱한데, 로맨틱하게 이런 편지를 남긴 걸 보면 둘 사이가 애틋했나 봐."

한다인은 저만치 떨어져서 서가에 기대서 편지를 쥐고, 깊은 생각에 잠겼다.

"대체 이 여정을 어디서부터 시작해야 하나? 사랑을 테마로 한 문학 쪽으로 가볼까?"

"배고프다, 동인아. 서점에 뭐 꿍쳐둔 거 없어? 단백질 크래커라도."

"원래는 고객들이 머무는 홀에서 절대로 먹으면 안 되지만, 가만있어 봐."

동인은 사무실로 부리나케 달려갔다가 트뤼플 초콜릿을 들고나와 물티슈와 함께 아람에게 주었다.

"뭐야. 근처 사시는 팬들이 준 거야? 혹시 너 예쁘게 보는 미장원 원장님?"

"무슨? 내돈내산임! 맛나지 않아? 먹고 나서 손은 닦고 책 만져라."

한다인은 여전히 생각에 빠져 있고 아람은 동인이 준 초콜릿으로 잠시 당을 충전했다.

동인은 문학 코너로 가서 사랑을 주제로 한 문학작품인 《안나 카레니나》, 《오만과 편견》, 《우리들의 행복한 시간》, 《춘향전》에 이르기까지 여러 가지 책들을 뒤져보았다. 편지는 더 나오지 않고 시간은 지나고 지치기도 하고 애타기도 한데 해성이 아동 코너를 찾아보다가 다가왔다.

"대리님, 형사님. 출출합니다. 뭐 좀 시킬까요?"

"이런 일로 회사 경비는 쓰기 그러니 제가 쏠게요."

동인의 대답에 한다인이 조심스럽게 다가왔다.

"제가 시킬게요. 뭐 드시겠어요?"

"아, 아니에요." 동인이 거절했다.

"정말 죄송합니다. 이거라도 하게 해 주세요."

한다인이 앱을 열고 음식을 주문했다.

30여 분 후, 배달기사 하남훈이 손에 김밥과 떡볶이 등을 가지고 들어왔다.

"미림문고 뜨기에 얼씨구나 내 구역이라고 잡았는데, 이 시간까지 뭐 책 재고 정리라도 해요?"

해성과 동인이 음식 포장을 뜯어 한다인과 박동서에게 권했으나 그들은 속이 타는지 먹는 시늉만 했다.

"무슨 일이에요? 도울 일 있으면 돕고."

"음, 그게 말이죠."

아람은 하남훈에게 간결하게 사건의 전후좌우를 말했다.

"하이고, 그런 일 있으면 나를 불러야죠. 물건 찾는데 박사인 애가 있거든요. 마침 이 근방 사는데. 대신 심부름비 쳐줘요."

아람이 슬쩍 보는데 한다인이 나섰다.

"시간당 2만 원 드릴게요. 찾으시면 20만 원이요."

하남훈은 잽싸게 폰을 들고는 누군가를 찾더니 번호를 눌렀다.

"어이, 돼지 도련님. 여기 미림문고인데 물건 찾을 거 있어요."

동인은 혹시나 해서 하남훈에게 에스프레소 커피를 갖다주고 잘 부탁한다면서 어깨를 주물러 주었다.

아람이 동인을 데려가 귓가에 속삭였다.

"믿냐?"

동인은 확신에 차 고개를 끄덕였다.

"응. 우리가 그동안 남훈 씨 도착하면 이상하게 사건 실마리 잡았었잖아. 오늘 밤 내로 못 찾으면 정말 큰 일이야. 아침에 개장해서 손님들이 책을 보다가 수표를 찾아서 가져가버리기라도 하면 이상하게 꼬여서 큰일 나. 반드시 밤새 해결 봐야 한다고."

잠시 후, 중간 키에 양가죽 라이더 재킷을 입고 1960년대 풍 빈티지 리바이스 청바지를 접어 입은 한 청년이 들어왔다. 어찌나 훈훈하게 생겼는지 그의 뒤로 박재범의 《All I Wanna Do》가 배경음악으로 흐르는 것 같았는데 그게 또 진짜 들렸다. 하남훈의 친구 돼지 도련님이 휴대용 블루투스 스피커에서 나오는 박재범의 음악과 함께 흐름을 타면서 런웨이를 걷는 모델처럼 들어왔다.

"헤이, 요! 돼지 도련님."

"남훈, 남훈, 하남훈~. 무슨 일이야. 뭐를 찾아야 돼지, 되지?"

어느새 옆에 착 다가온 해성이 아람의 귓가에 대고 소곤거렸다.

"언더 힙합씬의 돼지 도련님이에요, 저도 홍대 버스킹 몇 번 봤는데 《쇼미더머니》 시리즈에서 본선 진출도 했대요."

"아니, 이름이 왜 돼지 도련님이에요?"

"천호시장 정육점 식당에서 식육처리기능사 자격증을 갖고 돼지 발골 일을 하는데 월 천 이상 버신대요. 소문난 실력자죠. 유튜브 영상도 몇 개 나와 있더라고요. 직업의 모든 걸 알려드립니다, 이런 계정에요. 봐봐요. 형사님."

해성이 유튜브 영상을 보여주었다. 아람이 기억을 더듬었다.

흐음, 그러고 보니 아람은 예전에 엄마가 단골 정육점이라면서 고기 사러 갈 때 따라간 걸 기억했다.

가게 안에 엄청나게 큰 소리의 힙합 음악이 신나게 흐르고 노래에 맞춰 절도 있게 고기를 딱딱 잘라 뼈를 발라내던 청년을 생각해냈다. 그 남자인 것 같았다. 머리는 반듯하게 가르마를 탔고 하얀 비닐 앞치마로 온몸을 감쌌는데 목에 힙합 가수들이 할 만한 커다란 백금 목걸이가 여러 줄 걸려 있어 신기했었다.

하남훈이 다가와 이어서 말해주었다.

"이 친구가 발골도 끝내주지만, 뭐 찾는데 도사거든요. 예를 들어 집에서 폰 잃어버리면 미치잖아요. 다른 전화기가 있어서 전화할 수도 있겠지만 무음으로 해놔서 더 미칠 때도 있잖아요. 이 친구가 집에 와서 찾는데, 글쎄 헬멧 안에 들어 있더라니까요."

아람과 동인은 서점을 매의 눈으로 훑고 있던 돼지 도련님에게 자초지종을 설명하고, 안 찾아본 구역을 알려주었다.

돼지 도련님은 손을 들어 반듯하게 타 놓은 가르마를 딱 매만지더니 메고 있던 크로스백에서 의료용 라텍스 장갑을 빼서 손에 딱 맞게 끼었다. 손을 위로 올려서 끼는 장면이 흡사 의학 드라마에 나오는 외과 의사처럼 보여 아람은 뒤로 돌아서 보이지 않게 숨죽여 슬쩍 웃었다.

돼지 도련님은 해성에게 무슨 무슨 음악을 틀어달라고 부탁했다. 잠시 후, 투팍의 음악이 나오자 그는 비트를 타듯이 다리를 가볍게 놀리며 사다리를 타고 올라가 그대로 중심을 잡고는 서가의 맨 위에서부터 하나하나 신의 경지로 책을 빠르게 잡아서 페이지를 훑어 내렸다.

손이 어찌나 빠르던지 그의 뒤를 쫓던 아람의 눈이 휙휙 돌아갔다.

노래가 에미넴으로 바뀌자 돼지 도련님은 노래에 맞춰 자기 힙을 경쾌하게 바운스 치며 이번에는 맨 아래 서가의 오른쪽부터 책을 살폈다.

한참 넋 나간 듯이 그를 바라보던 아람과 동인, 해성과 한다인과 박동서도 정신을 차리고 각각 구역을 나누어 책을 뒤지며 수표를 찾았다.

돼지 도련님은 일을 시작한 지 3시간 만에 손을 털었다.

그는 새벽에 가게 문 열고 고기를 받아야 한다면서 가기 전 마지막으로 랩 하듯이 속사포로 다다다다 자신의 요령을 일러줬다.

"찾는 방법을 간.단.히. 말씀드려요. 섹터별로 나눠. 일단 무식이 답. 무조건 손으로 스샤샥 훑어! 그게 갑. 요령 피우면 고기에 잔뼈만 섞여. 기술은 무슨. 법칙이나 관계성이 나오면 그게 힌트. 그럼 이만. 오늘 밤에 또 못 찾으면 불.러.요. 돼지 도련님, 되지, 돼지~."

비록 돈을 못 찾았지만 그래도 샅샅이 훑은 덕분에 그가 찾아본 일반 문학 등 서가는 더 안 찾아봐도 되었다. 그나마 다행이었다. 한다인은 약속한 알바비를 그가 가기 전에 앱으로 보내주었다.

남은 일행은 한참을 또 집중하며 자신이 맡은 서가에 매달렸다. 그러다 동인이 특별 문학 코너의 단편 소설집에서 또 다른 편지를 찾아냈다.

"어? 아람 아람! 여기 뭐 있다."

아람은 동인이 흔들어 책 속에서 펄럭펄럭 떨어지는 민트색 종이봉투를 잡아채 들었다.

"난 이 책이 사랑을 테마로 쓰인 단편 연작선이기에 혹시나 해서 봤는데 이렇게 들어있네."

봉투 겉봉에 '한다인에게'라고 적혀 있었다.

한다인이 아람의 손짓에 달려왔고, 아람이 건넨 봉투를 뜯었다. 한다인이 소리 내 읽어나갔다.

'다인아, 너가 이 편지를 찾았길 바라. 너에게 하고 싶은 말이 사귀는 동안 퍽 많았어. 하지만, 우리는 그런 달콤한 말들을 주고받기에는 서로의 사정이 어려워 잘하지 못했지. 난 너에게 자격지심으로 다가가지 못했고 마음을 열지 못했었다. 헤어지던 날, 네가 돌아서고 그런 널 보는 내 마음이 찢어졌어. 상처를 잊으려 쇼팽의 《이별의 곡》이나 《야상곡》을 많이 들었어. 너를 보내주는 내 마음을 유일하게 달래주더라. 다인아, 이제 다음 편지를 찾아봐. 네게 하고 싶은 말이 아직 더 있어.'

아람은 가슴이 뭉클했다. 편지를 손에 든 한다인이 고개를 돌렸다. 우는 건가. 박동서는 한다인에게서 멀리 떨어져 저만치서 다른 책들을 살피고 있었다. 아람이 숙연해지는데 동인은 묵묵히 있었다.

동인은 감정의 변화가 없는 편이라 무슨 생각을 하는지 알아차리기 어려웠다. 한다인은 편지를 쥐어 구기며 돌아서서 홀 중앙에 있는 의자로 가서 비틀거리며 앉았다.

동인이 잔잔하게 말했다.

"정시영 씨를 프로파일링해 보자면 모든 게 지금 지나간 사랑에 대해 아쉬움으로 가득 차 있어. 이 편지에 언급한 쇼팽의 《이별의 곡》은 스무 살 전후에 짝사랑하던 여인을 위한 곡이고 《야상곡》은 백작 부인에게 헌정하기도 했어. 쇼팽은 많은 곡을 여성을 뮤즈로 삼아 작곡했지만, 한번은 쇼팽이 존경하던 플레이엘 부인이 친구인 리스트와 바람이 나서 쇼팽을 격노하게 했어. 그런 식으로 쇼팽은 거의 사랑이 이루어지지 않은데 실망했어."

"지금 그 말인즉슨?"

"편지는 사랑을 테마로 한 책들에 집중적으로 확실하게 숨겨져 있었어. 쇼팽에 관한 책으로 가보자. 쇼팽과 사랑이 키워드야! 두 개의 교집합을 찾자."

동인과 아람은 예술, 취미 코너로 달려갔다. 다행히 도서 종류가 그렇게 많지 않았다. 동인은 쇼팽의 악보집을, 아람은 쇼팽에 대한 가이드북을 뒤졌다.

편지를 찾았다. 아람은 책에서 나온 노란색 편지봉투를 들고 외쳤다.

"한다인 씨!"

한다인은 다가와서 우울한 얼굴로 봉투를 개봉했다.

'다인아, 너를 생각하는 내 마음은 아직도 미련이 남아있다는 것을 알아주길 바란다면 난 너무나 나쁜 놈이 되겠지. 너의 곁에는 너를 행복하게 해줄 다른 남자가 서 있는데 그래도 난 아직 너에 대한 마음이 남아있어. 상처를 받은 내 마음을 치료해줄 사람은 오직 너 하나뿐인데, 난 다른 방법을 찾아봐야만 해.'

아람은 한다인이 건넨 편지를 받아서 읽고 동인을 재촉했다.

"실연의 상처나 아픈 마음을 달래주는 심리학 코너로 이동! 고고!"

심리학 분야는 전문적인 책과 에세이 등으로 나뉘어 있어 꽤 책이 많았다.

"아람아, 사랑과 실연에 관한 테마는 세 번째 서가에 가장 많아. 이 출판사가 그런 관련 책들을 많이 내더라고."

"오케이. 넌 왼쪽부터 난 오른쪽부터."

동인이 내미는 두꺼운 책을 아람이 더블 체크로 다시 살피기도 했다. 아람은 손이 베일까 끼었던 장갑이 답답해 그냥 빼버리고 맨손으로 책을 넘기며 수표를 찾았다.

둘은 책을 모조리 찾아서 꺼내 보고 살피는 작업을 2시간이나 하다 지쳐 그대로 바닥에 주저앉았다.

아람이 앉은 채로 손에 든 《심리 치료, 그 30년 후의 이

야기》라는 제목의 책을 다 넘겨보고 일어나려는데 동인이
말했다.

"그 책 괜찮아. 나중에 읽어봐."

아람이 잠시 망설이다 물었다.

"너도 중학교 때 심리 치료받은 적 있다고 했잖아? 이젠
괜찮아?"

동인이 아무런 답을 하지 않자 아람은 괜히 말을 꺼냈다
싶고 어색한 분위기를 없애려 말을 이어나갔다.

"그게 말이지, 여청과는 학교 위클래스 상담실과도 연계해
서 중고등학생 상담도 관여하거든. 그런데 상처받은 아이들
이 심리 치료 후에 잘 극복하는지 궁금해서 말이지. 꼭 너
이야기를 하는 건 아니지만…. 흠흠."

아람이 횡설수설하자 동인이 찬찬히 말했다.

"예전보단 많이 나아졌어. 지금은 관련 책들도 꽤 많이 읽
었으니까."

아람은 동인의 옆에 조용히 앉았다.

"아직도 내가 궁금한 건…, 혹시 이모가 나 길러주시느라
결혼도 안 하는 건 아닐까 하는 거였어. 어린 마음에도 혹시
나 내가 귀찮게 하는 건 아닐까? 그런 생각도 했거든. 게다
가 나중엔 아프기까지 하셨으니."

아람은 고개를 저었다.

"설마."

"그때 느꼈어. 혹시 나 때문에 이모가 스트레스받아서 돌아가신 건 아닐까 하는 그런."

아람은 그건 아니라고 말해주고 싶었다. 그런데 동인의 무연한 얼굴을 보고 입을 다물었다.

그대로 놔두고 들어주는 게 정답이었다.

"매일매일 배가 왜 그렇게 고픈지 집에만 오면 배고픈데, 이모는 늘 일하고 계셨어. 이모가 치는 키보드 소리를 들으며 방해하지 않으려고 내가 조용조용 냉장고로 가서 뭐 꺼내 먹으려고 하지, 그러면 내가 온 걸 어떻게 아셨는지 당장 달려오셔서 백화점이나 시장에서 사 놓으신 음식이나 직접 만드신 간식을 꺼내 주셨지. 배고프니까 일단 이거 먹고 있으라고. 좀 있다 고기 굽는다고 그러셨어."

아람은 씩 웃었다. 자신도 그 상황을 너무 잘 이해했다. 냉장고는 비어있고 엄마는 마감으로 바쁜 그런 상황. 아람이 그냥 나가서 먹겠다고 해도 굳이 배달 음식을 시켜서라도 집에서 먹게 했던 기억이 났다. 그게 보살피는 사람의 마음인가 싶었다.

"한번은 수학여행을 다녀왔는데 냉장고가 텅 비어있는 거야. 일정이 빨리 끝나서 아침에 일찍 도착했거든. 이모는 내가 없는 사흘 동안 일하느라 거의 아무것도 안 드시거나 나가서 사 드시거나 한 건데 내가 도착하고 1시간도 지나기 전에 나가서서 두 손에 먹을거리를 잔뜩 들고 돌아오셨어."

아람이 동인의 머리를 쓰다듬었다.

"우리 동인이 키가 그때 이리 컸나 보다."

"우리 부모님이 원래 사이가 안 좋으셨는데 외국에 사업한다고 같이 가셨거든 그러면 좀 나아질까 했는데 거기서도 엄마는 내내 힘들다고 울면서 전화하고 누나는 대학교 기숙사에서 신경도 안 쓰고 모른다고만 하고. 난 그때부터 혹시 내가 다른 사람을 불편하게 했는지 종종 생각해봤어."

"응? 너 너무나 댄디한데? 완전 매너 유동인이잖아. 이 구역의 훈남 매너 부자. 매너 부자가 왜 남을 괴롭히겠어."

"흠. 그건 그래. 원래 이래."

"쿠후후."

"아람아 근데, 난 대학교 때나 지금도 사람들을 만나고 돌아오면 내가 뭘 잘못한 게 있나? 생각해 본다. 연애나 우정보다 사람이 다가오면 그걸 먼저 고려했어."

동인이의 뭔가 생각하는 듯한 흔들리는 표정이 그런 거였나. 아람은 자신이 아직도 동인이에 대해서 많은 부분을 모르고 있다고 생각했다.

"보통은 그랬어. 그래서 나한테 다가오는 사람도 내가 뭘 실수하는 건 아닌가 걱정하고 그랬어. 그래도 지금은 책으로 소통하니까 한결 편해. 책은 누가 뭐라 했다고 탈이 나는 사람이 아니잖아. 오히려 마음이 힘든 사람에게 도움도 주고 행복하게도 해주고. 잠시나마."

"그래서 너랑 나랑 친구인가 보다. 내가 하도 털털하니까."

동인이 슬쩍 웃었다.

"우와! 그거 나왔네. 천년에 한 번 보는 유동인 표정. 입술 꼬리를 들어 올리고 눈까지 휙 휘면서 웃는 거. 심쿵하겠네. 누군지 미래의 여친은 말이지."

그 말을 하며 동인과 아람은 갑자기 눈이 마주쳤다. 어색해진 공기 속에 '흡'하며 입을 손으로 가린 아람이 동인을 뚫어져라 쳐다보았다.

짧은 몇 초간 로맨틱한 감정이 몽글거리는데 동인이 갑자기 아람의 왼쪽 어깨를 자기 어깨로 툭 하고 건드린다.

뭐지 싶은데 서점 안에 달콤한 음악이 나지막이 깔렸다.

둘은 연인처럼 잠깐 서로의 어깨를 기댔다. 잔잔하고 낮은 음색의 《 달 》이 흘러나왔다. 악뮤의 노래였다. 동인이 어디서 음악이 나오는가 싶어 고개를 들어 살펴보다 해성과 눈이 마주쳤다. 그가 서점 프런트의 블루투스 스피커 앞에서 폰을 들어 눈을 찡긋하며 웃었다. 그것도 잠시, 해성이 또 씩 웃으면서 손가락으로 폰을 클릭했다. 빠른 비트의 노래인 카디비의 《 WAP 》이 들렸다. 동인과 아람은 깜짝 놀라 벌떡 일어나며 황급히 서로에게서 떨어졌다.

아람이 어색한 얼굴로 말했다.

"흠흠, 우리 이럴 때가 아냐."

"맞아! 개점하기 전에 어서 찾아야 해. 고객들 오시면 찾는 걸 못 하게 된단 말이지."

그들은 다시 부지런하게 책들을 뒤졌다.

그런 그들을 보던 해성은 슬쩍 웃으면서 뒤로 돌아 다른 책을 한 권 들어 휘리릭 넘겼다.

"찾, 찾, 았어요!"

해성이 수표를 들고 큰 소리로 외쳤다. 저마다 다른 장소에 있던 모두가 다 해성에게로 달려갔다.

천만 원짜리 수표는 국내 추리 소설들만 모아놓은 서가에서 발견되었다. 국내 추리 중 바로 《기억의 저편》이라는 소설이었다.

"어디 좀 봐요!"

해성이 건네는 수표를 한다인이 받아 확인하고는 울음을 터뜨렸다.

"여기 이 메모지도 같이 있었어요."

'다인아, 네가 이 돈을 찾았다면 나도 찾아줘. 반드시 찾을 수 있을 거야. 가까이 있을지도 몰라.'

"무슨 말이지?"

아람이 편지에 적힌 문장의 의미를 되새기며 이해하지 못하는 얼굴인데 동인은 《기억의 저편》을 들고 고개를 갸웃거렸다.

"나 이 책 전에 읽은 적 있어. 이거 미제사건을 소재로 한 소설인데 인상적인 장면이 있었어. 거짓 정보에 의해서 실종된 아이의 집 구들장을 파내는 장면이 있는데…."

"응?"

"그러니까 경찰이 오히려 실종자 부모를 의심한 거야. 오해였지만."

"아. 집안에 뭔가를 숨겨놓았을 수도 있다? 흐음…. 동인아, 여기 서점에 숨을만한 데 있어? 사무실 안쪽이라도."

"숨을 곳이야 찾으면 많지. 사무실도 있고 창고도 있고. 그래도 지금 시간에는 건물 정문도 잠가놨을 거고 상가도 다 셔터를 내렸고 사무실 안쪽도 오픈된 공간이라 딱히 숨을 데가 없어."

해성이 갑자기 큰 소리를 냈다.

"저기요! 후방 창고 안에 비품 모아둔 공간이 있잖아요!"

"아!"

두루미같이 긴 다리로 앞장서서 후방 창고로 가는 동인을 따라 모두 우르르 뒤따랐다.

동인은 후방 창고 문을 덜컥 열고 입구에 서서 큰소리로 헛기침하며 컴컴한 안쪽에 대고 외쳤다.

"큼큼. 나와 주십시오! 정시영 씨! 계속 숨어 있으면 신고 하겠습니다!"

후방 창고 안쪽의 공간을 동인이 폰 플래시로 비추었다. 문이 빼꼼 열리더니 누군가 스르르 나왔다.

앞쪽에 모여 있던 사람들이 모두 슬쩍 물러나면서 추이를 살폈다.

"다, 다인아…."

한다인은 설마 했지만 실제로 정시영이 몸을 숙이면서 나오자 놀란 눈으로 터져 나오는 비명을 막으려 입을 손으로 가렸다.

정시영이 손에 장미 꽃다발을 들고 어둠 속에서 배시시 웃으면서 나왔다.

해성이 소리를 쳤다.

"아니, 이런 데 숨어계시면 큰일 납니다. 대리님, 여기 형사님도 계시는데 어떻게 하죠?"

아람이 나섰다.

"저는 강동서 여청과 강아람 형사입니다. 이게 무슨 영화도 아니고 너무 《기생충》스럽잖아요. 거기 숨어 있었다니 언제부터 거기 있었던 겁니까!"

"서점 문 닫기 30분 전에 창고에 몰래 들어가 숨어 있었어요. 근데 좀 감동적이지 않아요? 제 숨겨진 편지들과 감춰진 수표요."

"이게 무슨 감동적인 일이에요? 여러 사람 고달프게 고생시키는 일이죠!"

잠자코 그가 하는 말을 듣고 있던 아람이 버럭 했다. 동인이도 그 옆에서 팔짱을 끼고 눈을 부릅뜨며 그를 노려봤다.

"아무리 고객님이더라도 폐점 후에 이렇게 서점 내부에 숨어 있으면 절도 의사가 있다고 간주합니다. 저는 이 미림문고의 유동인 대리입니다!"

"아이구, 미안합니다. 사랑을 위해서 그만."

한다인은 박동서에게 주차장에 가서 차를 빼라며 내보내고는 정시영에게 벌컥 했다.

"정말 앞으로는 이런 일로 보고 싶지 않다. 아니, 두 번 다시 만나지 않았으면 좋겠어. 다시는."

정시영이 우수에 찬 얼굴로 답했다.

"난 그래도 널 진심으로 생각해서 추억을 만들어 주고 싶었어. 나의 이별 이벤트를 영원히 기억해 주길 바랐는데."

한다인이 한숨을 쉬고 돌아서는데 정시영이 말을 이었다.

"언제든 갈 곳 없고 외롭고 힘들면 나에게 와. 너를 위한 자리는 항상 비워둘게."

그 말을 들은 한다인이 가려던 걸음을 멈추고 뒤돌아서서 눈에 쌍심지를 켜고 대차게 대꾸했다.

"네가 이래서, 번번이 이래서 헤어지는 거야. 다른 사람들에게 민폐를 끼쳐. 왜! 왜! 내가 돌려받을 돈인데 여기 서점 직원들과 형사님까지 힘들게 하면서 고생시키는 거야! 대체 왜! 이 밤에!"

"그, 그거야 너에게 완전한 이별 이벤트로 추억을 만들어 주고 싶어서…."

무표정한 얼굴로 모른 척하며 서 있던 아람이 나직하게 말했다.

"정시영 씨는 추억이라 여겼지만 한다인 씨는 그 돈이 꼭 필요하고 시간 내에 찾아야 하니까 정신적으로 힘들었어요. 도와줘야만 하는 저희도 힘들었어요. 낮에 업무 보려면 밤에는 당연히 쉬어야 하는데 쉬지도 못하고 친구 일이라 모른 척할 수도 없고요."

동인도 거들었다.

"저도 서점 고객들에게 밝은 모습으로 건강한 몸가짐과 바른 자세를 보여드리려면 밤에는 집에서 자야 합니다. 여기서 밤새 수표 찾는다고 이럴 것이 아니라고요."

한다인이 화난 목소리를 높였다.

"추억이라고? 그깟 추억 너무도 많이 만들어 주었잖아. 만난 지 백일 되던 날에는 풍선 이벤트 하다가 공중에 날아간 풍선이 전깃줄에 걸려 불이 날 뻔했지. 공무원 시험 준비하면서는 또 어땠어? 책 산다고 교재비 가져가서 헌 교재 사오고 남은 돈으로 이벤트 한다 어쩐다고 하면서! 결국 나는 남이 푼 문제를 지워가면서 공부했다고. 난 네가 나한테 신경 쓰고 정성을 쏟는 게 너무 싫었어. 신경만 쓰이고. 실제로는 하나도 위해주는 것도 아니고. 그게 싫어서 헤어졌는데 또 이런 일로 이렇게 주변 사람들에게 민폐나 끼치고! 앞으로는 두 번 다시 연락하지 마!"

정시영이 무릎을 꿇고 외쳤다.

"다인아, 안 돼. 너에 대한 나의 마음을 잊지 말아줘. 애틋한 나의 마음을 말이야. 우리 추억을 나쁜 기억으로 만들지 마."

한다인은 폭발했다.

"아 씨! 제발 그만. 다시 한번 나 괴롭히면 씨발 죽여 버릴 거야! 야 이 자식아!! 알겠어? 알겠냐고!!!"

아람이 그런 한다인을 달래면서 중재했다.

"솔직히 남에게 갚아야 할 돈을 이렇게 바로 주지 않고 고의로 숨겨놓고 찾으라고 하는 것에 관해서는 제가 지금 딱 맞는 법 조항이 생각이 안 나지만, 추억을 주고 싶다 어쩐다 하는 걸로 귀찮게 하는 이런 행위는 스토킹으로 간주할 수 있습니다. 사람을 괴롭게 하는 거니까요. 앞으로 주의하세요."

아람의 말에 정시영은 할 말을 잃고 입을 다물었다.

사건이 3일 지난 후, 아람과 동인은 강동구 보건소에 가서 코로나바이러스감염증-19 검사를 받으라는 문자를 받았다. 알고 보니 정시영이 확진 판정받아서 서점에 있었던 정시영과 밀접 접촉했던 아람, 동인, 해성, 한다인 등이 검사를 받게 되었다.

아람은 내심 양성이 나오면 어쩌나 하는 걱정이었다. 사무실에서 너무 답답할 때 마스크 위로 코를 빼꼼 빼놓고 근무한 적도 있었고 같이 밥 먹은 것도 무척 마음에 걸렸다. 동선 파악해서 선배들까지 다 격리되나 하는 걱정도 들었다. 동인과 약속한 시각에 보건소로 출발했다.

보건소 마당에 있는 검사소에서 앱으로 정보를 입력하던 아람과 동인은 마스크를 쓰고 조곤조곤 말했다.

"와, 정말 이 민폐남 하나 때문에 지금 몇 명이 고생하는 거냐? 민폐남과 민폐를 극혐하는 여친은 결국 안 이루어질 수밖에."

동인은 입술에 손가락을 대고 쉿, 했다.

다음날, 동인과 아람은 음성 판정 문자를 받고 직장을 하루 쉬었다. 저녁에는 줌을 통한 화상으로 동인의 작품 관련 회의를 했다.

"응, 그러니까 동인아. 이번에는 여자 형사가 주인공인 단편소설을 쓰니까 선배 여자 형사님을 소개해달라는 거지?"

"넵, 그리고 지금부터 내가 묻는 말에 대답해 줘. 먼저 경찰서 사무실에 출근해서 가장 먼저 하는 일이 뭐지?"

"인사드리고 컴퓨터 앞에 앉아서 이메일 확인. 업무 관련해서 보낸 메일에 답이 왔는지 확인하지. 내가 다시 답할 필요가 있으면 답 메일 보내고. 그러고 나서 그날 업무 파악하는데, 일단 우리 팀끼리 회의를 간단하게 해서 돌아가는 사건들 진행 과정 보고하고 의견을 나눠."

"오케이."

동인은 아람에게 몇 가지 질문을 더 하고, 답을 노트북에 받아 입력했다.

이번에는 아람이 장난삼아 물었다.

"내가 너한테 물어볼게. 넌 아침에 가장 먼저 하는 일이 뭐야? 책 주문하는 거야?"

"나? 이메일 읽는 거. 너랑 같아. 지금 설마 나를 용의자로서 취조하는 거?"

"그냥 나도 너처럼 취재라 하자. 후후. 그럼 홀에 흐르는 클래식 음악은 누가 선별해?"

"그거야 본점 사무실에서 음원 선별해 프로그램으로 보내 주지."

"그렇구나. 그렇다는 말이지. 히히, 유동인 캐기 재미나는데? 너 이번 민폐남 수표 사건 관련해서 한 턱 쏜다면서."

"다음 주 비번인 날 나와!"

다음 주, 아람은 동인과 서점 근처 번화가에서 만났다.

"오우, 야, 진짜로 쏘는 거야? 유동인?"

"응, 건건이 네가 사건 해결 잘 도와줘서. 주꾸미 괜찮지?"

천호동의 유명한 주꾸미볶음 맛집들이 즐비한 가운데, 동인은 인파가 득시글거리자 잠시 망설였다.

"어쩌지? 일단 아람아 마스크 코 위까지 당기고 바짝 눌러서 써. 사람이 너무 많다."

"응. 어? 저기 중간에 아크릴 가림막 있는 가게로 들어가자."

"좋아."

둘은 매운 주꾸미볶음에 치즈를 듬뿍 얹고, 우동 사리를 넣어서 먹었다. 배는 부르지만, 매운맛도 가실 겸 의기투합해 이번에는 100여 미터 떨어진 제과점에 가서 아이스크림을 먹기로 했다.

"이거 따릉이 타고 가자."

동인이 먼저 따릉이 앱을 열어서 자전거를 탔다. 아람도 앱을 열어 타려다 망설였다.

"야야, 근데 이거 헬멧도 없는데. 나 모범 보여야 하는 경찰이야~."

"짠! 접이식 헬멧. 나 요즘 따릉이 타고 출퇴근하거든."

동인이 백팩에서 접이식 헬멧을 빼서 하나를 아람에게 건넸다. 아람은 씩 웃으면서 헬멧을 썼다.

아람도 핸드폰 앱을 열고 따릉이에 탔다. 아람이 앞장을 섰다.

"천천히 따라오너라."

동인은 출발 전에 무선 이어폰을 아람의 오른쪽 귀에 꽂아 주었다.

감미로운 쇼팽의 피아노곡이 흐르면서 아람은 사람들을 피해 동인과 나란히 앞뒤로 탔다. 사람들을 스리슬쩍 피하면서 피아노 선율에 맞춰 느긋하게 따릉이를 몰았다.

봄, 뒤쿵 접촉 사건

오늘도 다이내믹한 미림문고.

봄철을 맞이해서인지 홀에 고객들이 제법 많아 분주했다. 카운터에도 긴 줄이 서 있었다. 아람이 동인을 찾아보니 카운터에 서서 직원들을 돕고 있었다.

아람은 동인이 일하는 모습을 보며 혼자 씩 웃고 홀로 들어가 관심 있는 신간들을 둘러보았다.

국내 소설 신간 평대를 살펴보았다.

'봄철 사랑하기 좋은 책들', '꽃보다 이 책' 등등 책을 소개하는 아기자기한 글이 캘리로 쓰여 있어 무척 신선했다. 아람은 소설을 몇 권 들어 살펴봤다.

이때 고성이 들려 고개를 드니 2미터 거리 너머에서 실랑이가 벌어지고 있다.

"아니, 그러니까 내가 그 유명한 박성주 교수 동기동창이란 말이지. 왜 박성주 교수 책이 좌르르 전시 안 되어 있어요? 다 어디 갔어요?"

50대 정도의 중년 남성의 말을 막내 직원 해성이 다 받아주는 중이다.

"손님, 그건 저희 서점 방침에 따라서 책을 전시하기 때문에 그렇습니다. 원하시는 책은 제가 서가에서 찾아다 드릴게요."

중년 남성이 안경을 손으로 잡아 빼고 코를 킁킁거리면서 화를 냈다.

"아니, 내 말이 말 같지 않아? 나 명문대 나온 사람이야!"

해성이 난처해하는데, 동인이 사르르르, 마침 홀에 흘러나오는 피아노 음악에 맞추기라도 하듯이 다가갔다.

"고객님, 제가 말씀드려도 될까요?"

아람은 무슨 일인가 싶어 자신의 트레이드마크인 포니테일 머리 꽁지를 손으로 잡아서 쓰다듬으면서 살며시 근처로 다가가 들으려고 자세를 잡고 있었다. 이때 아람의 뒤쪽에서 산뜻한 우드 향을 날리며 키가 크고 홀쭉한 남자가 나와서 말했다.

"무슨 일이시죠?"

분명히 명품관에서 팔 법한 양복바지를 입고 그 위에 흰

셔츠와 고급 캐시미어 카디건을 걸치고 서스펜더를 찬 세련된 차림의 20대 남성이었다. 머리에 한 오라기의 오차도 없이 가르마를 탄 이탈리아 헤어스타일의 그는 매너 있는 동작으로 동인 앞에 섰다. 손짓이나 목소리가 낭랑하고 아름다웠다.

"선배님, 제가 말씀드려도 될까요? 여기는 제 담당이라서요."

"네, 한 주임님. 그럼 부탁드려요."

동인이 뒤로 물러나고 '한 주임'이 고객 앞으로 나섰다.

"손님. 그 작가님 책은 말이죠, 지금은 신간이 나오지 않아서 서가에 꽂아놓았습니다. 정말 죄송합니다. 박성주 교수님의 《조선왕조실록 한 달 만에 새롭게 읽는 특급방법》은 저도 감명 깊게 읽었는데요…."

동인이 해성의 어깨를 토닥이며 다른 곳으로 보냈다. 아람이 슬그머니 동인에게 물었다.

"저분 누구야? 처음 보는데?"

"응, 본사에서 파견된 한재홍 주임."

"와 유동인, 네 밑으로 후배 들어왔네? 네가 사수가 된 거야? 축하한다."

"아니 왜, 해성 씨도 있는데."

"그래도 본사에서 MD가 정식 발령받아서 온 거 아냐? 서점에서 빛이 난다, 빛이 나. 되게 세련됐는데? 해외에서 공부한 사람 같아."

"영국에서 공부했다나 봐."

"흐음, 그렇단 말이지? 20대야?"

"응. 그게 나보다 나이가 어려서 그런지 카운터 일 보는 것도 손이 척척 빠르더라."

"그래? 사실 한 달이 어려도 어린 건 어린 거니까. 요즘은 나도 체력이나 지력이 후배만 못하다고 느낀다. 경찰대 졸업한 나보다 계급이 높은 형사가 가끔 내 밑에서 인턴으로 일 배울 때 있는데 부담돼."

동인이는 천천히 해성이 놔둔 카트 위의 책을 서가에 옮겨 꽂으면서 아무렇지 않은 얼굴이었지만, 아람이 보기에는 긴장하는 것 같았다. 아람이 한마디 했다.

"아서라. 젊은 애들 못 이겨. 괜하게 말 잘못 했다가는 우리도 금방 꼰대 된다."

"경찰도 그래?"

"그렇다니까."

아람은 동인이 카트를 끌고 가는 뒤를 따라가며 말했다.

"너 정은이 청첩장 톡으로 받았지. 같이 가자. 이번 주 토요일이야."

"응, 내가 운전해볼게."

"가능할까?"

"걱정하지 마. 그렇지 않아도 그날 차량 정기 점검받아야 하니까 잠깐 그거 받고 가자."

다음날, 동인은 점장과 영업 담당 차장, 그리고 한재홍 주임과 함께 회의에 참석했다.

한재홍은 화려한 패턴의 셔츠에 딱 맞는 팬츠를 입고 있었다. 동인은 그가 착용한 옷들이 아레나 옴므 잡지에서 본 신상 명품이라는 걸 알고 있었다.

그에 반해 캐주얼한 동인의 옷은 무지나 탑텐 등 저렴한 옷이거나, 슈트도 국내 브랜드였다. 명품은 가끔 소품을 사는 정도였다. 한재홍은 자신이 사비로 산 캡슐 커피머신으로 커피를 종류별로 뽑아서 회의 자리에 놓았다. 늘 점장이 좋아하는 마키아토 캡슐을 사 오는 수고를 마다하지 않는 그였다.

영업 담당 차장은 한재홍의 패션 센스를 칭찬하면서 은근슬쩍 브랜드를 묻곤 했다.

회의가 시작되고, 돌아가면서 안건을 내는데, 한재홍 차례였다. 그는 캡슐 커피를 한 잔 마시며 뜸들이다 입을 열었다.

"우리 서점도 책만 팔 것이 아니라, 우리 미림문고의 브랜드 가치를 알리기 위해 시그니처 상품인 화장품이나 북 관련 소품을 만들어 파는 것도 좋다고 생각합니다."

한재홍의 말을 점장이 주의 깊게 들었다.

"한 주임, 자세히 좀 말해봐요."

"네, 점장님. 사실 저는 재페나 락페도 많이 가봤거든요. 그리고 풀파티도요."

동인이 "락페?" 라고 입으로 말했다.

한재홍이 깔깔댔다.

"설마요, 대리님. 라떼는 말이야 시대 분도 아니시고. 락페는 락 페스티벌, 재페는 재즈 페스티벌 줄인 거잖아요. 하여간 그런 축제나 호텔 풀파티에서 신상이나 론칭하는 제품을 경품으로 나누어주고, 협찬도 하면서 홍보를 하는 거죠. 고객들은 자신이 가는 곳의 제품을 향으로 촉감으로, 시각으로 즐기고 사용하면서 충성도를 높이는 거죠. 그 장소나 회사의 브랜드 팬층이 되어가는 과정입니다."

동인은 잠자코 있었다. 아무래도 잘 모르는 것은 가만히 있는 게 낫겠다 싶었다.

"아하, 유 대리님 여름에 풀파티 안 가보셨구나. A 호텔이 엄청 유명한데. 저는 그런 파티에 가는 이유가 하나죠. 바로 서점 마케팅과 디스플레이 업무에 도움이 되려고요. 하긴 유 대리님은 저와 나이 갭이 있으니까, 안 가보셨을 것 같기도 하네요."

동인은 속으로 한재홍과 자신의 나이 차이는 얼마 되지 않고 둘 다 MZ 세대라는 걸 알고 있었지만, 내색은 안 했다.

그날 회의는 그렇게 끝났고, 점장은 한재홍의 아이디어를 전격적으로 본사에 안건으로 내보겠다고 했다. 그리고 당장 서점에서 조그맣게 시도해보자고 했다. 동인은 그날 회의에서 아무 아이디어도 못 내고 한재홍에게 밀렸다.

동인은 퇴근하고 집에 와서 노트북으로 재페, 락페 혹은 풀파티를 검색하고 영상을 찾아보았다. 동인은 욕조에 따뜻한 물을 받아 라벤더 오일을 떨어뜨리고 들어가 생각했다. 아무래도 그간 너무나 정적인 삶을 살며 추리소설 쓰기에만 집중해서 돌아가는 트렌드를 익히는 데 정성을 안 들였다. 마케팅 실력이 부족해졌다는 느낌을 받았다. 힐링하면서 목욕했지만, 그날 잠을 설쳤다.

토요일, 아람은 서점에서 멀지 않은 공업사에서 동인과 만났다. 동인이 주차를 어려워하자, 동인을 내리라고 한 아람이 운전석으로 이동해 단번에 주차했다.

"역시 운전은 강아람. 잘하는데."

"그냥 빈자리 있기에 차 갖다 꽂은 거뿐인데 잘한다고 하니 뭐. 흠."

동인은 정기 점검을 맡기고 아람에게 손짓했다.

"이리 와. 여기서 기다리면 돼."

공업사 휴게실에는 잡지와 커피머신 등이 비치돼 있었다.

"그러니까 선배들이 지금 한 사건에 다들 매달려 있는데 말이야. 하남과 강동구 등지에서 빈번하게 슈퍼카들끼리 접촉 사고가 있었어. 피해자랑 가해자를 조사해보니, 이렇게 저렇게 다들 얽혀 있고, 선후배 사이라는데…."

아람이 최근에 조사 중인 사건 이야기하는데도, 동인은 그러거나 말거나 뭔가 골똘히 생각 중이었다.

"야, 너 내 말 안 듣지?"

"어? 그거 저."

아람은 내심 아직도 동인이 자신에 대해 불편한가 하는 생각이 들었다. 이제는 그를 친구로 대했지만, 가끔 동인이는 달라진 듯도 했다. 눈빛에 어색함이 있어 보였는데, 아람은 사뭇 혹시나… 하는 생각을 가질 때도 있었다.

"그게 저, 아람아. 사실 그때 본 한재홍 주임 어때?"

그럼 그렇지, 다른 생각이구먼.

"한재홍? 아! 그때 본 그 훈남 MD? 유학파? 괜찮던데? 골치 아픈 고객 응대도 친절하게 잘하고, 뭣보다 매너 하나는 끝장나더라."

"그, 그렇지? 나보다 낫지?"

"그거야, 뭐. 나는 친구인 네가 낫지. 근데 왜 그러는데?"

"아, 아무것도 아냐."

"야! 유동인 너 이럴래? 친구끼리 비밀 있고 말이야."

"그게 저…. 요새 우리 서점에 디스플레이 뭐 달라진 거 없어?"

"음, 그거야 봄이니까, 새롭게 광고 배너 생겼고, 추리 장르 소설 특화 코너 생겼고, 아! 여러 가지 카피 문구 POP가 생겼던데?"

아람이 미림문고를 떠올려 보니 '읽으면 친구들이 알아주는 책들 모음', '새내기 직장인들을 위한 사회생활 꿀팁 대방출 책들 모음', '꼰대와 진정한 선배를 가르는 한 끗 차이' 등의 신기한 캐치프레이즈가 적힌 POP가 곳곳에 있었다.

아람도 그런 문구들이 재미있어서 거기 놓인 책을 몇 권 집어 유심히 보았다.

"괜찮더라. 네 아이디어지?"

"아니, 우리 지점 특화 아이디어로 한 주임이 낸 건데 바로 채택됐고, 역시 새로운 MZ 세대답다고 점장님이 완전 칭찬하셨지. 그런 식으로 내가 계속 밀리는 느낌이야. 이제 내가 구가다가 된 걸까?"

"응? 구가다라니?"

"방가방가 카페 사장님이 알려주신 단어. 예전 틀을 뜻한대. 방송 쪽에서 쓰는 일본어라나?"

"한재홍 개 몇 살인데?"

"우리보다 5살이나 어려. 외국에서 공부해서 그런지 감각도 남다르고. 게다가 인스타그램 팔로워도 2만이나 되더라고."

아람은 픽 웃었다. 동인과 아람의 팔로워를 다 합쳐도 500이 안 된다.

"흠, 우리가 올해 33이란다. 이 나이에 벌써 꼰대가 된 건가?"

"야, 유동인 너무 기죽지 마. 그나저나 새롭다. 네가 다른 사람하고 너를 비교하면서 기분이 상한 거는 첨 보는 것 같은데? 유동인, 너는 너라고, 자존감이 왜 이렇게 하락했어?"

"너는 공무원이니까 잘 몰라. 여기는 감각이 중요하다고. 능력제야. 책 디피와 내용을 선별해 구매하는 것도 감각이 중요해. 그걸 점장님이 얼마나 강조하시는데. 풀파티, 락페, 재페 그런 곳에 다 다닌다면서 아이디어를 내는데 점장님이 끔벅 가시더라."

"그래? 그럼 여름에 우리도 가지 뭐. 무슨 걱정이야. 야, 나도 사실 여자 후배 하나 들어와서 비교되는데, 되게 똑똑해. 그래도 어쩔 수 있냐. 사회는 능력제인걸. 그래도 너랑 나랑 20대 애기들과 꼰대들 사이에서 가교 구실을 톡톡히 하고 있지 않냐? 힘내라, 유동인. 자존감 키우는 데는 거울 보

고 자신을 껴안고 잘했어! 토닥거리는 뭐 이딴 거 다 필요
없고 그저 먹는 거다. 결혼식 가서 얼굴도장만 찍고 바로 먹
으러 가자. 힘내. 먹고 다 잊어, 알았지? 베프로서 충고야."

"후우. 그런가."

동인은 한숨을 쉬었고, 아람은 그런 동인에게서 사람 냄새
가 나서 즐거웠다.

이때 공업사 직원이 들어와 외쳤다.

"70XX 차량 점검 끝났습니다."

동인이 차량을 인수해서 운전석에 앉는데 의자가 앞으로
당겨져 있었다.

"아, 이거 어떻게 뒤로 빼더라."

동인이 잠시 당황하는데, 아람이 알려줬다.

"의자 밑에 장치 있어. 그거 밀어."

"이거?"

엉뚱한 장치를 건드렸는지 등받이가 밀리고 동인은 어쩔
줄 몰라 하는데, 공업사 직원이 다가와 손가락으로 직접 가
리키며 말해줬다.

"이렇게 뒤로 미시면 됩니다."

동인은 인사하고 차를 빼서 도로로 접어들었다.

"유동인, 이왕 중년 아재 꼰대가 될 바에야 운전이라도 제
대로 해라. 도로에서 민폐남 되지 말고. 운전은 중년들이 잘

하잖아."

"아, 알았어."

아람이 옆을 보는데 다른 때와는 달리 동인이의 눈에서 총
기가 빠지고 영 지쳐 보였다.

봄이라 그런가? 했는데 그게 알고 보니 신입 직원에게 치
여 저런가 싶었다.

결혼식장에 도착해 신랑 신부와 인사를 한 후 축의금을 내
고 친구들과 담소를 나누다 아람이 제안했다.

"동인, 동인! 좀 있으면 사람들 몰리니까 자존감 키우러 밥
부터 먹고 식장 들어가자."

"오케이."

동인과 아람은 웨딩홀 뷔페에서 재빨리 각자 손에 접시 두
개를 들고 음식을 쓸어 담아와 허겁지겁 먹었다. 시간이 있
다고는 해도 식장에 안 늦게 들어가려면 당장 다 입에 넣어
야 했다.

"이거 연어롤 진짜 맛있다. 먹어봐."

둘이서 마구 먹고 있는데 톡이 왔다. 동인이 폰을 보는데
갑자기 표정이 확 굳었다.

아람이 잡채를 쭉 들이켜 먹다 이상한 기운에 동인에게 얼
른 물었다.

"누구야?"

"해성 씨."

"무슨 일인데?"

"이거 봐봐."

해성이 캡처해 보내준 포털사이트 미림문고 강동점 리뷰에 평점이 별 반개, 그리고 이렇게 적혀 있었다.

'우와! 미림문고 홀에서 안내해주던 따옴표 머리 남자. 응대가 구리네요. 불친절하고, 책도 잘 모르고. 흥, 다시는 안 가요!'

아람은 씩씩댔다.

"이거 뭐야. 이 악플 쓴 사람 혹시 그 아저씨 아냐? 홀에서 난리 치던?"

"그런가? 누군지는 정말 모르겠다."

"아니야. 수사하다 보면 관계없는 일이란 거의 없던데. 널 시샘하는 사람이 이렇게 악플 달고 평점 테러한 것일 수도 있어. 직원 중에 있을지도 몰라."

아람은 한재홍 주임의 그 유들유들한 태도와 헤어젤을 발라 바짝 치켜올린 헤어 스타일이 떠올랐다. 얼굴은 배우 필 나며 세련된 모습의 극치지만, 왜인지 동인이를 못살게 굴지나 않나 하는 걱정이 있었다.

"설마, 우리끼리 왜 그러겠어."

"모르지. 학원 일타 강사들도, 연예인들도 댓글 전쟁하는 거 어제오늘 아니잖아."

"강 형사님, 우리가 그런 수억대의 연봉 버는 사람들도 아니니 그럴 일 없습니다."

"쿰쿰한 냄새가 나는데 내가 형사로서 밝혀줄 터이니 걱정은 말도록. 유동인 대리."

아람은 콜라를 쭉 마시면서 입맛을 다셨다.

"다 먹었으면 빨리 식장 들어가자."

"오케오케."

며칠 후,

사무실에서 근무 중인 아람에게 교통조사계 김형주 선배가 다가와 물었다.

"아람 형사, 왜 저번에 우리 일 도울 수 있을 거 같다던 정보원 섭외해 놨댔지?"

아람은 그간 여러 사건에서 도움을 받은 하남훈 라이더에게 공을 들여가며 슈퍼카 관련 범죄 첩보나 정보를 캐물은 적이 있었다.

"정보원까지는 아니고, 그냥 친분이 있어요."

"그게 그거지. 이번 사건 말이야."

김 형사는 일주일 전 일어난 포르쉐 911과 스타렉스 승합차의 접촉 사고를 조사 중이었다.

"자기들끼리는 분명히 보험사기 아니라고 하는데, 무슨 스타렉스가 아무리 12인승이라지만 꽉꽉 눌러 타서 12명을 다 채워 타느냐 말이야. 상갓집 가던 길이라는데 조사해보니 상갓집 간 적도 없고, 그냥 타고 가던 길이었더구먼. 이거 전형적인 보험사기 사건 같은데 조사해봐야겠어. 그 정보원에게 이 사람들 아냐고 물어봐. 이건 페북서 건져온 사진인데."

김 형사가 내민 사진에는 문신을 드러내고 민소매를 입은 덩치가 큰 남자들이 헬스 기구로 운동하는 모습이 나와 있었다.

"문양이 용인가요?"

"봉황이라던데. 페북 타임라인하고 인스타그램에 저희끼리 코로나 지침을 못 지켜서 죄송하지만 어쩔 수 없이 한 차에 가득 탔다고 그런 변명만 올려놨더라. 사고는 정말 순수하게 났다고 말이지."

"응? 밑에 사진은 환자복인데요? 이 봉황 문신요."

"그러니까 말이야. 다들 한방병원에 입원해서 보험으로 입원비 등 엄청난 돈을 받아내면서 밤중에 몰래 헬스장 가서 운동도 하더라고. 나도 빡쳐서 말이지. 거기 사진에 페북 계정 나와 있지? 가서 지켜봐 봐. 과장님께 말씀드릴게. 공조해 달라고."

"알았습니다. 일단 접수합니다. 알아보죠."

"봉황 문신은 오하성이고, 이 거북이 문신은 서철주. 이 두 사람이 관련자야. 오하성이 스타렉스 운전하고 서철주와 친한 친구들이 차를 가득 메웠어. 포르쉐 운전자는 일단 계속 알아보는 중이고. 보통 오픈 톡방 통해서 구인하기도 하거든. 도와줄 사람들을."

아람은 알았다는 듯 고개를 끄덕였다.

점심 후에, 아람은 하남훈에게 톡으로 사진을 보냈다.

  이분들 혹시 아시는지요?

읽씹이었다. 아람이 컴퓨터로 서류를 작성하는데 중간에 톡이 왔다.

  모릅니다. 바빠서 이만.

아람은 얼굴을 구겼다.

"흥, 하는 수 없지."

아람은 껌 통에서 껌을 빼서 공기하듯 손등에 얹었다가 그대로 손바닥을 뒤집어 잡았다. 조심히 입가에 껌을 가져가 씹으면서 날카로운 눈빛으로 톡방을 지켜보다 몇 번 더 톡을 남겼다. 하지만 그는 더 이상 답을 하지 않았다.

"또 읽씹이라···."

아람은 일어났다.

가볼 데가 있었다.

1시간 후 라이더들이 쉬고 있는 휴게실에 아람이 몰래 문을 열고 살금살금 들어갔다. 하남훈이 쉬면서 폰으로 게임을 하고 있는데, 갑자기 아람이 등을 툭 쳤다.

"옴마, 놀라라. 뭐예요? 진짜!"

"여기 사무실 실장님께 전화해 보니까 하남훈 씨 쉬고 있다고 해서요. 미안해요. 말도 없이."

"허 참 나. 괜하게 신분 밝히고 그런 거 아니죠?"

하남훈이 소리를 죽여 가며 아람에게 속살거리자 아람이 눈을 찡긋했다.

"걱정하지 말아요. 우리 사이 안 밝힐게요, 호홍."

주변 라이더들이 그런 그들을 보고 연인이 아닌가 웃으면서 쳐다본다.

"아, 어서 나가요! 나 그쪽 같은 스타일 안 만난다고요! 왜 따라다녀요?"

하남훈은 연인이 아닌 척, 큰소리쳤다. 아람이 웃으면서 눈치채고 응수했다.

"미, 미안해요. 여기까지 와서. 그러게 왜 답톡을 안 해요. 오빠~."

하남훈이 아람의 등을 툭툭 치면서 사무실을 나와 문을 탁 닫는데, 안에서 웃음소리가 크게 터져 나왔다. 건물 밖으로 나온 하남훈이 아람을 노려보았다.

"어때요. 인기남이 된 기분이?"

"왜 이래요, 자꾸! 탐정 사무소 차리면 나중에 월급 받고 일한다니까."

"그러지 말고 좀 도와줘요. 이 사람들 몰래 캐보게. 어디 가면 만날 수 있는지만 알려줘요."

아람은 오하성과 서철주 사진을 확대해서 보여주었다. 하남훈의 코가 벌렁거렸다가 시선이 1초 흔들리는 찰나를 놓치지 않았다.

"아는 사람들이죠?"

"모르는 형들인데요?"

"후하하, 형이라면서요! 나이는 알잖아요."

"큼큼, 그럼 조금만 말해줄게요. 대신에 다시는 사무실로 오지 말아요."

"알았어요. 미안해요."

"거기 사진에 로고 나와 있죠. 그 헬스장 가보면 거의 살다시피 해요."

"병원 입원했다는데요?"

"그래도 그러더라고요. 특히 철주 형이 대회 나가려고 준비할 정도로 벌크업 해서 몸 만드는 걸 즐긴다고요."

오하성은 서철주보다 키는 좀 작고 몸은 정교하게 다듬어진 근육이 돋보였다. 서철주는 그에 반해 벌크업을 엄청나게 해서 덩치가 꽤 컸다.

하남훈은 톡방에 좌표를 찍어주었다. 강동구에 있는 유명한 프랜차이즈 헬스클럽이었다.

"이제 절대 찾아오지 마요! 알았죠?"

다음날, 아람은 동인을 불러내 헬스클럽 근처에서 만났다.

"뭔데? 왜 헬스클럽에서 잠복근무한다는 건데?"

"보험사기로 의심되는 그 두 명이 여기 헬스클럽에 수시로 출몰한대. 커플로 위장해서 같이 가 보자고."

큰 빌딩 지하에 있는 '유캔두잇 헬스클럽'은 검은색 타일로 장식된 입구에 환한 조명들이 여러 개 비추고 있었다. 문가에 있는 배너에는 조각 같은 몸을 가진 트레이너들의 사진과 경력이 적혀 있었다. 아람은 강한 비트의 음악이 문밖으로 흘러나오는 안을 들여다보았다.

오늘 아람은 평소의 보디가드 풍의 정장은 벗어버리고 대신 조거 팬츠와 오버핏 맨투맨 티를 입어 경쾌한 느낌을 주었다. 동인은 여전히 팔 걷은 셔츠에 면 팬츠라 서점 근무복장 그대로였다.

"야, 여기 힙합 음악 죽인다. 완전, 내 스타일인데? 너는 퇴근하고 온 거고, 난 프리랜서로 위장하는 거다. 그나저나 동인아, 여기 같이 다닐래? 운동도 하고 말이지. 진짜 할인받아서 다니자."

"나 발레 학원 아직 남아서 안 돼."

"아 쫌, 남자가 무슨 발레냐?"

"그런 말 하지 마. 성 인지 감수성!"

"아, 알았어. 쏘리. 하여간 난 헬스 체질이란 말이지. 어깨도 쇠질을 하도 안 했더니 뻐근하다. 우리 경찰서에 기구 좀 구색 갖춰 들여 달라고 건의해도 아령이나 역기가 다야. 랫풀다운이나 트레드밀만 여러 대 있어도 소원이 없겠다. 지금은 아재 선배들 누워서 역기 들고 기합 지르는 것만 듣다 온다니까."

이때 하얀색 레깅스에 터질 듯한 엉덩이를 가진 젊은 여성이 다가왔다. 긴 머리를 운동모자로 눌러쓰고 스포츠 브라를 입었는데, 엄청난 어깨 근육이 돋보였다. 얼굴은 무척 앳되어 보여 이미지가 상반되었다.

"안녕하세요, 전화로 커플 할인 물어보셨죠? 저는 여기 헬스클럽 바바라 트레이너입니다."

바바라가 가리키는 배너에 그녀 사진과 프로필이 나와 있는데 보디빌딩 생활스포츠지도사 1급, 스포츠마사지, 필라테스, 스포츠 테이핑 자격증 등 각종 자격증과 대회 출전 기록이 적혀 있었다.

아람과 동인에게 바로 문자로 명함을 보냈는데, 비키니 수영복을 입은 보디 프로필 사진과 스펙이 있고 전화번호가 있었다.

"따라오세요. 먼저 클럽 기구들을 보여드리고 등록 과정을 설명해 드릴게요."

바바라는 여러 기구를 시연해보고 동인을 스테퍼에 올라서게 했다. 계단 같은 기구가 높다랗게 올라가는데, 동인이 곧잘 운동하자 바바라가 환하게 웃었다.

"근량이 제법이신데요. 인바디 안 해봐도 알겠어요. 저희 헬스클럽은 3개월은 45만 원인데, 1년 등록하시면 30퍼센트 이상 할인 들어가거든요. 월 2회 무료 PT 들어가고요."

바바라의 시선이 동인의 엉덩이와 등으로 향하는 걸 보자 아람은 기분이 은근히 나빴다.

"저기, 혹시 해보고 결정하려는데 커플 회수권은 없을까요?"

"음, 그럼 3회 해보시고 결정해 주세요. 1회당 2만 원인데 두 분이 같이하시니, 만 오천 원으로 할인해 드릴게요."

아람이 카드를 내밀어 계산했다. 바바라는 안내 사항이 적힌 종이와 임시 등록증을 내밀었다.

"여기 적힌 대로 문 닫는 시간은 평일 11시, 주말은 9시라는 거죠? 제가 야근이 많아서 좀 늦게 와서요."

아람의 질문에 바바라는 환하게 웃으며 답했다.

"네. 하지만 개인적으로 제게 필라테스나 PT를 받으시는 분들은 자정 이후도 괜찮아요. 개인 레슨은 소모임이면 허용하거든요. 방역 지침에 맞게만 하면 됩니다."

아람은 자정 이후에 그들이 이곳을 방문해 운동한 건가 하는 생각이 들었다. 사진 속 배경에 다른 회원들은 보이지 않았으니까 말이다.

다음날 동인과 아람은 퇴근 후에 '유캔두잇 헬스클럽'에 갔다. 운동하는 회원 중에 오하성과 서철주는 없었다.

가벼운 훈련복의 동인이 아람과 나란히 바이크를 타면서 고개를 갸웃했다.

"아람아, 여기가 아니라 아무래도 그 사람들이 입원했다는 병원에 가봐야 하는 거 아냐?"

"코로나로 입원 환자는 물론이고 보호자도 외출이 안 되고

174

면회는 거의 금지인데 무슨 수로 병원에 가서 그 사람들에게 말을 거냐. 그러려면 신분부터 밝혀야 하는데."

"그래? 하는 수 없지. 네 덕에 운동도 하고 괜찮은데? 다리 근육 키우고 싶었는데, 여기는 레그 프레스도 여러 대 있고 파워렉도 있어서 근육 만들기에는 정말 좋다."

"여기 벤치 프레스에 누워 봐. 내가 도와줄게."

동인이 벤치 프레스에 드러누웠다. 아람이 역기 드는 걸 돕고 기합을 넣어 헛둘 헛둘 페이스를 맞춰 주었다.

순간, 아람은 깜짝 놀랐다.

해성이었다.

그가 트레드밀을 뛰던 중에 아람과 거울로 눈이 마주쳤다. 해성이 트레드밀을 멈추고 달려왔다.

"아니, 아람 형사…, 웁!"

아람이 반가움에 인사를 하는 해성의 입을 얼른 손으로 틀어막았다. 그 바람에 하마터면 동인이 역기에 깔릴 뻔했다.

"쉬잇, 여기선 형사님이라 부르지 말아요."

아람이 귓가에 속삭이는데 해성이 휘둥그레진 눈으로 고개를 끄덕였다.

"대리님도 오셨네요."

"해성 씨, 여기서 운동해요?"

"네, 소속사에서 연회원 끊어줬어요."

"소속사라뇨?"

동인이가 묻자 해성이 약간 난감한 얼굴이었다.

"실토해야겠네요. 제가 천호동 로데오 거리에서 길거리 캐스팅 당했는데 아이돌로서 늦은 나이지만 한번 도전해 보라고 권유받아서요."

"우와! 역시 얼굴은 얼굴이라니까."

"그게 저어, 요즘 비대면이라 콘서트 못하잖아요. 아이돌 업계도 수입이 적어져서 일단 몸은 각자 만들고 합숙은 못하는 대신 휴일에 모여서 춤과 노래를 같이 연습해요. 그러니까 아이돌 일도 시간제 알바로 하는 셈이죠."

"아하 그렇군요. 우리 서점 근무에 지장 없으면 저는 괜찮아요, 해성 씨."

"고마워요, 대리님. 사실 저 국내 1호 아이돌 탐정이 되는 게 소원이에요. 사실 형사, 아차차 아람 누나가 서점 탐정 1호만 좋아하는 것 같아서요."

해성의 얼굴이 붉어졌다.

해성의 고백 아닌 고백을 들은 아람의 마음이 두둥실 헬스장 기구들 위로 떠 올랐다. 레깅스와 스포티한 탑을 착용한 엄청난 몸매의 여성 트레이너들 사이에서 홀로, 자신만이 두 남자 사이에서 썸 타고 있는 것이다.

'우후후. 사실 동인이와는 요즘 데면데면하지만, 해성의 저

잘생긴 얼굴을 보라.'

해성은 다시 트레드밀을 하러 돌아갔고, 바바라 트레이너와 몸이 산처럼 크고 민머리인 중년 남자가 다가왔다.

"안녕하세요, 클럽 관장 스미스입니다. 반갑습니다."

동인과 아람이 일어나 인사하자, 관장은 개인 레슨하면 연회비가 더 다운된다면서 이것저것 클럽 입회를 소개했다. 아람이 물어보았다.

"저희가 클럽 야간 시간에 개인적으로 지도받을 수 있을까요?"

관장이 조심스레 답했다.

"그게, 지금은 방역 지침으로 소규모 레슨만 하거든요. 두 분만 하시면 가능할 것 같은데요."

"그럼, 내일 야간에 와도 될까요?"

"그럽시다. 바바라가 일단 하루 지도해 봐요."

"네, 알겠습니다. 자, 인바디 측정해 봅시다."

아람이 먼저 기계에 올라가서 은색의 금속 손잡이를 잡았더니 앞에 놓인 계측기에 체중과 키가 나왔다. 키는 166센티미터, 몸무게가 61킬로그램이었다. 아람이 당황해서 발을 살짝 들어 올려봤지만, 숫자는 꿈쩍도 하지 않았다. 슬프게도 1년 전보다 4킬로그램 이상 늘었다.

"회원님, 움직이지 마세요."

아람은 충격을 받았다.

'히익, 이럴 수가. 그간 선배님들하고 해장국이다 뭐다 신나게 먹으러 다녔더니 이 지경이. 어쩐지 재킷이 안 잠기더라니. 아 우울해.'

신경 쓰인 아람이 뒤로 홱 돌아보자 동인은 시선을 바로 허공으로 올려 안 본 척했다. 트레드밀 위의 해성도 거울로 아람을 지켜보다 홱 시선을 TV로 옮겼다. 바바라가 잠시 후, 아람의 인바디 측정표를 출력해 보여주었다.

"회원님은 골격근량이 28퍼센트가 넘는데, 일반 여성분보다는 많은 편이세요. 하지만 요즘은 하체 운동을 강화해서 보통은 힙을 더 키우거든요. 어깨는 직각 어깨로 만들면 옷태도 잘 살고요. 무엇보다, 표준 권장 체중을 넘어서 다이어트가 필요하고 바른 자세가 구부정한 자세로 인한 고통을 해방시켜 줍니다. 자 그럼 다음, 유동인 회원님."

동인이 올라가자 아람은 엄청난 집중력으로 지켜보았다. 키는 180센티미터인데 몸무게는 66킬로그램이라니. 아람과 별 차이가 나지 않았다. 그 사실에 충격을 받고 한숨을 크게 쉬었다. 헉스.

"네, 근량이 매우 좋습니다. 역시 운동하는 걸 지켜봤는데 두 분 다 소질 있으세요. 그럼, 나중에 시간 확인하는 전화를 드리겠습니다."

며칠 후, 바바라의 전화를 받고 아람과 동인은 11시쯤에 헬스클럽을 방문했다.

회원들이 거의 없었고 구석에 덩치 큰 남성이 후드 티에 모자를 푹 눌러쓰고 마스크를 쓴 채 30킬로그램짜리 덤벨을 기합 소리를 내며 들어 올리고 있었다.

바바라가 다가가서 큰소리로 기합을 넣는 남자에게 말했다.

"회원님. 안녕하세요? 옆에서 레슨 진행해도 될까요?"

아람은 미간에 슬쩍 주름을 지으면서 자세히 보았다. 후드 티를 입어 문신이 안 보였지만, 분명히 저 남자 어깨에는 아기와 엄마 거북 그리고 용궁과 해초가 어깨와 등에 걸쳐 있을 것이다. 서철주다!

대박!

"거참 거시기 하네, 지가 다른 기구 쓰죠."

서철주가 저만치 물러나려 했다. 아람이 동인을 쿡 찔렀다.

동인이 눈치를 채고 다정하게 바바라에게 다가갔다.

"트레이너님, 저도 이분처럼 벌크업 돼서 몸무게 80킬로 넘게 찍어보고 싶습니다. 같이 해보죠."

"그래도 되겠어요? 이분들은 선수 준비한다고 헬스장에서 거의 매일 사시는 분들인데요."

서철주가 동인의 앞에 떡하니 버티고 서면서 씩 웃었다.

"어허허, 거참 체형을 보니 너무 멸치인데?"

"네?"

"말랐다는 말씀이죠. 나는 5년 넘어 이 몸인데 회원님은 딱 보니 한 8년 정도면 되겠어. 여기서 운동 꾸준히 같이해 보죠."

동인은 서철주가 내미는 손을 잡고 굽신댔다.

"형님, 잘 부탁드립니다."

"어허허, 형님이라. 뭐 나이는 서로 몰라도 헬스는 내가 선배니까. 그럼 따라와 봐요."

서철주는 동인을 데리고 다니면서 각종 운동기구를 가르쳐 주고 운동시켰다. 아람은 그들을 살피면서 바바라가 시키는 대로 트레이닝했다.

다음날, 또다시 헬스클럽 건물 앞에서 만난 동인은 엄살을 피웠다.

"아이구야. 아람아 나 이제 운동 안 해. 오늘 멘소래담 냄새 때문에 얼마나 많이 직원들 걱정 들은 줄 알아? 한재홍도 그러더라. 나이 드시니 온몸이 다 뻐근하냐고. 파스 냄새가 진동한대. 나 헬스 안 해."

"언제는 발레를 하기 좋게 근력 키운다면서. 걱정하지 마라. 오늘은 거기 안 가도 돼. 단서를 잡았다."

"응?"

"그 서철주가 널 동생으로 되게 잘 봤는지 만나재. 페북 보니까 26살이라 우리보다 엄청 아래던데. 일단 널 25살이라고 속였으니 그런 줄 알아."

"무슨 일이 이렇게 돌아가. 그럼 우리 어디로 가는데?"

"건물 지하 꼬치구이 집으로 오라던데?"

"뭐? 그런 거 안 먹잖아. 헬스 하는 사람들은."

"치팅데이라나 뭐라나. 무조건 비위 맞춰. 친해져서 우리가 살살 꼬드겨 봐야 해."

"병원 입원은 어떻게 된 거야?"

"일단 퇴원하고 통원 치료한대. 보험사기가 의심되지만, 증거는 없는 상태."

"흠, 《계간 미스터리》 단편소설 마감 얼마 안 남았는데."

"이런 거 써. 헬스클럽 다니다 사건 나는 이야기. 실제 보험사기를 쓸 수는 없고 그냥 살인사건으로 써봐."

"그럴까? 캐릭터 연구 차원에서 사람 만나는 건 환영이긴 한데 말이지."

그날 밤 내내 서철주의 군대 애기, 축구 애기, 근육 단련 애기 등을 들어주고 동인과 아람은 퀭한 눈으로 다음날 헬스 클럽 앞에서 또 만났다. 서철주가 반드시 나오라고 했다.

서철주는 운동복을 입고 들어서는 그들을 보자, 뛸 듯이 기뻐하며 다가와 껴안았다.

"애기들 오셨네, 남자는 생각할 시간에 덤벨을 들어야 해. 이 어깨로 무슨 여친 기쁘게 해줄 일이 있겠어? 우후후. 자, 앉아봐."

서철주는 동인과 아람에게 단련시키고 사진을 찍어주면서 인스타그램이나 페북에 당장 올리라고 했다. 그러더니 단백질 보조제를 통으로 들고 와 물에 타서 먹어보라고 권유했다. 아람과 동인은 코로나 핑계를 대면서 집에서 사서 먹겠다고 둘러댔다.

"내가 이거랑 다른 단백질 보조제 알려줄 테니까, 걱정하지 마. 당장 나처럼은 안 되어도 십 퍼센트는 따라올걸?"

동인과 아람이 서철주가 시키는 운동을 꾸역꾸역하는데, 중간중간 동인이 서철주의 엉덩이 부분과 상체, 어깨 등 상박 근육을 찍어주었다. 서철주는 그걸로도 모자랐는지 거울 샷, 셀카 샷을 남기면서 찍은 사진을 인스타그램에 바로바로 올렸다.

동인이 뒤로 고개를 돌려 조용히 말했다.

"아람아, 나 이거 더 못 들겠어. 우리 튀자. 몸도 아프고 이런 거 내 스타일 아냐. 난 킨포크 라이프에 가까운 삶을 원해."

"더 친해져야 뭐가 나오지."

그날 동인과 아람은 온몸이 근육통에 시달리면서도 서철주와 다음 약속을 정했다.

이틀 후, 서철주가 그들을 불러낸 곳은 번화가에 있는 오피스텔 1002호였다.

동인이 피곤한 얼굴로 망설였다.

"오늘은 대체 뭘까? 이젠 두렵다, 쫓아다니기. 왜 나보다 일곱 살이나 어린데, 경험이 이리도 다이내믹하냐."

"우린 너무 곱게 자랐어."

아람이 씹던 껌을 휴지에 뱉어 주머니에 넣고 벨을 눌렀다.

"아람 형사가 먼저 들어가."

"쉿, 형사란 단어는 빼도록."

"옛, 썰."

들어가 보니 벽에 각종 타투 사진이 붙어 있고, 오피스텔 안에는 커튼이 쳐져 있었다. 서철주는 등을 보이며 누워 있었다. 개인 타투숍이었다.

"어이, 잘 왔어! 거북이 문신으로 좀 심심하다 싶어서 오늘은 토끼를 넣어서 밸런스를 맞춰보려고 왔어. 들어와요. 헬스는 말이지, 어깨나 등 부분에 포인트 문신도 필요해. 그래야

근육의 움직임이 미세하게 떨리면서 잘 보이거든."

동인이 아람을 향해 두 손가락을 들어 겹치며 엑스를 표현했다. 온몸을 덜덜 떨었다.

아람이 작게 입 모양으로 말했다.

'문신 노노. 걱정하지 마.'

잠시 후, 동인이 문신 시술대에 누워서 등을 보였다. 아람은 제법 잔근육들이 많은 동인의 등판을 무연한 시선으로 내려다보았다. 그런 시선에 맞춰 동인이 고개를 돌렸다. '제발 좀 어떻게 해보라'라는 얼굴이었다. 아람은 잔인한 표정을 씩 지었다. 20대의 남자 타투이스트는 도안을 그릴 펜을 집어 들고 문양 디자인 포트폴리오를 살폈다.

"선생님, 아주 좋고 큼지막한 걸로 제가 동생한테 선물해주고 싶은데요."

서철주의 말에 동인이 덜덜 떨었다.

"아, 아닙니다. 형님."

"동생, 선물은 마음이야. 그냥 받아."

"그게 저어. 괜찮습니다."

"타투이스트님, 그럼 무슨 도안을 그려볼까요?"

동인이 뭔가 말하려는데 아람이 눈짓으로 가만히 있으라고 했다.

"살결이 희고 고우니까 일반 남성분들이 하는 것보다는 좀 부드러운 거로 갈까요? 해골 어때요? 연예인들도 많이 해요. 해골은 영원성을 상징하는 건데요. 거기다가 창을 가로지르게 해서 고딕 느낌도 들게 하면 아트가 되죠. 워터파크 가면 사람들 시선에 바로 들어올걸요? 특별히 잘 안 지워지는 검은 색소로 강하게 새기면 멋져요."

동인이 너무 놀라 입을 못 다물자 아람은 입꼬리를 들어 웃으면서 살갑게 부탁했다.

"철주 오빠, 이렇게 받는 건 미안하니까 나중에 우리가 돈 모아서 올게요. 부탁드려요."

"아, 선물이라니까."

동인이 눈을 둥그렇게 뜨고 고개를 끄덕였다.

"아, 아람이랑 같이 커플로 할, 할게요. 저희, 부, 부담되면 형님 얼굴 못 뵙고 운동 못 해요."

"그런가? 하기야 이 도안은 못 줘도 백은 넘는데 좀 그렇지? 알았어, 동생들."

"네, 그렇게 해주세요. 저희가 돈 모으면 바로 올게요."

아람이 대차게 말하는데 서철주가 웃으면서 시선을 맞추었다.

타투숍에서 나와 서철주가 이끄는 룸 가라오케로 동인과 아람이 쫄래쫄래 따라갔다. 그들은 영화에 나오는 누구도 거절할 수 없는 귀여운 고양이 눈으로 서철주가 《땡벌》, 《

진진자라》, 《무조건》을 부를 때마다 쳐다보았다. 그리고 무조건 손뼉 치고 탬버린을 흔들고 테이블로 올라가고 난리가 났다.

동인은 좀 전의 타투숍을 생각하면서 이건 그래도 훨씬 백배 아니 천배 아니 백만 배 더 낫다고 여겼다.

노래가 끝나자, 서철주는 소개할 형님이 있다고 했는데 눈빛이 매서운 남자가 들어왔다.

아람은 속으로 '대박'을 외쳤다.

오하성이었다. 그는 입고 있던 명품 아르마니 재킷을 벗자, 티셔츠 위로 목과 어깨에 걸친 봉황 문신이 드러났다. 봉황의 날개 깃털과 눈이 생생히 살아 있었다.

"인사 올려. 여기는 자그만 유통업 다니는 유동인이, 그리고 여기는 웹디자인 알바한다는 여자 친구 이름이….."

"강아람입니다. 편하게 아람이라고 불러주세요."

"형님, 애들이 참 착해. 막 착해. 나랑 나이 차이가 얼마 안 나도 꼬박꼬박 형님이라 하고 애들이 참 선해. 그런데 돈이 없어. 문신할 돈도 없어요."

"너 애들 어떻게 알게 됐는데?"

오하성이 슬쩍 경계했다.

"응, 헬스장서 만났죠. 운동도 참 열심히 하는 아이들입니다. 얼마나 잘 따라 하는데."

"운동도 꾸준히 해야 하지만 것보다 머리를 써야 해, 우리 일은."

"넵. 형님."

동인과 아람은 오하성이 내미는 잔을 받아 들고 황송해하며 조심스레 마셨다.

"돈이야 있다가도 없고 없다가도 있는 게 돈인데. 그럼 니가 그때 소개한다던 애들이 애네들이야?"

"그렇죠. 요번에 마실 나갈 때 애들 한 번 뒷좌석에 태우고 갔으면 하는데, 사람이 섭외 안 되었으면…."

"그 얘긴 좀 있다가 하자. 좀 살펴보고 해야지, 그냥 하면 쓰나."

오하성이 점잖은 어투로 말을 끊자, 아람과 동인은 모른 척 안주만 서로 집어주고 먹었다. 동인이 술을 연달아 받자, 아람은 흑기사를 자청하면서 대신 마셔주었다.

오하성이 마이크 잡고 노래하는 동안, 동인이 화장실로 달려가자 아람도 쫓아갔다.

아람은 토하는 동인의 등을 쳐주면서 안타까워했다.

"미안하다. 동인아. 내 탓에 네가 고생한다."

"너 말이야…, 강아람. 이번에 나 공모전 꼭 붙, 붙어야 해…."

"아, 알았어. 뭐 어떻게 도와줄까?"

"로그, 로그 라인 좀 꽤, 괜찮은지…. 그리고 형사 일도 맞는지 감수 좀…. 어이구 캑캑."

동인은 잠시 화장실 밖 복도에 쪼그려 앉았다 일어났다.

"아, 토하니까 괜찮아. 들어가자."

동인과 아람이 서로 어깨를 부축하며 룸으로 들어갔다. 노래는 끝났고 오하성과 서철주는 뭔가 긴한 이야기를 하던 중이었다.

"거, 어린놈이 술이 그렇게 약해서야, 너희들 근데 허리는 실해?"

오하성이 말을 던졌다. 동인과 아람이 진지하게 듣는데, 서철주가 하하 웃었다.

"쿠하하. 니들 땡잡았다. 당장 알바비 10배는 쳐줄게. 대신 일 끝나면 병원에 열흘은 들어가 있어. 갑갑해도 자정 넘어 몰래 헬스장 와서 운동은 해도 되니까 좀 참고. 흐흐. 그런 거야."

오하성과 서철주는 자신들이 만들어 놓은 설계에 들어오라면서 숟가락만 슬쩍 대면 콩고물은 확실히 챙겨준다고 했다.

날짜 잡고 아우디와 포르쉐가 접촉 사고를 낼 건데, 하나는 운전하고 하나는 뒷좌석에 앉았다가 사고가 나면 무조건 드러눕고 병원으로 이송되기만 하면 된다고 했다.

동인과 아람은 고개를 끄덕이면서 그들의 말을 진지하게

경청했다.

서철주는 으하하하 소리 내며 웃었다.

"난 말이지, 아그들에게 일이든 운동이든 가르쳐 줄 때가 가장 재미있더라. 저기 근데 둘 중에 누가 운전 잘해? 난 여자한테 운전대 잘 안 맡기는 편인데. 담에 운전실력 좀 보자. 그래야 이 일에 붙여줄지 말지 결정하지."

아람은 동인을 가리켰다.

"당근 애죠."

"보통 잘하는 거론 안 돼. 아주 기술이 괜찮아야 하는데. 이게 다 각도나 거리 계산해서 그럴듯하게 핀 운전으로 해야 하거든."

"실력은 걱정을 마십시오."

동인의 대답에 오하성이 물었다.

"너희 차는 뭔데?"

"아반떼요."

서철주가 씩 웃었다.

"그걸로는 본전도 안 나와. 기획료도 안 나온다고. 우씨, 나 예전에 국산 소형차 타고 다닐 때는 뒤에서 그렇게 빠방 대더라고. 참나. 완전 뭐 같은 새끼들이 꼭 뒤에서 빠방 대거든. 차를 독일 차로 바꾸니까 그 지랄 멈추더라고. 세상이 참 거시기해."

"동생아, 쓸데없이 말이 길다."

"넵. 형님. 느그들도 노래 불러봐 젊은 애들은 뭐 부르나 보게."

동인은 분위기를 맞추려 답했다.

"저희는 뭐, 트로트를 잘합니다."

"가만있자 커플이니까 현아랑 현승이가 부른 《트러블 메이커》 이런 거 가보자. 알지나 모르겠어. 좀 된 노래인데."

서철주가 반주를 틀자 아람은 재까닥 일어나 반주에 나온 휘파람을 불면서 안무도 따라 했다. 동인이도 화면에 뮤비 영상이 나오자 비슷하게 따라 춤을 췄다.

서철주는 손뼉을 치면서 과하게 좋아했다. 동인과 아람은 안무를 따라 하고 시선을 맞추면서 이 사건을 밝히려는 결의를 다졌다.

다음날, 동인은 직장이 휴무라 아람을 만나 차에 태우고 고속도로로 나갔다.

"아, 나 진짜 고속도로 별론데."

"그래도 타 봐야지. 속도감을 느껴봐야 운전도 돼."

동인이 고속도로에 올라타기 위해 머뭇거리자, 뒤에서 승합차 하나가 빵빵대며 옆으로 빠져나가 앞질러 갔다. 운전자가 창문을 열고 소리를 버럭 질렀다.

"야! 개XX들아. 도로에 나오지 마!"

아람이 코웃음을 쳤다.

"개가 무슨 잘못이 있다고. 아우, 내 이러니까 언젠가 포르쉐 사려는 거야. 그거 타도 저럴까? 포르쉐 타는 형사로 소설 하나 써다오. 동인아."

"말 시키지 마라. 나 지금 경직 상태다. 초긴장 상태로 고속도로 진입합니다."

동인이 액셀을 밟아서 시속 70킬로에 이르렀다. 아람은 느긋하게 등을 기대고 음악 앱을 열려는데, 동인이 언 목소리로 덜덜대며 말했다.

"아, 아람아, 내비 좀 잘 봐봐. 회차하는 데서 돌려 서울 가자. 나 용인까지 못 갈 거 같아."

"에버랜드 가보자면서. 운전 바짝 연습해서 따라가 봐야지. 우리 언더커버 들키면 안 된다고 했잖아."

"들켜도 돼. 서철주는 그냥 서로 갈 길 가면 죽이진 않을 거 아냐. 근데 여긴 까딱하면 죽음이야."

"어, 어. 동인아. 이거 빨대가 샌다. 물티슈 없어?"

"거, 거기 글로브박스 열어봐. 거기 있, 있어."

"아, 알았어. 여기 쳐다보지 마."

동인이 경직된 와중에도 슬쩍 조수석을 보고 우는 시늉을 했다.

"그거 카페라떼 엄청 끈끈한데. 박박 닦아."

"걱정하지 마. 어어, 앞을 봐. 앞에."

동인은 엉엉 울고 싶은 마음을 가다듬고 정신을 차려 달리다 보니 어느덧 용인톨게이트에 도착했다.

"드디어 왔다. 축하해, 유동인 시속 80킬로의 압박을 이겨냈다."

"돌아갈 땐 네가 하길 바란다. 알았냐?"

"어이구 유동인 많이 컸어요. 나중에 뒤에다 왕초보 하나 써서 붙이자."

동인과 아람은 놀이동산에서 자유이용권을 끊고 들어갔지만, 나이가 서른이 넘어 그런지 아니면 헬스를 무리하게 해서 그런지 기운이 없었다. 롤러코스터 대신 회전목마와 대관람차를 타고 다녔다. 놀이기구들이 있는 곳을 벗어나 주토피아에서 동물을 구경하면서 즐기기도 했다.

아람은 돌아오는 길에 운전하면서 어깨를 으쓱했다.

"와, 꽃도 지고 나도 지고 이제 나도 늙었나 봐. 도저히 번지점프 같은 거 다신 못 할 거야. 롤러코스터도 몸을 사리다니. 예전에는 하루에 10번도 탔는데."

동인은 어느새 새근새근 잠이 들어있었다 아람의 말이 끝나자 고개를 툭 떨구었다.

"푸하하. 운전 힘들었나 보네. 저 실력으로 누굴 속여."

아람은 오랜만에 플라워 미장원에 갔다. 못 보던 어항이 들어와 있었다.

"어? 이거 구피 맞죠?"

"잘 아네요. 구피 암컷과 수컷 한 마리씩. 방가방가 커피숍 사장님하고 같이 마트에 갔다가 선물로 받았어요. 암컷이 배가 불뚝 튀어나온 게 곧 낳을 것 같아요. 지난달에도 낳았는데 벌써 또 임신했지 뭐야."

"그럼 새끼들은 어디 있어요?"

"치어들은 따로 길러야 한대요. 여기에다가."

치어들이 플라스틱 통에서 유유히 헤엄치고 있었다.

"키워 보니까 구피가 정말 사람 같더라고요. 내가 아침에 여기 와서 먹이 주려 하면 막 물 위로 올라와 허겁지겁 먹어. 우리도 왜, 돈 된다고 하면 막 달려가는 거 있잖아요? 후후. 그나저나 구피도 이렇게 번식하는데 나는 왜 아직도 싱글이고 자식도 하나 없나 몰라?"

원장의 탄식 섞인 소리에 아람은 속으로 조용히 웃고 나서 조심스레 물었다.

"방가방가 아니, 원성구 사장님과 혹시 친해지신 거 아닌지?"

원장이 두 손을 내밀어 저었다.

"우리? 아니에요. 난 별로야, 방가방가 사장님, 큼큼. 그냥 이것저것 어려울 때마다 내가 물어보긴 하는데, 뭐 별 사이 아니에요."

"그렇군요. 흐음. 마트에 같이 가셨다기에 그냥 물어본 겁니다."

아람은 슬쩍 미소를 지었다. 사실 이상하게 요즘 원장이 말만 하면 방가방가 사장 이야기를 많이 해서 괜히 한번 찔러본 거였다.

원장은 아람의 머리를 다듬고 나서 감겨주었다. 지압으로 꾹꾹 누르니 세상 시원했다. 아람은 가운데 의자에 앉아 드라이를 받았다. 헤어스타일을 손보면서 원장이 물었다.

"그래, 유 대리님과 진전은 있어요?"

원장은 줄기차게 아람에게 문자로 연애 상담을 해주겠노라며, 좋은 케어 제품이 들어왔다고 미장원 방문을 권했다. 오늘도 어김없이 낚시에 걸려들어 퇴근 후 온 거다.

"글쎄요. 근데 우리 둘이 썸 타는 거 언제 처음으로 어떻게 아셨어요?"

"흐음, 솔직히 말해도 돼요?"

아람은 고개를 끄덕였다.

"아람 씨가 유 대리님 더 좋아하는 게 내 눈에 딱 보이고, 촉이 왔지."

"우와! 어떻게요? 서점 직원들은 모르는 것 같던데."

"설마. 사랑하고 재채기, 가난은 숨길 수 없다고 하잖아요."

"그런가? 에구."

아람은 절망에 눈을 감았다가 고개를 들어 벽에 걸린 원장의 미용사 자격증을 보았다. 이름은 정민주, 나이는 계산해보니 아람보다 열 살 넘게 많았다.

"실례지만, 원장님은 왜 결혼 안 하셨어요?"

원장은 미소를 지으며 거울로 아람과 눈을 맞췄다.

"나 쫓아다니던 사람은 내가 그냥 그랬고, 내가 좋아한 사람은 다른 사람을 좋아하더라고요. 이런 말 있죠? 남자들은 탐색하고 탐색하다 정착하고, 여자들은 기다리고 기다리다 지쳐 찾아 나선다고요. 정말 아무리 평등한 시대지만, 그래도 남자가 좋다고 쫓아다녀야 연애도 결혼도 되더라."

"정말 그런…가요?"

"마흔 넘으면 내가 달라지고 철들고 세상 바뀌어 있고 그럴 것 같죠? 그런데 안 그래. 여전히 소녀처럼 누군가를 기다리고 마구 설레고 막상 다가오면 겁나고, 불편하기도 하고 그 마음은 영원히 같아요. 이런 마음 알죠? 나이 들어 달라지는 건 딱 하나야. 앉았다 일어날 때 '아이고' 소리 나오는 것. 그런데… 대리님이나 아람 씨는 딱 봐도 모쏠 같은데…."

"어머. 동인이라면 몰라도 전 아니죠. 원장님은 사람을 뭐로 보고. 저 은근히 연애 많이 해봤어요. 남친들이 막 달려왔다고요. 선물 들고요."

아람은 그렇게 말하면서도 1년 이상 사귀어본 남자가 있기는 했는지 더듬어 봤다. 없었다. 그나마 사귄 것도 데이트 몇 번이 땡. 서로 전화가 뜸해지다 연락 두절이었다. 솔직히 반지는커녕 꽃반지도 하나 없었다. 아람은 고개를 떨구고 밋밋한 손가락들을 내려다보았다. 언제 커플링을 끼어보나.

"음, 아니면 쏘리. 하여간에 좀 기다려 봐요. 오늘 클리닉 잘 됐으니 아마 머릿결이 한층 더 부드러워질 거예요. 다음 번에 두피 스케일링하러 오면 내가 어떻게 유 대리님을 공략할지 말해줄게요."

'우리 이제 진짜 친구예요. 썸조차 시작 못했어요. 사실.'

아람은 이실직고하려 했지만, 입이 떨어지지 않았다. 그때 눈에 상패가 들어왔다.

"어? 이거 강동구 페스티벌 상패 고쳤네요?"

"아 그거? 받침대만 유리로 다시 만들었어요. 거기 데스크도 고치는 김에 싹 다 고쳤고. 스타일 어때요? 원성구 사장님이 추천하는 가게에서 복원했죠. 그래도 누군가 의논할 상대가 있다는 것도 좋은 일이더라고요. 오해는 말아요. 그냥 동네 아는 사장님이죠."

"네, 주변에 그런 사람이 있어 돕는 것도 괜찮네요."

"아람 씨는 유 대리님이랑 잘해 봐요."

아람은 미장원을 나오면서 이놈의 자식, 그냥 발로 뻥 차 버릴까 고민했다. 무엇보다 서점 직원들도 자신이 동인이를 몰래 좋아하는 걸 눈치챘을까 하는 생각이 들 때면 식겁했다.

지하로 가서 서점에 들러 책을 보려던 마음을 당장 접었다.

아람이 경찰서로 다시 들어가려는데, 동인의 전화가 왔다.

"유동인, 뭐야?"

"아람, 아람! 큰일났어. 나 오늘 쉰다고 하니까. 당장 운전 실력 좀 보자는데. 철주, 하성이 형이."

"야, 게네 너보다 많이 어리다. 우리끼린 이름 불러도 돼."

"설정이 그렇잖아. 하여간에 어서 나와. 하남으로 빠지는 인터체인지 길목에 있는 만둣집 알지? 링크 보내줄 테니 그리로 와."

"아, 알았어."

아람이 차를 몰고 동인이 준 링크로 급하게 달려가 보니 도로 옆 공터에 동인의 차만 덩그러니 있었다.

"동인아. 어디야?"

"거기 골목 보이지, 만둣집 사이? 그리로 들어와."

아람이 차를 주차해두고 골목으로 들어가 보니 공사장 앞 공터에서 서철주가 하얀색 아우디 조수석에 앉아 핸들을 잡은 동인에게 운전을 코치하고 있었다. 그 앞에는 붉은색 포르쉐 911이 있었고 운전석에 오하성이 앉아 있었다.

동인은 쩔쩔매며 아우디를 운전해서 포르쉐에 가까이 대고 접촉하는 시늉을 했다. 그야말로 그냥 시늉이었다.

"하이고, 동상. 왜 이리 소심혀. 그거 하나 딱딱 못 갖다 붙이고, 참나. 지금까지 뭐 하고 살았어? 그렇게 소심해서 밥이나 먹고 살겠어? 여친은 어떻게 사귄 거야."

아람이 어깨를 당당하게 세우고 성큼 다가갔다.

"어머. 오빠들. 안녕하셔요. 동인이는 운전이 잘 안 늘어요. 제가 할 수 있습니다. 호호, 오빠들 따라 헬스 하니 어깨가 직각 어깨가 되고 참 좋습니다. 호호."

"요즘은 이쪽 일도 여성이 대세야. 어서 와. 운전석에 앉아 봐."

동인이 내리고 아람이 덥석 올랐다. 핸들을 잡은 아람은 아우디를 그럴듯하게 몰아 오하성이 앉아 있는 포르쉐와 근접하게 접촉 사고를 내는 시늉을 무리 없이 여러 차례 수행했다.

동인은 카메라로 현장 동영상을 슬쩍 촬영했다.

"그렇지, 그렇지. 괜찮네. 실력이."

이때 아람의 옆구리에서 "강 형사, 어디야. 무전에 답해."라는 소리와 함께, 뚜뚜두드드뚜 하는 기계음 소리가 났다.

아뿔싸!!!

'새 됐다.'

무전기를 차에 두고 내리지 않고 허리춤에 그대로 차고 있었던 게 사달을 일으켰다. 서철주의 표정이 싸하게 변하면서 얼른 차에서 내려 앞차의 오하성에게 뭔가 속삭였다.

서철주가 다시 다가와 아우디의 보닛과 트렁크를 열고 살펴보는 척하면서 말했다.

"근데 차 엔진이 안 좋네요? 저기 두 분 저 쪽 편의점 가서 콜라 좀 사다 주실래요?"

서찰주와 오하성이 눈짓을 주고받다 뭔가 의논하려는지 잠시 자리를 비웠다. 모든 것이 탄로 난 것을 알아차린 아람은 차에서 내려 다급하게 동인에게 말했다.

"야야, 동인아. 뭣 됐다! 내가 트렁크에 몰래 타서 따라가 볼게. 1시간 이후에도 나 연락 안 되면 강동서 교통조사계 김형주 형사님 찾아. 알았지? 내가 커플 위치추적 서비스 초대할게. 좀 있다."

"어라. 아람 아람! 기다려."

동인이 말리는 것도 잠시, 아람은 재빨리 몸을 둥글게 말아 몸을 낮추고 트렁크로 스사삭 들어가서 문을 닫았다. 잠시 후 혼자 돌아온 서철주는 동인을 본 척도 안 하고 급하게 차를 운전해 어디론가 향했다.

동인은 즉시 자신의 차를 주차한 곳으로 달려갔다. 재빨리 차에 올라타고 아람이 숨어 들어간 아우디를 쫓았다. 번호를 외우고 또 외우면서 뒤쫓는데, 아우디가 차들을 칼치기 하면서 앞질러 가서 사라져버렸다. 동인은 난감했다.

"아니, 대체 어디로 간 거야!"

뒤쫓던 차를 놓친 동인은 차를 멈추고 우왕좌왕하다 일단 아람이가 말해준 교통조사계 김형주 형사에게 사정을 말해 놓았다. 그리고 하는 수 없이 SOS 콜을 쳤다. 15분 후, 오토바이가 다가왔다. 하남훈이었다.

"유 대리님. 대체 무슨 일입니까? 아람 형사님이 안 찾는다고 해서 맘 놓고 있었는데요."

"어? 남훈 기사님, 잘 오셨어요. 저좀 도와줘요."

"네? 아니 다들 나만 보면 맨날 도와 달래. 나 일하러 가야 해요."

"아구, 여기까지 오셨잖아요! 큰일 났어요. 그 형들 말이에요."

"누구? 하성이 형, 철주 형이요? 나 몰라요. 그 사람들."

"알잖아요. 제발요."

하남훈이 오토바이를 몰고 가려는데, 동인이 빽 소리쳤다.

"아람이가 그 차 트렁크에 납치돼 있다고요. 찾아야 해요!"

하남훈이 뒤돌아보고 빡 치는 얼굴로 다가왔다.

"우씨. 내가 언젠가 이런 날이 올 줄 알았어요. 그 형들 얼마나 무서운 형들인데요, 완전히 좌 봉황, 우 거북이가 사람 옥죄는 재주 있다니까요. 나 그 일 다신 안 한다고 하고 얼마나 도망 다녔게요. 그런데 아후, 정말! 알았어요. 일단 그 차로 내 오토바이 따라와요."

"남훈 씨. 왜 라이더들 사무실에서 무전 치면 아우디 차종과 색깔, 넘버로 추적할 수 있지 않을까요?"

"그거 개인정보라 위험한데요. 신고했다면서요."

"시간이 촉박해서요."

"후우, 알았어요."

하남훈이 라이더 조합 팀장에게 연락하고, 오토바이에 올라탔다. 따라오라는 신호를 했다.

동인은 하남훈의 오토바이를 따라갔다. 얼마 멀지 않은 곳에 오토바이가 멈췄다. 하남훈이 내려서 건물을 가리키며 손짓해 동인이 차를 세우고 따라 들어갔다.

건물의 지하 주차장으로 이동했다. 동인이 따라가 보니 주차장 구석에 작은 경차가 한 대 서 있었다. 노란색 모닝인데, 안을 열어보니 튜닝을 공들여 한 흔적이 보였다.

"연락이 오긴 했는데, 하남에서 중부고속도로로 빠지는 길목에서 봤다는 기사님 한 분 계세요."

"그래요?"

"이거 타고 갑시다. 이래 봬도 3천 들여 튜닝한 거라 마력 끝내줘요. 내가 오토바이 몰아보니까 슈퍼카는 옆으로 퍼져서 차 사이사이 빠져나가기도 어려워요. 이 차는 잘도 빠져나가 더 빠르다니까요."

"그럼 잘 부탁드립니다. 아람이 보낸 위치추적 서비스 앱 초대장 왔어요. 어? 하남 휴게소 있다고 뜨는데요?"

"어딘지 알 거 같은데. 어서 타요. 거기 아지트 같은 데 있어요."

동인은 타자마자 안전벨트를 매고 손잡이를 잡았다. 보스 스피커에서 인크레더블의 《오빠차》가 경쾌하게 흘러나왔다.

"스피커가 비트 완전히 쪼개놓죠. 비트 하나하나가 구별된다니까. 이건 누가 1억 가져와도 안 바꿔요."

노래가 넉살의 《N분의 1》로 바뀔 즈음에 모닝이 고속도로 쪽으로 접어들면서 100킬로 속력을 가뿐히 넘어버렸다.

"꽉 잡아요! 300마력으로 급가속합니다~!!"

동인이 손잡이를 힘을 주어 잡는데, 그대로 얼굴이 유리창에 박힐 듯 차량이 회전을 절묘하게 해서 고속도로를 향해 부아아아앙 달려 나갔다.

"남, 남훈 씨, 우리 절대로 죽으면 안 돼요, 아람이 구하기 전에, 우우웁."

"장가도 안 갔는데 왜 죽어요? 에어백 있다니까요! 부스터 누릅니다."

하남훈이 버튼을 누르자, 차가 부아아아앙 부아아아 하면서 중부고속도로를 쏜살같이 달렸다. 앞쪽에서 느리게 가는 제네시스를 가뿐히 추월했다.

눈 깜짝할 새에 차는 하남 휴게소에 도착했다.

동인은 차 문을 열고 덜덜거리는 발을 땅에 디뎠다. 얼른 숨을 크게 들이쉬고 내쉬었다. 하남훈이 말했다.

"어서 찾아봐요. 여기 있다면서요."

"잠, 잠깐만요. 아지트 같은 데가 어디예요?"

"저도 딱 한 번 가본 데인데 진짜 거기로 갔나 본데요. 휴게소 뒷산으로 가요. 따라와요."

하남훈은 앞장서서 성큼성큼 걸었다. 휴게소 뒷산 산책로로 올라가자, 산 중턱에 허름한 창고가 보였다. 그 밑으로 밭이 넓게 펼쳐져 있고 진돗개가 짖고 있었다.

"저기 창고로 가요."

하남훈은 창고 문을 슬쩍 밀었다. 여기저기 녹슨 철문이 삐걱거리면서 열리는데, 그 안으로 들어갔다.

하남훈이 어둠 속에서 손으로 벽을 더듬다가 전기 스위치를 찾아 눌렀다.

파팟 하면서 불이 들어오자 노란색, 하얀색, 회색, 은색,

빨간색 등등 가지가지 색색의 스포츠카들이 줄지어 서 있었다. 모두 람보르기니, 포르쉐, 재규어, 벤틀리 등의 슈퍼카들이다.

"제 경차 타도 이놈들 따라잡을 수 있어요. 저는 허세 버린 지 오래입니다."

"아람아! 아람아!"

동인은 차들을 살피다 하얀색 아우디를 발견하고 달려가 트렁크를 손으로 두드렸다.

"안에서 소리가 나요."

동인이 귀를 대고 들었다.

"비켜요."

하남훈은 라이더 조끼 주머니에서 기름한 드라이버를 꺼내 차 문에 대고 조작했다.

"형들이 알면 나 죽이는데. 차 문 수동 개폐기에요. 스마트 키 잃어버렸을 때 유용해요."

하남훈은 차 문을 열고 트렁크 버튼을 눌렀다.

"캑캑! 아구야."

아람이 헝클어진 머리에 눈을 바스스 뜨면서 나왔다.

"어, 어디야. 여기."

"아람아! 어서 나와."

아람은 동인이 내민 손을 잡고 트렁크에서 나와 땅에 발을 디덨다.

"그나저나 하남훈 씨. 그 사람들이 형이면 저는 더 나이가 많으니까. 당연히…."

"비즈니스 사이에 무슨 나이 따져요?"

"아, 그건 그렇죠."

동인이 빠르게 수긍했다.

아람이 고개를 도리질하며 정신을 수습하고, 주변을 둘러보았다.

"우와! 차 많네. 가만있자 조회 좀 해봐야겠다. 선배님, 여기 차들 도난 조회나 차적이 제대로 있는지 대포차인지 조회 좀 해보려고요. 네. 64에 20XX, 검은색 마세라티. 네 그리고…."

이때 차고 문이 차르륵 열리면서 오하성과 서철주 외 덩치 큰 이들이 떡 버티고 섰다.

서철주가 소리 질렀다.

"니덜 뭐 하는 것들이야? 정체가 뭐야? 헬스장부터 나 타깃으로 삼고 접근한 거지?"

동인이 정중하게 말했다.

"죄송합니다. 사실 나이도 그쪽보다 많아요."

"강동경찰서 여청과 강아람 형사입니다."

아람이 차분하게 말했다.

"지금 경찰이 지원하러 오고 있으니 순순히 협조해 주시죠. 이 차들 차적과 사건 관련, 도난 차량이나 불법 대출에 연계 돼 있는지 조사할 겁니다."

"야, 차고 문 닫아."

덩치 큰 부하가 차고 문을 닫자, 하남훈은 슬그머니 모자를 푹 눌러쓰고 도망가려 했다.

"너 도훈이 사촌 동생인가 맞지?"

"아, 아닌데요. 그럼 대리님, 형사님 둘이 알아서…."

서철주가 씩씩대면서 다가오는데 동인이 아람의 앞을 막아섰다.

서철주는 화가 난다는 듯 달려드는데 동인이 발차기로 완벽하게 방어했다. 아람은 호오, 하는 얼굴로 지켜보았다.

"아야, 놔둬. 형사라는데. 대신 안 되겠다. 여기서 이 차 봤다는 말, 밖에서 하지 않는다는 각서 한 장 써줘야겠는데."

오하성이 서류를 꺼내는 동시에 덩치들이 갑자기 동인과 하남훈, 아람이 서 있는 곳으로 달려들 듯이 다가와 포위했다.

"뭐, 뭡니까?"

덩치들은 각자 스마트키를 꺼내서 슈퍼카 안에 타고 부릉부릉하며 위협하듯이 차 시동을 걸었다.

아람과 동인이 '하이합' 기합을 넣으며 손을 들어 방어 자세를 취하는데, 그들이 올라탄 슈퍼카들이 다른 남자가 활짝 열어준 차고 문을 향해 쏜살같이 달려갔다.

"아, 아 안돼! 그냥 가면 선배님들이 곧 올 텐데!"

아람이 당황해서 동분서주한다.

이때, 부릉부릉하면서 달려 나가는 슈퍼카들을 막아선 마티즈, 모닝, 아반떼 등등이 차고 문에 보인다.

삐요 삐요 경광등 소리가 요란한 가운데 마티즈 등의 경차에서 형사들이 차례차례로 내린다.

"야, 강아람. 넌 말이야. 위험하게 지원도 없이 이게 또 무슨 난리야."

"선배님, 죄송합니다. 마음이 앞서서요."

"여러분들, 공무집행에 도움 좀 주십시오. 자, 다들 시동 끄고 차에서 내리셔서 신분증을 보여 주십시오."

확성기를 들고 차분하게 말을 하는 교통조사계 팀장.

형사들은 공무원신분증을 보여주면서 운전석에 가서 내리기를 종용한다. 덩치들은 어쩔 수 없다는 듯 차에서 내린다. 형사들이 일사불란하게 차적 조회와 신원을 확인한다.

아람도 일단 차적이 없는 대포차를 구분해 내고 보험과 관련된 사건이 있는지 운전자의 주민등록번호를 입력해서 조사했다.

그리고 불법적 대출에도 관련이 있는지 조사하기 위해 임

의동행 형식으로 서철주와 오하성 외 다른 3명을 경찰서로 대동하기로 했다.

　며칠 후, 서점에 들른 아람은 동인에게 빙그레 웃는 얼굴로 나타나 어깨를 툭 쳤다.

　"헤이, 서점 탐정님."

　"어? 아람. 휴무야?"

　"응. 야, 나 몇 건 올렸다. 그 왜, 거북이랑 봉황 형님들 있잖아. 보험이나 불법 담보대출 사건에 얽혀 있는 게 한두 건이 아니라서 일단 입건하고 구속영장 실질심사 들어갔어. 우후."

　"진짜?"

　"응, 가자. 쉬는 시간이지? 일단 커피부터 쏜다."

　"어? 나 이 시간에 쉬는 건 어떻게 알았어."

　"모르는 게 어딨겠어. 이 강 형사님이. 어? 너 그 바지 룰루레몬 신상인데? 맞지?"

　"오, 눈썰미. 대박."

　아람과 동인은 서점 홀을 나가 방가방가 커피숍으로 갔다.

　"대리님, 늘 드시는 거?"

　"오늘은 그 왜 신메뉴 '녹용 홍삼 듬뿍 쌍화차'로 주세요. 아람이 것까지 두 잔이요. 계산은 형사님이 하실 겁니다."

"그게 뭐야? 뭔데 9천 원이야?"

"사장님이 아예 꼰대들을 겨냥한 새로운 메뉴야. 그거 한 잔 먹으면 그래도 기운 나서 오후 3시까지는 안 졸리다. 후후."

"야, 유동인, 너 꼰대 안 되겠다고 버둥거리더니 아예 그냥 꼰대 되기로 했구만."

"마인드가 젊으면 돼."

"하하하, 그게 바로 꼰대 마인드야. 룰루레몬 팬츠 입은 꼰대 같으니라고. 그거 입는다고 안 어려 보여. 차라리 그냥 입던 면바지 입고 출근해."

"그런가?"

"그래, 난 그렇다. 유동인스러운 유동인이 멋지고 좋다. 면바지 입어, 후후."

"알았어."

사장이 메뉴판을 보여주면서 자세하게 설명을 곁들였다.

"자, 우리 방가방가 카페의 야심 찬 메뉴 들어봐요. 먼저, 이 나무 숟가락으로 잘 저어야 녹용하고 홍삼이 아주 믹스가 잘 되죠. 왜 보신에는 사슴뿔이게요? 사슴은 경쟁에서 이기려고 뿔에 온 집중을 다 해서 그리로 영양분이 가요. 그래서 나중에 그 뿔로 싸우고 암컷들을 거느리지만, 뿔이 엄청나게 커질수록 온 영양분이 그리로 다 빠져나가서 쇠해요. 그런 거야. 그 뿔을 인간들이 몸보신한다고 빼먹는 게 참 가슴 아 파요, 후우. 그게 안타깝지만, 그래도 어째. 이 나른한 봄은 녹용으로 이겨봐야지. 안 그래요?"

슬슬 사장의 수다가 지겨워진 동인과 아람이 슬며시 자리로 도망치려는데 턱 붙잡는 사장.

"그나저나 미장원 원장 봤어요? 최근에. 왜 그리 옷을 야하게 입어? 맘에 안 들어 정말, 나잇값을 해야지. 안 그래?"

사장이 동인과 아람에게 음료를 건넸다. 아람과 동인은 실실 웃으면서 서로 눈짓만 주고받았다.

'사장님이 원장님 뒷담화한 거는 우리끼리 비밀로, 미장원에는 말 안 하기, 후후.'

그런 메시지를 주고받고 음료를 들고 테이블에 앉았다.

"우와! 이거 감초 맞지? 이거는 대추와 잣. 음, 정말 맛있다. 녹용이랑 홍삼 맛도 나고."

"후후, 어쩔 수 없어. 나이 들면 꼰대가 되는데, 그래도 건강하고 착한 꼰대가 돼야지. 그래야 일이 되지."

"그래. 그래야 유동인이지. 너무 인기에 연연하지 마."

아람이 음료를 쭉 들이마시는데, 폴 바셋 컵을 들고 카페를 쓱 지나가는 한재홍이 보였다. 아람, 동인과 한재홍의 눈이 마주쳤다. 그는 환한 미소로 고개를 딱 10도만 숙여 인사하고 세련된 걸음걸이로 서점으로 들어갔다.

"하, 어쩔 수 없다. 젊은 애들은 못 이겨. 그나저나 너 그때 나 구하려고 발차기 제대로 하더라. 어릴 때 태권도라도 좀 배웠냐?"

"아니. 발레를 꾸준히 연습하니까 다리에 힘이 들어가고, 허리도 꼿꼿이 펴지더라고. 나도 몰랐어. 위급하니까 그냥 내지르게 되던데? 정말 무섭고 그랬지만."

"야아, 우리 형사들도 다 몸 사려. 용의자나 범인이 위력적으로 나오면 정말 두렵고 그래. 그래서 거의 2인 1조로 나가야 하지. 혼자 위급 시에는 어떻게 될지 모른다. 하여간에 그때 고마웠어, 정말. 앞으로 이 '녹용 홍삼 듬뿍' 열 잔 내가 무조건 사준다. 사장님! 이거 쿠폰 10개 파세요. 동인이 앞으로 10개 달아주세요."

사장은 얼른 다가와 아람에게 눈을 찡긋하면서 카드를 받아들었다.

"알았어요. 특별히 유 대리님은 11잔 서비스해드립니다. 그럼 결제합니다."

"건강하게 오래오래 친구 하자."

아람은 내심 그렇게 말했지만 역시 한쪽 구석이 시린 건 어쩔 수 없었다. 괜찮은 남사친이 남친이 되기는 하늘의 별 따기다. 순리는 어쩔 수 없었다.

게다가 동인이나 자신이나 연애를 많이 해 봤어야 관계를 진전시키고 뭔가 에로틱한 관계로 발전이 되는데 둘 다 그런 데는 젬병이니 하는 수 없었다.

"자, 그럼 강아람 형사는 서로 복귀합니다. 목숨 구한 은혜를 일부나마 갚았다고 생각해 주십쇼."

아람은 시원하게 일어나 카운터로 가서 카드를 받아 엘리베이터를 타고 주차장으로 향했다. 그래도 엘리베이터 문이 닫히기 전에 동인이가 11잔이 적립된 방가방가 쿠폰을 들고 환하게 웃는 모습을 놓치지 않았다.

'귀여운 자식.'

아람은 발걸음도 씩씩하게 보무도 당당하게 자신의 차로 가서 운전석에 잽싸게 올라타고 대도빌딩 주차장을 빠져나갔다.

일요일, 아람은 기분도 풀 겸 두피 스케일링하러 플라워 미장원에 왔다.

머리에 약을 바른 채로 원장과 책 이야기에 빠져들었다.

"아람 씨, 《채털리 부인의 사랑》 읽어봤어요?"

"아뇨. 그거 야한 소설 아닌가요?"

"고상하게 야한 거죠. 우후. 지금 다른 19금인 책들과 비교해보면 야한 것도 없어요. 근데 거기 채털리 부인이 괜찮게 보는 남편 친구가 나오거든. 이름이 뭐더라. 하여간 그 남자가 고상하고 말도 잘 통하는데, 왜인지 그 남자는 그냥 친구 밖에 안 돼. 채털리 부인 생각에 그 남자는 자기 후손을 바라지 않을 거 같대. 그냥 번식을 스스로 원하지 않는 남자인 거예요."

"그래요? 그런 사람이 나오는군요."

"어떻게 되게? 결국 채털리 부인은 성욕에 끌려 산장지기와 바람이 나는 거야. 그 묘사가 아주 아름다워요. 자, 그럼 아람 씨는 유 대리님에게 어떤 여성으로 비추어질까요? 결론적으로 사랑은 에로스가 꽤 큰 비중이죠. 둘 사이에 관계는 그런 건가요?"

아람은 고개를 저었다.

"동인이는 조금 다른 것 같기도 해요. 별생각도 없는 것 같고요. 급할 때 빼고는 우리 손도 안 잡아요."

원장은 잠시 미간을 찌푸리면서 천장을 보고 뭔가를 생각했다.

"봄이니까, 가볍게 다가가 봐요. 벚꽃 흐드러지게 피었더라. 그거 놓치면 까딱 내 나이까지 혼자 꽃 보고 한숨 쉰다. 그거 재미도 없고, 별로야. 하여간 아람 씨는 지금 풋풋한 사랑으로 다가가 봐요. 내 나이에는 관능적 사랑이 딱인데. 그나저나 방가방가 미쳤나 봐."

"네?"

"자꾸 나한테 들이대는데, 커피도 공짜로 막 갖다주고. 새로 나온 신제품이라고 시음해보라 하고 톡하고 난리야. 스벅에서 벚꽃 이벤트 한다니까 자기도 '체리 블로썸 러브러브 커피'라고 따라 하고 그러더라? 아니, 컵홀더를 그렇게 벚꽃 무늬로 많이 찍어놓고 만약 안 팔리면 여름까지 팔 거야, 뭐야? 다른 카페가 스벅 흉내 내는 걸 벤치마킹했나? 왜 흉내 내지? 자기 나름대로 주관이 있어야지. 방가방가만의 매력이라던가."

원장이 화를 내면서 아람의 머리를 잡아당기자 아람은 놀래서 아야, 비명을 질렀다.

"어머, 쏘리 쏘리. 딸도 있고 나이도 있고 홀아비인 그런 남자가 언감생심 왜 나한테 말 걸고 귀찮게 해? 지 얼굴 좀 보라지. 내가 저 같은 거 만나려고 결혼 안 했나? 나 그래서 요즘은 아예 저기 백화점까지 가서 폴 바셋으로 커피 사서 온다니까. 방가방가 아재가 청바지 입고 젊은 척하는데 그 엉덩이 뒷부분 헐렁한 거, 그것도 진짜 웃기지 않아요? 다리는 또 어떻고. 살짝 오다리면서 날씬하다고 잘난 척하기는, 참나."

그러고 보니 지난번에 미장원 온 손님인 철물점 사장님이 잘해 보라기에 뭐지? 하면서도 흘려들었다.

어른들 연애 이야기에 관심은 그다지 없었는데 인제 보니

다들 같은 마음이었다.

누구나 외롭고 쓸쓸했구나.

아람은 속으로 쿡 웃었다. 봄이니까, 모두 가슴에 연심이 가득한 건가, 왜 여기서 남자 얘기를 하는지 모르겠다는 생각이 들었다.

"하여간, 다음 주에 비 온다니까 이번 주에 꼭 꽃 지기 전에 올림픽공원 가서 벚꽃 만개한 거 봐요. 동인 대리님이랑, 알았죠?"

아람은 머리를 하고 나서 슬쩍 미림문고로 향했다.

사실 동인이가 쉬는 날이라 없는 줄 알지만 그래도 가보고 싶었다.

신입 MD 한재홍이 직원들을 이끌고 다니면서 디스플레이 하는 장면을 시연하고 있었다. 그 뒤에 인플루언서로 보이는 여성들이 사진을 찍으면서 질문을 던지는 화기애애한 장면들이 보였다.

한재홍이 넉살스럽게 말했다.

"오늘 헤어나 패션이 조금 부족하지만 잘 부탁드립니다. 자, 그럼 매장을 둘러봐 주십시오."

"인기 MD로 소개해드릴 테니 걱정하지 마세요! 호호."

인플루언서들이 매장을 둘러보자 아람은 이때다 싶었다.

그녀는 포니테일 머리를 휘날리면서 책을 정리하고 진열하던 한재홍에게 다가갔다.

"저기요, 저 누구인지 아시죠."

"아, 유동인 선배님 친구분이시죠?"

"네. 그리고 이 미림문고에 무한 애정을 가진 지역주민이
기도 합니다."

아람은 눈을 부리부리하게 딱 뜨고 한재홍을 똑바로 바라
보았다.

"음, 감사합니다. 열혈로 우리 서점을 사랑해 주셔서요."

한재홍은 한 올도 이탈을 허락하지 않는 이탈리아 가르마
헤어를 손으로 조심히 만졌다.

"저기요, 근데 최근에 서점 방문 리뷰 평에 누가 평점을
테러해놔서요. 그게 꼭 동인이를 겨냥한 듯 저격 글 냄새가
솔솔 나던데요."

아람은 잘생긴 한재홍을 직시하며 속으로는 '화내야 한다'
를 외치면서 의도적으로 거부하는 눈빛을 했다. 하지만 미남
에 약하기는 하다. 남자의 깔끔하고 매너 좋고 정돈된 매력
에 종종 설레는 자신이지만 지금 이 남자는 동인이의 적이
다. 맞서야 했다.

한재홍은 안타까운 얼굴을 하면서 오른손을 가슴에 얹고
고개를 슬쩍 내렸다.

"정말, 저도 안타깝습니다. 절대로 유 선배님이 불친절하거

나 그럴 분이 아니신데요. 누가 그러셨는지, 좀 그렇지만 그래도 고객의 의견을 무시할 수는 없죠. 저는 앞으로 무한 친절하게 응대하고 서점의 진열에 더욱 신경 쓰기로 했답니다."

"그러신가요? 혹시 근데…."

"흠. 제가 그럴 리는 없겠죠? 서점 대외 이미지에 누구보다 목숨을 거는 직원인데다 밀레니얼 MZ 세대고요. 누구보다 공정성과 정의를 부르짖는 저를 의심하시는 건 아니시겠죠?"

"설마요? 후하하. 저 안 그래요. 저도 공무에 종사하는 공정과 정의를 부르짖는 시민입니다만."

"저, 그럼 이만. 바빠서요. 업무로 복귀해야 하는데요 인플루언서님들 촬영 끝나셨나요?"

아람은 순간 한재홍에게 미안해졌다. 한재홍은 악플러가 아닌 것 같았다.

저렇게 서점 업무에 열 내는 사람이 그러지는 않았겠지, 싶었다.

아람은 잡지 코너에서 코스메틱 잡지를 열어보려는데, 래핑이 되어 있어 볼 수 없었다. 대신 옆에 샘플용으로 나온 잡지를 열어서 훑었다.

그런 아람의 옆으로 키가 크고 잘생긴 남자가 다가와 귓가에 속삭였다.

"저기요, 이 서점 별로지 않아요? 뭐 볼만하면 다 래핑해 놓고요."

고개를 들어보니 배우처럼 잘 생겼지만, 성형 느낌도 나는 남자가 방그레 웃어 보였다.

"뭐 그렇죠?"

"이 잡지 보세요. 《미스터 베리 판타스틱》. 이 잡지가 얼마나 좋은 건강 관련 잡지인데 위치가 구석에다 래핑까지 해놓아서 아무도 못 보게 한다고요."

"아, 네."

"이 잡지에 제가 화보 모델로 나왔거든요."

아람은 그제야 표지를 보았다. 잘 알려진 아이돌이 수영복을 입고 몸의 근육을 자랑하면서 포즈를 취하고 있었다.

"응? 이분이세요?"

"아뇨. 이 잡지 안에 있어요. 독자가 하도 못 찾아보니 제가 사진으로 찍어 들고 다니면서 가끔 서점에서 보여드리기도 하죠."

남자는 폰을 꺼내서 자신이 브리프를 입고 찍은 헬스 화보를 보여주었다.

"어머, 그러시구나. 몸 만드느라 진짜 고생 많으셨겠어요."

"1년은 족히 쇠질 엄청나게 했죠. 매일 5시간씩 헬스클럽에서 살았거든요. 하여간에 동네서점이라 오기는 하지만 이

래저래 맘에 안 들어서 아이디 바꿔 가며 평점 완전 꽝으로 남겼답니다."

아람은 이놈 잡았다, 하는 표정으로 그를 보았다.

"이봐요, 모델님. 그런 사적인 복수를 그렇게 하면 안 되시죠?"

"네? 여기 직원이세요?"

"아뇨. 그건 아니지만, 저도 오프에서 책 사는 열혈 독자거든요. 이 서점 팬이기도 하구요. 본인 사진이 래핑으로 감춰져 서점에서 손님들이 못 본다고 악플 달면 그건 안 되죠."

"흥. 아, 알았어요. 어쨌든 지금 이 말들 나눈 거는 개인정보니까 어디서 발설 마세요. 난 또 말 좀 통할 거 같아서 알려줬더니만. 알았어요."

남자는 런웨이를 걷듯이 산뜻하게 걸어서 서점을 나갔다.

다음날, 아람은 점심시간에 서점으로 찾아와 샌드위치를 먹으면서 자신이 겪은 그 이야기를 전했다.

"그러니까, 그 악플러는 바로 자신이 《미스터 베리 판타스틱》 잡지 중간에 나온 모델인데 잡지가 서점에서 눈에 잘 안 띄는 곳에 있고 래핑까지 돼 있어 화가 나서 그랬다는 거야."

동인은 엇! 하는 얼굴로 고개를 끄덕였다.

"역시 모든 사건은 이유가 있다니까. 그래서 무동기 묻지

마 범죄는 용어가 맞지 않는 거야. 다 나름의 이유는 확실히
있어."

점심을 먹고, 서점으로 오니 한재홍이 해성과 대화를 진지
하게 나누고 있었다. 아람과 동인은 뭔가 싶어 귀를 쫑긋하
고 무심한 척 몸을 서가 뒤로 숨기고 지켜보았다.

"주임님, 이 POP 어떤 고객은 조금 별로라는 분도 계세요.
'당신의 마음을 열어주는 러브러브 사랑의 심리학 개론서',
이거 말이죠."

해성은 인스타그램을 열어 미림문고를 서치해 어떤 계정을
찾아 '요즘 서점에서 완전히 80년대 이벤트 같은 거 하던데?'
라는 포스팅을 보여주었다.

'왝, 핵 꼰대가 진열했나 봐.', '어쩐지 아저씨삘~~' 등의
댓글이 달렸다.

한재홍은 잠시 이맛살을 찌푸리면서 머리를 긁으며 말했다.

"해성 씨 보기에는 어때요?"

"흐음, 제가 스물하나잖아요. 제 생각에도 조금은 뒤떨어진
듯한 느낌이 들어요."

"그럼 치워주세요."

"과장님, 차장님 허락받아야 하는데요?"

"제가 말씀드릴게요."

"네, 알겠습니다. 참 《당신도 언젠가 꼰대가 됩니다》 이 책은 어디에다 둘까요?"

"그건 제 소관이 아닌데요."

"알겠습니다. 주임님."

해성의 미소 지은 부드러운 대답에 한재홍은 뭔가 싶은 얼굴만 보이고 홀로 들어갔다.

아람이 서가 뒤에서 나와 웃으면서 해성을 향해 두 개의 엄지를 치켜올렸다. 해성은 카트를 끌고 책을 진열하러 서가 사이로 들어갔다. 동인은 아람을 한번 쳐다보고 쿡 웃고는 사무실로 들어갔다.

며칠 후, 벚꽃이 만개해 흩날리는 올림픽공원. 아람과 동인은 모처럼 시간을 내서 벚꽃 사진을 찍으러 가기로 약속했다. 차에 탄 아람이 볼펜을 찾다 글로브박스를 열었다.

"우와! 대시보드 안에 있는 차 취급설명서라니. 뭐야, 공부 제대로 하는데? 지난번에 보니까 실력 늘었더구먼."

"대시보드라니? 그건 글로브박스라고 하는 거야. 추우면 에어컨 풍량 조절 노브로 조절해."

"푸하하, 운전실력보다 전문 단어 실력만 느는 거 아냐?"

꽃놀이 차량이 많아 골목으로 돌아 들어서는데, 옆으로 주차된 차량과 맞은편에서 오는 차량을 보고 동인이 핸들을 잡은 그대로 얼어붙었다. 차 간격이 무척 좁았다.

"우 씨. 못 나가요! 못 나가요!"

동인이 외치는데, 아람이 말했다.

"동인아, 어쩌지?"

동인이 머뭇거리는 사이 앞뒤가 다 꽉 막히고 차들이 전혀 진행을 못 하는데, 갑자기 나타난 하남훈이 보였다. 배달을 가다 마주친 것이다. 그는 한심한 눈으로 차창 너머로 동인을 마주 보면서 손바닥을 위로 들어 표시했다. 앞뒤 간격 괜찮으니 차를 빼라고 했다.

"동인아, 조금씩 가봐. 내가 창문 내리고 볼게."

"어떻게 해! 못 나가요! 못 나가."

"아, 좀. 긴장 풀고."

하남훈이 오토바이에서 내려 창문을 두드렸다.

"아이고, 유 대리님 이렇게 마주치네. 어서 빼요. 갈 수 있어요."

"못 갈 거 같은데. 너무 좁아요."

"동인아, 전후방 주차 보조 시스템 너무 믿으면 안 되고 백미러로 봐."

"응. 실외 미러로 볼게. 간다."

"똑바로 가, 핸들 움직이지 말고."

동인은 정신을 차리고 아람과 하남훈이 지시하는 대로 차를 빼서 아슬아슬하게 맞은편 차와 지나쳐 갔다.

하남훈이 꾸벅 인사를 했다. 동인도 감사하다는 표시로 상향 전조등을 켰다 껐다. 하남훈은 손 경례하고 바삐 오토바이에 올라타 부릉부릉 사라졌다.

"패싱 라이트도 켤 줄 알고, 제법인데?"

아람이 긴장을 풀어주기 위해 경쾌하게 말했다.

후덜덜한 상태로 골목을 지나 공원에 주차하고 벚꽃이 만개한 산책로를 걸었다.

아람은 동인이 쓴다는 소설의 줄거리를 들어주었고, 동인은 꽃을 배경으로 해서 아람의 사진을 듬뿍 찍어주었다.

마스크를 쓴 사진이지만, 아람의 눈이 반달처럼 웃는 것이 보였다. 야외에서는 마스크를 벗어도 되니 사람 없는 곳에서는 마스크를 벗고 사진을 찍기도 했다.

"우와! 스트레스 풀린다. 날도 좋고."

"나도 나도. 내일부터는 출근 지옥이야, 흐흐."

"야야, 유동인. 저기 봐봐. 방가방가 사장님과 그 옆에!"

"오우우야, 초대박. 내 촉은 살아있다니까. 난 역시 서점 탐정 자격이 충분해. 미장원 원장님과 방가방가 사장님 분위기가 이상했거든. 커피숍 가면 방가방가 사장님이 원장님 흉을 나한테 보고, 미장원 가면 원장님이 방가방가 사장님 흉을 봐서 왜 그러나 했는데 말이지?"

"뭐어? 나도 머리하러 가서 그랬는데."

"그러니까, 서로 그랬던 거는 관심이 있어서 썸을 타던 거란 말이지."

꽃비를 맞으면서 벤치에 나란히 앉은 원장과 사장은 아이스크림 하나를 가지고 둘이서 같이 스푼으로 떠먹었다.

"이 코로나바이러스 시대에 아무리 연애를 한데도 저러기 쉽지 않은데."

"야야, 동인아. 우리 슬슬 저쪽으로 돌아가자. 왠지 모른 척 해드려야 할 것 같아."

사장과 원장은 아이스크림을 다정하게 다 먹고, 서로 사진을 찍어주었다.

다시 꽃무늬 가득한 옷을 입은 원장은 긴 머리를 바람에 휘날리며 프릴 원피스 자락을 한 손으로 붙잡고 다른 손은 벚꽃 잎을 들어 입으로 후 불었다.

방가방가 사장은 '좋아, 그렇게 해봐요! 민주 씨. 굿 샷.' 하면서 열심히 사진을 찍었다.

동인과 아람은 그들을 피해 슬금슬금 걸어서 인파 속으로 사라져 주었다.

아람은 폰을 열어 아까 찍은 사진을 보았다.

"오올, 울 동인이 제대로 폼 나는데?"

"헬스 레슨 몇 번 받았다고 어깨가 서고 등에 근육이 생기더라. 흐흠.”

“그래? 그럼 커플 이벤트 더 해볼까?”

“일단 주먹 쥐고 여기 상박근 때려봐.”

“알았어 강아람 핵 펀치 날아간다! 너 내가 킹 오브 해머 게임기 800점 넘는 거 알지.”

“알지. 해보라니까.”

“간다. 유동인!”

팡!

동인은 위팔을 강타한 아람의 펀치에 한 번 휘청거리다 얼른 자세를 바로잡았다.

“봐봐, 근육 제법이지.”

“그래? 이건 시범이고 한 번 더 가볼까? 메이웨더 핵 펀치 간다!”

“노놉. 아람아! 그냥 밥 먹으러 가자. 배고파.”

“오케이. 여기 다이어트 두유 파는 데 있으니까 그리로 가자. 식단 관리해야지, 후후.”

뭐니 뭐니 해도 아람과 동인은 죽이 참 잘 맞는 친구였다. 원장과 사장처럼 썸인지 아닌지는 몰라도. 이동하며 벚꽃 잎이 흩날리는 걸 손바닥으로 받았다. 아람은 분홍빛 꽃잎에 가슴이 두근대며 설렜다. 동인이 옆에 있어 그런 건가. 이렇게 또 봄날은 간다.

여름, 발레 학원 몰카 사건

여름도 됐겠다 아람은 동인에게 휴가를 맞춰서 같이 가자고 했지만, 동인은 시간을 내기 힘들다면서 투덜댔다. 한재홍 주임은 휴가도 내고, 퇴근 시간이 되면 1분도 안 늦게 그냥 나가더라는 것이다. 책이 많이 들어와 야근하는 분위기인데도, 그는 약속이 있다고 배시시 웃으면서 그냥 내빼더라는 것이다.

아람은 그런 동인의 달라진 모습에 놀라면서도 반가웠다. 사실 동인은 그동안 다른 누군가를 의식하거나 신경 쓰지 않는 스타일이었지만 최근에 한재홍 같은 후배가 들어오니 달라져 가고 있었다.

후후, 외래 어종인 배스가 들어오니 긴장하는 숭어 한 마리가 된 것인가.

하여간 동인은 풀파티를 가봐야 한다고 노래를 그렇게 하더니, 정말 티켓을 두 장 예약해서 아람과 같이 가게 되었다.

주차장에 차를 대고 올라가는데 아람이 주변을 둘러보았다.

"우리만 국산 차야, 히히. 동인아. 우린 정말 바쁘게 살았나 보다. 이런 데 한 번 안 와보고. 어서 탈의실로 고고!"

탈의실에서 옷을 갈아입고 나온 동인과 아람은 주변을 둘러보면서 수영장으로 향했다. 저녁노을이 어스름이 내려온 가운데, 조명이 여기저기 켜져 환하게 불을 밝히고 있었다. 강렬한 힙합 사운드가 흘러나오면서 파티 분위기가 물씬 났다. 아람은 래시가드를, 동인은 무릎까지 오는 야자수가 그려진 비치 팬츠를 입었다.

웨이브가 있는 긴 헤어스타일의 비키니 입은 여성들이 즐비한 데다, 식스 팩 복근이 있는 보디빌더 같은 남성들이 여기저기서 즐겁게 웃으며 칵테일을 마시고 있었다.

"우와! 여기 완전 할리우드 영화에 나오는 수영장 파티 같다. 핵인싸들만 온다더니 정말이네. 나도 이거 새로 산 거야."

아람은 수줍게 살구색 래시가드 수영복을 가리키며 말했다.

"어때 괜찮지? 큰맘 먹고 십만 원 넘는 걸로 질렀다."

동인은 보지도 않고 답했다.

"어, 괜찮아."

"야, 그 영혼 없는 대답은 뭐냐. 그리고 들고 있는 민트색 메모지랑 볼펜은 또 대체 뭐냐?"

"응? 아, 이거. 트렌드 조사하고, 브랜드도 어떤 걸 론칭하는지 알아보려고."

"너어, 순전 일하러 왔구나. MD 감각 익히려."

"핸드폰은 방수된다고 해도 걱정돼서 메모지로 가지고 왔지."

동인은 새로 나온 제주 맥주와 막걸리 등을 살펴보고, 남성 색조 화장품이나 소품 등을 살폈다.

"이런 인테리어 소품은 미림문고에서 팔아도 괜찮을 거 같은데."

아람이 동인의 팔을 잡아끌어 당겼다.

"어서 풀로 들어가자고! 대박! 오늘 코드 쿤스트 라인업 됐다는데?"

"응? 누군데?"

"나·혼·산 안 봐?"

"아, '나 혼자 산다'. 나도 알아. 그 사람."

"어서 풍덩 빠지자고."

동인은 메모지를 바닥에 잘 두고, 아람과 함께 수영장으로 들어갔다.

청춘들이 음악에 맞춰 흥겹게 춤추고 즐기는 가운데, 파도 타기 하며 노는 남자들이나 스킨십을 하면서 리듬을 타는 연인들 등등 모두 파티에 흠뻑 빠져 있었다.

아람이 동인의 팔짱을 슬쩍 꼈지만, 동인의 눈길은 파티를 즐기는 게 아니라 이것저것 둘러보고 살피면서 광고나 홍보 용품들 혹은 사람들의 옷이나 액세서리를 유심히 보고 있었다.

푹 파인 비키니 입은 여성을 보는 것 같지만, 어김없이 그녀가 지닌 작은 방수 비치백이나 마시는 음료 등을 살피고 있었다.

'그럼 그렇지. 완전히 그거라니까.'

아람은 동인을 보고 빽 소리를 질렀다. 음악 소리가 워낙 커서 그러지 않으면 들리지 않는다.

"이 우드 스톤아! 그냥 파티에 빠져들라고."

"응? 우드?"

"그래, 목석 말이야."

"목석은 영어로 아마, 우드 스톤이 아니라 트리 앤 스톤 (trees and stones)이라 해야 맞을 건데?"

"그래, 이래야 유동인 같은 거지."

아람은 동인이가 그러거나 말거나, 옆에 있는 커플과 함께 신나게 춤을 맞춰 추면서 놀았다.

그렇게 생애 첫 풀파티가 뜨뜻미지근하게 끝난 후 며칠이 지나고, 예전 아람이 수사했던 화장품 사기 사건 피해자였던 정남숙에게서 전화가 왔다.

"형사님, 피해액을 일부 돌려받아 너무도 감사해서 애프터 눈 티파티에 초대하고 싶어서요."

아람은 말로만 듣던 호텔 티파티인가 싶었다. 공무원 입장이라 망설이다 정남숙이 여러 번 제의하자 궁금함에 응했다. 대신 자기 몫은 자기가 내려 했다.

며칠 후, 약속 장소로 나가자 정남숙은 아람을 벤츠에 태워서 송파구 엘스 아파트 단지 상가로 데리고 갔다.

이건 뭐지 싶었는데 상가 앞 포르쉐에서 내리는 중년 부인을 만나 하하 호호하며 같이 2층의 한 가게로 들어갔다. 겉은 허름한데 안은 화려한 앤티크 가구와 그릇들로 장식해 아름다웠다. 갤러리 같은 인테리어에 꽃들이 장식돼 예뻤다.

같이 앉은 중년 부인들은 앤티크 갤러리 주인인 수양 언니와 샤넬풍 트위드 무늬 투피스에 진주목걸이를 걸친 박 여사였다. 그들은 앤티크 삼단 트레이에 쁘띠 사이즈의 샌드위치나 스콘, 색깔 맞춰 놓은 마카롱, 쿠키 등을 즐겼다.

작은 키에 깐깐하게 생긴 수양 언니는 여름인데도 목까지 올라오는 레이스 블라우스를 입고 같은 레이스로 맞춘 장갑을 끼고 손님들에게 홍차를 대접했다.

"이건 TWG에서 이번에 새로 나온 빈티지 라인. 어때? 향이 그윽하죠?"

"어마, 괜찮네. 호호호."

나이가 지긋한 박 여사는 소녀같이 웃었다. 그리고 말문을 텄다.

"이거 봐봐, 나 요즘 피트니스 새로 시작했는데 선생님이 정말 좋아."

아람은 젊은 남성인가 싶어 박 여사의 폰을 봤는데, 근육의 탄력이 사진으로도 튀어나오는, 비키니를 입은 20대 여성이었다. 이번에는 수양 언니가 폰을 보여주며 말했다.

"어구, 우리 필라테스 선생님 인스타 사진 보여줄까요? 몸선이 얼마나 예쁜데. 나 골프에서 필라테스로 갈아탔거든."

"두 분 좋으시겠어요. 이런 아름다운 여성분들이 운동을 가르쳐주고. 여기 형사님도 근사하지 않아요?"

아람은 큼큼하면서 얼굴에 멋쩍은 미소를 지었다. 자신을 인정해주는 말이 기분 좋았다.

정남숙이 아람에게 윙크를 찡긋 보냈다.

"남숙 씨는 이제 남편하고 관계 회복은 했어?"

"후이구, 아직도 오르가슴은 못 느껴."

아람은 깜짝 놀랐지만 그런가 하는 얼굴로 무표정한데, 수양 언니가 놀라는 척하다 말을 이었다.

"어멋, 여기 미스도 있는데 그런 말을 하면 어떡해요? 참, 요즘은 비혼이라 해야 하지요?"

박 여사가 홍차 잔을 잡는 아람의 손을 부드럽게 쥐고 말했다.

"아냐. 뭐 어때? 형사님도 알 건 알아야 수사하지. 우리끼린 웃긴 얘기 많이 하니까 이해해줘. 호홍."

정남숙이 시무룩한 얼굴로 조심스레 말했다.

"하도 내가 무시하니까 막 친절하게 나오더라고. 내가 집 나갈까 봐 그런지 막 들이대는데 하긴 했지. 그런데 20대 신혼 때는 예민해서 그랬는지 머리끝까지 오르가슴이 올라왔는데 30대는 어깨까지, 지금은 그냥 발목도 안 올라와. 전혀 둔감해. 못 느끼겠어."

여인들의 박장대소가 이어졌다.

후하하하하.

깔깔깔깔!

아람은 홍차를 마시면서 쿡쿡 따라 웃었지만, 짐짓 의연하게 아무렇지 않은 듯 굴었다.

수양 언니가 목까지 올라오는 진주 장식 단추를 만지작거리면서 조곤조곤 설명했다.

"요즘은 유튜브만 봐도 젊은 여성들이 오르가슴 이야기하는데, 왜 키 큰 남자를 찾겠어? 이유가 뭐겠어요?"

정남숙이 답했다.

"에이. 그거 꼭 비례하지만은 않아."

"깔깔깔깔!"

한바탕 웃음이 터지고 진정된 후, 박 여사가 말했다.

"예전에 왜 일본 여성들이 욘사마 욘사마 하는데 이해가 안 됐고, 고등학교 때는 40대 여자 선생님이 자신을 소녀적 감성이라고 하는데 이해 안 됐거든요. 이제 내가 그 나이 되어보니 알겠어. 나 완전 임영웅한테 빠졌다니까. 그리고 왜 로터리 회장님 오 회장 사모님 알지? 그분은 아이돌 좋아하다가 이제는 로맨스 웹소설에 흠뻑 빠졌는데 요번에는 BL로 갈아탔대요, 호호호호."

정남숙이 시무룩한 얼굴로 말했다.

"왜 그런지 알잖아요. 우리 나이에 사회생활도 안 하는데 멋진 남자 현실에서 볼 기회는 없고, 설사 멋진 남자를 봐도 우리가 어디 여자로 보이겠어요? 타임 슬립을 하지 않는 이상 불가능인데 요즘은 설사 제비한테 걸려도 아우디부터 사줘야 한대요. 그러니 언감생심. 결국 현실적으로 가능한 해결책이 로맨스 드라마랑 욘사마였던 거죠."

"에잇, 그냥 어디서 신분증 하나 사서 30대로 돌아갈까?

호호호호."

여자들의 웃음이 시원하게 터졌다. 박 여사가 폰을 보여주면서 말했다.

"호호호호! 유튜브 이거 보니까 중년 부인들 제발 보석 주렁주렁 달고 추장 딸같이 하지 말고, 호피 무늬 입지 말고 마지막으로 박장대소하지 말라던데. 후하하하하. 그러면 나이 확 드러난다고. 아이고, 너무 세게 웃으면 요실금 수술 효과도 없다니까. 호홍호호호호."

아람이 웃음이 터질락 말락 하는 얼굴로 참는데, 야한 수다는 계속 이어지고 정남숙이 한 마디 던졌다.

"요즘 누가 첫사랑이랑 결혼하겠어. 10번째 남자도 결혼할까 말까 하던데. 안 그래요? 형사님?"

아람은 고개만 끄덕이며 씩 웃었다.

박 여사가 미소 지으며 말했다.

"우리 딸도 벌써 서른다섯인데 비혼이니 뭐니 하더라고요. 근데 이제는 섹스 권장 사회가 다 됐다니까. 인간의 삼대 욕구인 식욕, 수면욕, 성욕 중에 마지막은 그냥 무조건 누르는 욕구니까. 초식남, 건어물녀 수준이 아니라 이제 인류 절멸 시대가 도래했어요. 안타깝지. 우리 푸들 왕자님은 중성화 수술시켰는데도 맨날 엄청나게 커져 있고 공원만 나가면 암컷을 교묘하게 알아보고 달려가 냄새 맡는데 참 짠하더라고요.

그리고 유방암과 갑상선 검사는 나한테 말해요. 내가 잘 가는 데가 있는데 의사가 정말 친절해."

수양 언니가 박 여사 얘기가 끝나자 코펜하겐과 마이센 등의 앤티크 빈티지 제품을 들고 와 세팅하면서 설명했다.

"자자, 오늘 마카롱 밑에 있는 접시부터 설명해줄게요. 1872년 코펜하겐 본사가 인수 합병되면서 만든 몇 개 안 되는 빈티지인데…."

경찰서로 돌아온 아람의 손에는 포장된 빈티지 접시 몇 개가 들려 있었다. 정남숙이 사주려 했지만, 아람이 선물을 받을 수 없다고 극구 우겨 그나마 싸게 직접 산 거였다. 하지만 머리는 복잡했다.

컬쳐 쇼크였다. 인간의 삼대 욕구가 아직도, 이 2022년에도 수면욕, 식욕, 성욕이라니. 성욕 대신 물욕일 줄 알았는데. 중년 부인들의 이야기에 성욕이 이렇게 큰 관심사라니.

쇼킹했다.

하긴 프로이트 이론에 따르면 원초적 성욕은 사람에게 생명력과 활력을 동시에 상징한다고 했다. 하지만 종족 보존의 본능에 의해 본성으로 타고난 걸 현대에는 성범죄와 연관되다 보니, 무조건 본성을 억누르고 나쁜 것으로 여기게 하는 것 같았다.

아람이 동인이와 사귈 수 없는 이유는 간단했다. 동인이는 성욕이 없는 인간이기 때문이다. 아니면, 페티시에도 여러 종류가 있다던데 책 페티시가 있어서 굳이 여자 친구를 만들 필요성을 못 느낀다든지 하는 이유일 수도 있다.

나무에 페티시를 가진 사람도 있다던데 책이야.

평소 킨포크 라이프 스타일에 심취하고, '자주'나 '무지' 브랜드를 즐기면서 자연지향주의 브이로그 영상을 보는 동인은 뻔하게 그런 사람이다.

'흐음.'

이러니 뭔가 로맨스적인 코드는 안 맞고 추리나 사건 수사 같은 이런 코드만 맞아서 붙어 다닌 거였다.

여름이다. 휴가가 다가온다. 워터파크로, 산으로, 바다로, 해외로 연인들이 놀러 간다. 인간의 욕구를 만족시킬 맛집, 편안한 에어비앤비 호텔, 그리고…. 여기까지.

아람은 뭔가를 생각하면서 고민해보았다.

폰을 들고 유튜브로 수양 언니가 가르쳐준 20대 여성들의 성 고민을 상담한다는 산부인과 의사의 계정을 찾아 들어가 보려는데, 여청계장이 저만치에서 아주 큰 목소리로 불렀다.

아람은 얼른 폰을 놓고 컴퓨터 화면에 집중하고 키보드를 다다다다 치면서 서류작업에 열중했다.

작달막한 키, 굵은 허리, 송충이 눈썹의 계장님은 오늘도

번갯불이 치듯이 천둥이 귀를 헤집듯이 부리나케 달려와 아
람의 옆에 서서 한 소리 했다.

"저번 몰카 사건 서류 다 됐어, 안 됐어?"

"하는 중입니다!"

아람은 길거리에서 레깅스 입은 여성의 몰카를 찍어서 입
건된 피의자의 서류 파일을 불러와 작성했다.

"일하는 시간에 다른 거 하면 안 되는 거 알지? 쇼핑이나
SNS는 집에서나 할 것."

"넵. 압니다. 하지만 제가 하는 건 모두 사건 수사 관련해
서 하는 거로 생각해 주십시오!"

아람은 오늘도 늘 계장님과 주고받는 말을 하면서도 화면
을 직시하고 손은 키보드를 날아다니며 업무 모드로 변신했
다.

며칠 후, 아람은 대학 단짝 친구 변정아를 만났다. 동인을
공략하기 위해서는 아무래도 공조 수사하듯 객관적 도움이
절실했다. 정아는 오랜만에 보았지만 대학 시절 그대로 미니
스커트에 딱 붙는 니트를 입고 긴 갈색 머리카락을 쓰다듬으
면서 힐을 신고 다가왔다. 명품 백을 크로스로 멘 것도 그대
로였다.

"강아람. 어머나, 난 진짜 네가 형사 될 줄 알았어. 어쩜

보면 볼수록 형사 같다. 그렇게 입으니까."

"그런가? 넌 똑같은데. 회사 다닌다고 들었는데 대기업은 어때, 힘들어?"

"월급쟁이 똥은 개도 안 물어가. 영양가가 있어야지. 그렇게 썩고 있다."

아람은 제주 백록담 에일 맥주를 마시면서 웃었다.

정아는 아람의 입에 꼬치구이를 쏙 넣어주었다. 아람은 안주를 더 주문하고 정아와 환담을 하다가 드디어 그간의 자초지종을 털어놓았다.

"뭐어? 네가 기이한 유동인을 만난다고?"

"기이한, 이라니?"

"동인이 별명. 너 유학 갔을 때 내가 잠시 만났었잖아. 나나 개나 대학원에 적을 뒀거든. 근데 그때는 내가 어렸는지 아이돌 필의 유동인에게 꽂혀서 잠깐 데이트 비슷하게 했었어. 개가 캣파파로 동물보호 활동한다기에 따라다니면서 같이 봉사도 하고 그랬는데. 음."

안주에 집중하던 아람은 정아의 말을 잘 듣기 위해 귀가 열 배는 더 커진 듯 느껴졌다. 안주에서 눈을 떼고 정아의 눈을 똑바로 보면서 그녀의 입에서 나올 말에 집중했다.

"그랬는데?"

"말 그대로 기이하더라. 일단 진전이 안 돼. 내가 좋아하는 걸 아는지 모르는지 톡을 해도 그냥 그렇고. 손을 슬쩍 터치해도 무감각하고."

"그건 지금도 마찬가지야."

"엥? 유동인이랑 사귄다는 거 아니었어?"

"그건 아니고 '책보다 내가 더 좋아지면'이라는데 잘 모르겠어. 그렇게 말한 것도 벌써 천 년 전 일이야."

"솔직히 걘 너무 웰 에듀케이티드야. 너무 얌전하다고. 사실은 가끔 개가 푸에르 에터누스(puer aeternus) 아닌가 싶어."

아람도 그 단어를 알았다. 라틴어로 소년을 뜻하는 단어. 영원한 아이는 이상적이고, 실험적이고도, 종잡을 수 없지만 피터 팬처럼 자신만의 영역에서 자유롭고 아름답다. 하지만, 현실과 마주하면 어렵고 복잡한 일은 흥미가 당기지 않으면 회피한다.

"어렵겠지?"

아람은 정아와 시선을 마주쳤다. 정아는 환하게 웃었다.

"너만 받아들인다면, 그것도 몹시 나쁘진 않잖아."

정아는 긴 머리칼을 쓰다듬으면서 집게손가락으로 꼬았다. 눈동자 바로 위를 메운 갈색 아이라인이 돋보였다.

"그런데 왜인지 모르겠지만, 동인이랑 너 잘 어울릴 거 같은데."

"진짜?"

"힘들긴 할 거야. 나도 남친 많이 물색해봐서 느낌으로 어느 정도 남자 속을 알겠는데 유일하게 걔는 알쏭달쏭하더라. 연애하려면 걔를 타락시켜야 하는데, 힘들걸. 그 알을 깨고 다른 세계로 나온다는 게. 데미안 알지? 다른 말로 하면, 마타하리가 스파이로 유혹하는 그 정도 급의 계책이 아니라면 힘들다."

"정아 너는 남친 있어? 저번에 결혼한다더니."

"정리했어. 비용을 반반 대고 결혼하자고 해도 뭐 생각이 없다나 뭐라나. 시간 낭비 안 하려고 정리했지. 후우, 하여간에 동인이 같은 괜찮은 애도 없어. 나이가 서른을 넘어가니까 일단 남자 만날 곳도 없고, 누가 소개해 줄 사람도 없고 그래. 연하도 만나봤는데, 우리 세대보다 더 까다롭더라. 완전히 얻어먹으려고만 들고. 아주 약게 결혼 조건 다 따지는데 질리겠더라고. 내 연봉하고 퇴직 시기를 따져서 엑셀 파일로 보내더라니까."

"대박, 장난 아니다. 사내 연애는?"

"원칙적으로 금지야. 몰래 해도 서로 불편하기만 하고 그래. 결혼 정보 회사에 가도 여자만 득시글거리고. 나도 이제 동인이처럼 아이돌 같은 그런 이상형보다는 돌쇠 스타일이 낫지만 그런 남자도 희귀동물이야. 나이 들었나. 곰 같은 남자들이 좋지 않아?"

아람이 픽 웃었다.

"변정아, 동인이랑 나 썸 타는 거 동기회에 알리면 죽는다. 알았지?"

"넵! 강 형사님. 잘 알겠습니다. 근데 알리지 않으려면 너 히죽대는 거부터 고쳐."

"응?"

"너 동인이 이야기 나올 때마다 히죽거려. 이거 알아 둬. 사랑은 파워 게임이다. 네가 걔를 더 좋아하는 걸 들키는 순간에 그쪽이 스코어가 높아지는 거야."

"동인이 그런 애 아냐."

"밀당의 법칙은 인간의 생존본능으로 만들어진 거야. 그래서 연애나 일이나 매사 밀당이란다. 알았지. 엄격, 근엄, 진지한 얼굴로 대하란 말이야."

"엄근진이라. 오키."

"참, 저기 온다."

"누구?"

"내 새 남친. 검증받은 괜찮은 소개팅 앱에서 만났어."

이자카야 안으로 캐주얼 복장의 훤칠하고 어깨가 넓은 체대 출신으로 보이는 남자가 씩씩하게 걸어 들어왔다.

"정아 씨."

"여기는 대학 동기 강동경찰서 강아람 형사예요, 놀랍죠? 내 친구가 형사라니? 저도 생각할 때마다 늘 놀라요."

정아와 남자친구는 아람과 몇 마디 주고받다 심야 영화를 본다면서 나갔다. 혼자 남은 아람은 편하게 늘어져서 남은 꼬치를 쩝쩝 먹으면서 계책을 생각해 보았다.

기이한 유동인이라, 기이한 데는 무슨 전략으로 맞서야 할지.

그 순간, 정아의 톡이 왔다.

아람아, 근데 동인이 약점 있다. 상호작용이 힌트야.

상호작용?

중간에 제삼자를 끼워 넣어봐. 그럼 반응이 있을 거다. 걔가 은근하게 남을 신경 안 쓰는 것 같은데 되게 신경 쓰더라. 밀당도 어릴 때 하는 거긴 한데, 일단 넌 체력이 되면 한 번 시도해봐. 난 이제 체력이 안 돼서 밀당은 포기. 그냥 나 좋다는 놈이 좋더라고.

알았어, 고마워. 근데 끼워 넣을
삼자가 없어. 선배님들이 다 유
부에 40대여.

이궁. 참참, 하나 더. 동인
이 걔 불안하면 미쳐버리
는 성격 같더라. 불안감
을 조성해서 그걸 노려
봐. 차라리 네가 먼저 키
스나 허그 분위기를 만
들어 놓고 유도하는 거
지. 단둘이 있는 시간과
장소를 만들어 봐. 동인
이는 불안하고 강박에
뭔가 있으니까 아마도
진척이 있을지 몰라.

정말 그런 게 효과가 있을까?

그럼, 다 이 언니 경험에
서 나오는 비법이다. 걔
술은 못 마시니 그런 건
안 통할 거고 오감을 자

극하는 법이 있는데 《유혹의
심리학》 뭐 이런 책들 찾아봐.
도움 될걸.

너 지금 남친 멋지더라.

걔? 몸만 좋아. 하여간에 책에
서 유혹에는 시각, 청각, 후각
등이 중요하다고 하는데, 시각
이야 뭐 몸매 라인을 부각하
고 긴 머리에 큰 눈, 도톰한
입술 같은 거고 청각은 나긋나
긋한 목소리에 애교 같은 거야.
후각은 단순히 페로몬 향수 뭐
이딴 게 아니라 빵 굽는 냄새
나는 베이커리 앞, 섬유 유연
제 냄새나는 빨래방이나 비
오는 날 고소한 쿠키나 튀김
냄새가 나는 디저트 카페나 일
식집 등등 일상적인 냄새로
자극해 봐. 모성애적 사랑을
느끼게 하는 거지. 해봐. 내 생
각에 동인이는 좀 특이한 접근

법이 필요할 거 같다.

오키 땡큐~~.

야! 히죽은 금지다. 네
가 많이 좋아하는 거
들키지 마.

오키. ㅎㅎ

아람은 그날부터 동인의 연애 본능을 일깨울 생각으로 뷰
튜버의 영상부터 찾아보았다. '남친을 확실히 붙들어 매는 일
상 화장법' 등의 영상을 보고 연구하는데 아이라인과 아이섀
도를 그리는 손이 무디어서 매번 지지직, 밖으로 삐져나갔다.
하도 마스카라를 안 써서 그런지 다 굳어 있어 포기할까 하
다가 그래도 마스카라가 화룡점정이래서 '마스카라 녹이는
법'을 검색해서 간신히 써보았다.

"야아. 이게 보통 일이 아니네. 조서 하나 쓰는 거보다 더
집중해야 하는구만. 흐음."

화장을 마치고 나니 마치 경극에 나오는 배우 같았지만,
자세히 보니 그럭저럭 눈에 익어 살짝 귀여워 보이기도 했
다.

"이러고 언제 불러서 만나나."

아람은 내친김에 인터넷 쇼핑몰에서 아스라한 시스루 블라

우스, 짧은 미니스커트와 힐도 장바구니에 담았다.

"야아, 이런 옷은 정말 신입생 때 한 번 입어보고 백만 년 만인데 소화가 될지 모르겠는데. 히잉. 회사 사무실에는 죽어도 못 입고갈 옷들이지, 아암. 선배들이 보면 미쳤는지 알 거야. 우후후~~."

아람은 콧노래를 부르며 옷들을 주문하기 전에 한 번 더 실측 사이즈를 노려보고 자기 허리를 가늠해보면서 맞을지 고민하다 클릭했다.

"아시죵, 망설임은 늦은 배송만 부른답니다."

아람은 쇼핑몰에 적힌 주인장의 애교 섞인 문구를 따라 읽으면서 다다다다 구매 버튼을 눌렀다.

다음날, 아람은 공짜로 롯데월드 자유이용권 두 장이 생겼는데 버려야 되나, 가야 하나 중얼거리며 동인을 은근히 떠보았다.

"음, 나 놀이기구 잘 못 타는데."

"나도 잘 못 타. 봄에 너 운전 연습시킨다고 놀이동산 가서 봤잖아. 아닌가? 그때는 운동해서 피곤해서 그랬나? 암튼 여기는 퍼레이드도 재밌으니까 그런 거 구경하러 그냥 잠깐 갔다 올까? 너 시간 되는 날 아무 때나."

아람은 공포와 스릴을 느낄 때 상대방에게 이성적 호감을 더 느낀다는 심리 실험 결과를 머릿속에 생각하면서 초조히 동인의 대답을 기다렸다.

"아, 알았어. 이번 금요일 휴무니까 가자."

"오키!"

금요일, 동인과 아람은 롯데월드에 입장해서 주변을 둘러보았다. 평일이어도 놀러 온 연인과 끼리끼리 놀러 온 학생들이 많았다. 사람들은 입구의 교복 대여 가게에서 각종 교복으로 갈아입고 들어갔다. 아람도 동인을 끌고 가게로 들어가 보았는데, 여러 학교 교복에 독창적 디자인의 교복까지, 심지어 유명 드라마에 나오는 예고 교복도 있었다.

"동인아, 우리도 빌려서 입어보자."

"야아. 우리가 애들이냐. 말도 안 돼."

아람은 동인의 거절 의사를 싹둑 자르고 얼른 제안했다.

"내가 낼게."

그들은 베이지색 바지와 치마를 각각 고르고 위에는 하얀 셔츠에 같은 베스트를 맞춰서 입었다. 고등학생들처럼 동인은 넥타이를, 아람은 리본 타이를 맸다.

동인이는 워낙 홀쭉한 스타일이어서 그런지 교복이 그럭저럭 잘 어울렸다. 아람은 형사 업무를 하면서 근력을 키워 그런지 옷이 좀 끼는 듯했다. 사이즈가 많이 없더라니 겨우 고른 치마의 허리 부분이 끼었다.

"숨 쉬는 거 괜찮아?"

"응, 괜찮아. 저거 롤러코스터 타자."

아람은 호기롭게 동인을 이끌고 롤러코스터로 향했다.

"나 이거 좀 부담된다."

"나도 몇 년 만에 타보는 건가?"

그래도 아람은 대학생 때 신나게 놀던 기구라 자신 있었다. 타고서 무서운 척하는 연기만 하면 됐다.

차례를 기다리는 줄이 꽤 길어서 한참을 기다려 간신히 놀이기구에 올라탔다.

"오늘도 즐겁게 놀이기구 타다 보면 하루가 신나게 흘러갑니다~~~. 어서어서 올라타세요."

직원들이 재롱을 부리고 춤을 추면서 탑승객들을 맞이했다.

기구에 앉아 안전바를 내리고 멍하니 앉아 있던 아람은 정신을 퍼뜩 차렸다. 자신도 이제 서른 초반의 나이다. 착착착착 올라갈 때는 몰랐으나 수직으로 낙하하던 순간, 아람은 엄청난 공포감에 휩싸이고 레일을 따라 기구가 도는 동안 내내 비명을 질렀다. 눈을 질끈 감고 뜨지 않았다. 아니 뜰 수가 없었다.

"아람아, 눈 떠. 눈 떠. 정신 차려봐. 기절한 거야? 손 엑스자로 흔들어 놀이기구 멈춰달라고 할까?"

옆에 앉은 동인이 아람의 옆모습을 보더니 손을 내밀어 뺨을 찰싹 때렸다. 아람은 눈을 살포시 떴는데, 저 아래 수백 미터 바닥이 눈에 확연히 들어왔다. 아아아!!!! 눈을 뜨는 게 아니었다.

이때 무시무시한 속도로 롤러코스터가 360도 회전하면서 아람은 다시 한번 으아아아아~~~~하고 엄청난 비명을 질렀다. 아람은 동인의 소매를 붙들고 마구 찢어발겼다.

"사람 살려!"

기구가 멈추고 아람은 온통 헝클어진 머리로 비틀거리면서 간신히 빠져나왔다. 동인이 부축했다.

"아람아 괜찮아? 이제 자이로 드롭 타러 갈까?"

"아, 안 되겠어. 나 요 며칠 잠복근무해서 그런지 좀 힘들다. 저기 벤치에 가서 앉자."

벤치에 앉아서 나가 버린 정신을 간신히 부여잡은 아람은 동인에게 물었다.

"너, 넌 안 무서워?"

"괜찮은데? 난 네가 걱정이야."

"응?"

"난, 내 주변 사람들이 아픈 거 보는 게 힘들어. 그러니 가자."

"아픈 거 보…는…게?"

"응. 우리 이모도, 그리고 누나도."

"이모님은 암으로 돌아가셔서 아는데 누나는 왜?"

"한국에서 나랑 살 때 누나가 결핵에 걸려 고생했는데 나중에 외국 나가서 살 때는 괜찮았거든. 혹시 내가 누나를 불편하게 해서 아팠던 건 아닐까 하는 고민을 했었어."

"야, 유동인. 이모나 누나가 아팠던 게 너 때문은 아니지."

"나도 알아. 그래서 스스로 자기만의 트라우마에 갇힌 건 아닌지 고민도 해봤었지."

놀이동산에 잔잔한 음악이 흘러나오면서 대형 스크린에 발라드 뮤직비디오가 상영되었다.

"내가 누군가를 사귀는 것을 인정하고 받아들이는 게 익숙하지 않은 건 혹시 이런 경험들 때문인가 싶기도 해. 왜 내 주변 사람들이 아픈 거지? 내가 잘못해서 그런 건 아닐까?"

아람은 아직 겪어보지 못한 일들이었다. 맘 여린 동인이라면 그럴 법도 하다는 생각도 들었다.

아람은 동인의 어깨를 투덕투덕 치면서 씩 웃었다.

"그럼 적어도 나는 걱정하지 말도록. 나 강아람은 감기조차 피해 가는 최강 체력을 자랑하니까. 에취! 콜록콜록! 엄마야. 나 감기 걸렸나 봐. 가자 동인아."

아람은 마스크를 올려 쓰면서 일어났다. 아무래도 컨디션이 오늘은 별로였다. 동인의 얼굴이 대번 걱정스러운 표정으로 바뀌었다. 그런 동인의 표정을 무시하며 아람은 일부러 성큼성큼 걸어가면서 앞장섰다.

"걱정하지 마라, 친구야."

교복을 반납하고 롯데월드를 나섰다. 지난번에 제대로 못 타서 다시 오고 싶었는데 막상 와보니 심심하고 소득 없는 데이트였다. 실제로 아람이 공포를 느끼는 바람에 동인의 감정이고 뭐고 그럴 새 없이 게임 끝이었다.

거기다 동인이가 가지고 있는 과거의 트라우마를 알고 나니, 이해는 되지만 아람이 그 벽을 깨고 다가서는 게 불가능해 보이기도 했다. 그날 밤, 한숨을 푹푹 쉬던 아람은 아무래도 동인과 영원한 친구로 남는 게 최선인가 하는 생각을 했다.

아람이 여느 때처럼 여청과 사무실에서 근무하는데, 전화가 왔다.

"안녕하세요, 강아람 형사님 되십니까?"

아람은 사건과 관련된 전화인 줄 생각했다. 그간 사건과 관련해서 명함을 남긴 적이 여러 건 있었다.

"네, 맞습니다. 어디십니까?"

"안녕하세요, 저는 ○○출판사 에세이팀 에디터 한미정입니다."

"네?"

아람은 뭔가 싶어 귀를 기울였다. 자세히 들어 보니 예전에 구청 신문 형사인터뷰 특집에 아람의 기사가 나간 적이 있는데 그 글을 인상 깊게 봤다는 것이다. 아람은 폰으로 빨려들 듯이 귀를 가까이 댔다. 뭔가 굉장히 좋은 이야기가 나올 것 같았다. 원고 의뢰였다. 형사라는 고정된 기존 이미지에서 벗어나 뭔가 새로운 느낌의 에세이를 써보고 싶었다.

에디터와 만나기로 한 날, 아람은 유튜브에서 배운 화장을 하고 시스루 블라우스와 좀 짧고 딱 달라붙는 듯한 스커트에 힐을 신었다. 저만치에서 동인이가 후다닥 뛰어오고 있었다. 동인은 아람을 코앞에서 보고도 그냥 스쳐 지나가 카페에 들어가려 했다.

"야, 유동인?"

동인이 고개를 돌려 주변을 살폈지만, 아람을 보고도 모른 척했다. 보다 못한 아람이 동인의 어깨를 툭 치는데, 동인이 화들짝 놀랐다.

"뭐야. 왜 그래."

동인은 놀라면서 아무 말 없이 폰을 꺼내 거울 모드로 보여주었다.

"어마. 왜 이러지? 이거 안 번지는 거라던데. 설마 그렇다고 나를 못 알아본 거야?"

아람의 눈 밑에 아이라이너가 검게 번져 다크 라인이 생겨버렸다.

"야, 너 무슨 판다 같아. 지우는 게 낫겠다."

"아, 알았어. 우힛."

서두르던 아람은 자그마치 8센티 힐 위에서 바닥으로 추락하며 그만 동인에게 와락 엎어졌다. 동인이 뒤로 넘어질 뻔하다 간신히 버텨 후들후들하다 균형을 가까스로 잡았다.

"야, 좀 조심해."

"아, 알았어. 오늘 왜 이러지?"

"강아람, 오늘 옷차림이 이러니까 그렇지. 갑자기 왜 이래? 나 지금 상당히 적응 안 돼."

"그게 출판사 사람 만나니까 그렇지. 나름 좀 꾸며봤어. 일단 들어가자. 시간 됐어. 그나저나 출판사에서 연락이 왔다고 진짜 달려오냐? 에디터님께 너도 같이 나온다고 말하느라 좀 곤란했다니까."

"나 그 출판사 추리소설 엄청나게 좋아하거든. 일단 에디터 만나서 너 잘되면 나도 밀어주라."

"오늘 처음으로 만나는 거거든. 그리고 넌 등단인가 뭔가 먼저 한다면서."

"장편소설도 쓰고 있으니 소설 투고도 괜찮아. 빨리 들어가자."

몬스테라 같은 식물들이 여러 곳에 배치된 카페에는 에디터가 먼저 와 기다리고 있었다. 30대 정도로 보이는 여성이 아람을 향해 손을 들었다.

"강아람 형사님?"

"네. 맞아요. 여기는 말씀드린 미림문고 유동인 대리입니다."

"아 안녕하세요. 형사님, 기사와는 느낌이 다르세요. 제가 워낙 사람을 잘 알아봐서 알아보긴 했는데…."

"그게, 오늘은 사복을 입고 나와서 달리 보일 거예요. 검은 슬랙스 정장은 너무 형사라고 이마에 써놓고 다니는 느낌이라. 근방에 첩보를 캘 데가 있어 좀 영하게 입어봤습니다."

출판사 직원과 아람은 이야기가 잘 맞았고, 조만간 형사로서의 이야기를 그린 직업인 에세이 샘플 원고를 보내고 계약을 진행하기로 했다.

그날부터 아람은 밤이면 밤마다 퇴근 후 다른 약속 없이 집에 들어앉아서 다다다다 원고를 작성하고 무사히 샘플 원고를 보낼 수 있었다.

아람은 오랜만에 엄마와 점심을 먹었다. 엄마는 집으로 오라고 했지만, 아람이 백화점 푸드 코트에서 밥만 먹고 간다고 해서 밖에서 만났다. 냉면을 먹고 백화점 안 카페에서 아이스커피를 마셨다.

"아람, 너 왜 나랑 공유하는 위치추적 서비스 앱 잠수로 해놨냐?"

"엄마, 내가 형사야. 엄마가 더 걱정되는 나이라고. 어버이 날 사드린 칼슘은 먹고 있지?"

"나야 네 아빠가 있으니 괜찮지만, 너는 혼자 사는데 밤에 아프면 어떻게 해. 그리고 형사 일도 위험해 보이고."

"흐음, 그건 됐고요. 엄마는 어떻게 아빠를 만나서 결혼한 거야?"

"언젠가 얘기했잖아. 결혼 정보 회사에서 만났다고."

"그게 말이야. 그 시절에도 그런 회사가 있었다니 놀랍기도 하구."

"중매업체라고 해야겠지. 하여간에 아빠는 친구가 거기 직원이라 등록한 거고. 난 네 외할아버지가 억지로 데리고 가서 등록한 거고. 다 호랑이 담배 피던 시절 이야기야."

아람은 얼굴을 붉적였다.

"그러니까 그렇게도 남녀가 만나는 거구나. 엄마는 다른 남친은 없었어? 아빠가 첫 남친인데 결혼한 거야?"

오영주는 아람의 눈을 똑바로 보면서 살폈다. 그러다 입에 웃음이 둥실거렸다.

"너 누구 있지. 왜 지난번에 옆 부서에 새로 온 수사지원

팀 직원 아니야? 잘생겼다고 했잖아."

"노우, 그럴 리가. 나 동종업계 안 만나."

"그러면 왜 물어봐?"

"그냥. 아, 내가 하는 수사랑 관련 있어 참조 좀 하려고."

오영주는 재미있다는 듯 웃으면서 고개를 저었다.

"대학교 다닐 때 남친은 물론 있었지만 다 헤어지고, 직장 다니다 네 아빠 만난 거야."

"그럼 정말 엄마가 아빠 많이 쫓아다녀서 결혼한 거야?"

아빠가 늘 말하기를 엄마가 자신을 엄청나게 쫓아다녀서 결혼했다고 했다.

"그랬겠니? 내 꿈이 드라마 쓰는 거였는데, 드라마 작가가 될 때까지 결혼 안 하려 했는데, 하루는 지하철에서 청혼하더라. 반지 하나 없이. 부모님께 인사 가자고."

아람의 눈이 커지면서 커피를 살짝 뿜었다.

"뭐어어? 지하철."

"그래. 요즘 너희처럼 프로포즈 이벤트에 베이비 샤워 파티에 결혼식 들러리니 이런 문화가 있는 줄 알아? 티파니 반지, 샤넬 백이 다 뭐야. 다짜고짜 지하철 나란히 타고 밥 먹으러 가는데 부모님 소개한다지, 소개 후에는 상견례 잡는다지 그냥 어벌쩡하다 결혼식장에 들어간 거야."

"흐음, 그렇구나. 정말 여자는 남자가 달려들어야 결혼이

가능하다는 말이 맞는 거겠지…."

아람은 눈을 살포시 위로 쳐다보면서 동인을 생각했다.

아무리 봐도, 동인은 소극적이고 조용하고 자신은 적극적이면서 대시한다. 연애가 힘든 것이다. 아무리 성평등 사회라지만 연애는 여자가 허락해야, 결혼은 남자가 허락해야 한다는 시중에 떠도는 이야기 중에 아람은 연애조차 힘든 것이다. 왜냐, 동인이가 연애해 달라 조르지 않기 때문에 허락이고 말고 없는 것이다.

"에에. 하는 수 없지."

아람이 혼잣말처럼 지껄이는데 오영주가 깔깔댔다.

"아람아, 너 누구 맘에 두고 있는 거 맞지? 설마 너! 동인이?"

아람은 벌떡 일어나면서 두 손을 저었다.

"아, 아냐. 아무 일도 없어, 우리. 가자, 가자. 지금 형사님들이 어디 출동해야 한대. 갈게. 엄마, 나중 봐."

"야. 강아람. 너 위치추적 앱 초대장 승낙해야 한다. 다시 보낼게."

아람은 그렇게 식사를 마치고 경찰서로 돌아왔다. 보고서 작성하는 업무를 부랴부랴 마치고, 다시 출판사에 보낼 원고 파일을 열었다. 샘플 원고에 덧붙여서 혼자 이어서 쓰는 중이다. 아직 출판사 연락은 없는 상태지만.

퇴근 시간이 지났지만, 다다다다 워드를 치면서 창작의 기쁨을 오롯이 느끼고 있는데, 눈썹 숱이 많고 눈이 부리부리한 여청계장님이 갑자기 얼굴을 들이밀면서 물었다.

"강아람. 아까 올린 보고서 내가 뭐 물어볼 거 있는데."

"아. 네. 계장님."

아람은 0.1초의 속도로 저장하고 파일을 닫았다.

"뭐 딴 일 하면서 야근 수당 청구하고 그럼 안 돼. 우린 정직해야 할 공무원이다. 알았나?"

"네, 알고 있습니다. 오늘은 개인적 작업으로 수당 청구 안 할 예정입니다."

아람은 계장과 함께 보고서 파일을 열어 고칠 점을 살폈다.

보름이 지났다. 아람은 조마조마하게 에디터 연락을 기다리던 중에 드디어 계약서가 첨부된 이메일을 받았다.

아람은 이얏호 함성을 지르면서 경찰서 사무실에서 벌떡 일어났다. 여청계장님이 무슨 일인가 아람을 주시하다 별일 아니다 싶어 보이자 다시 컴퓨터 모니터로 시선을 옮겼다.

계장님의 눈길을 피해 딴청을 피우던 아람은 살금살금 사무실 밖으로 나와 동인에게 전화를 걸었다.

"우이호 대박!! 유동인 오늘 시간 되냐? 밥 사줄 게 보자.

나 계약서 받았다요! 이제 계약금 들어오고 쓰는 일만 남았
다. 맛난 거 자주자주 사줄게."

아람은 기쁜 소식을 동인에게 가장 먼저 알리고 싶었다.

"노놉! 안 먹어, 안 먹어. 나 요즘 살쪄서 서가 사이 지나
다니지도 못해."

아람은 홀쭉한 동인의 허리를 떠올렸다. 군살 하나 없구먼.
뭔 소리야.

"안 됨. 너 굴러다니게 만들어 줄게. 많이 먹여서."

"아, 알았어. 그럼 뭐 사줄 건데? 기대해보도록 할게."

아람은 분위기 있는 칵테일 바를 알아보고 예약했다. 미림
문고 근처면 동인이가 늘 그랬듯이 업무나 사건 관련 이야기
만 할 것 같아서 일부러 서점에서 좀 떨어진 강남역으로 알
아보았다.

저녁을 간단히 먹고 칵테일 바로 직행했다. 고급스러운 스
웨디시 인테리어에 심플한 디자인의 플라스틱 의자들이 놓인
곳이다.

"유동인, 오늘은 내가 쏜다. 출간 계약 턱이라고 생각해.
자, 여기 칵테일 마시고 싶은 거 주문하시라고."

"우리 단둘이 바에서 술은 거의 처음인 듯. 게다가 이렇게
고급스러운 데라니 좀 비쌀 거 같은데."

"에흠. 야야, 나 강아람 작가야. 왜 이러셔. 마시고 싶은 거다 마셔. 그동안 네가 내 수사 도와준 것도 많고 그러니까. 있잖아, 나 잘하면 검거 실적으로 승진할지도 몰라."

"진짜? 아, 알았어."

아람은 슬슬 분위기를 압도하면서 늘 하나로 묶고 있던 포니테일 머리를 확 풀어 헤쳐 흩날리며 머리카락에 뿌린 조말론 머르 앤 통카 향이 동인이에게 풍기게 했다. 통카빈의 럭셔리한 중독성 향이 이성에게 매력을 어필한다나?

하지만 동인은 아람이가 그러거나 말거나 신경도 쓰지 않은 채 메뉴만 한참 보더니 "난 셜리 템플 시킬게. 안주는 나초 부탁해. 치즈는 듬뿍듬뿍."이라며 주문했다.

"에? 그건 무알코올인데? 야아! 대리 부르면 돼. 그냥 다른 거 마셔. 오늘 신나게 마셔보자, 좀."

"아냐. 나 진저에일 맛 좋아해. 그냥 그걸로 할게. 근데 아람아, 너 향수 뿌렸냐?"

"응? 그, 그냥 좀, 뭐 살짝. 왜에?"

아람은 그윽한 눈으로 동인을 바라보다 시선을 돌렸다. 혹시나 동인이가 놀릴까 걱정이 되었다.

"그런 거 같더라. 향이 너무 독해서 머리 아파. 제발 다음부터는 자제를 좀 부탁하마. 소설 모티브 떠올리다가도 향을 쓱 맡는 순간 쑥 들어간다니까."

'으이구, 이 멋도 모르는 자식.'

아람이 고개를 작게 끄덕였다.

"아, 알았어."

답답한 마음을 감추며 대꾸를 한 아람이 손이라도 씻어 손목에 뿌린 향이라도 좀 날려 보내려고 일어나는데, 구석에 앉은 20대 커플이 칵테일을 마시며 이야기를 하는 게 보였다. 화장실에 가서 기름종이로 번들거리는 유분기를 닦고 파우더를 꺼내 화장을 수정했다. 거울을 보면서 깊이감 있는 눈매를 위해 듬뿍 바른 마스카라도 다시 확인했다. 워낙 곰손인 그녀인지라 번진 마스카라를 지울 만큼 지웠지만, 흔적이 남아 지난번처럼 판다 눈이 되면 큰일이다.

손을 씻은 후 나오는데 들어올 때 보았던 커플 중 여성이 화장실로 들어왔다.

아람은 그녀와 스치듯 지나쳐서 동인이의 옆자리로 돌아가려 했다. 그런 그녀의 눈에 뭔가 포착됐다. 구석 자리에 남아 있던 남자가 주변을 살짝 살피는 듯하더니 주머니에서 작은 플라스틱병을 꺼내 자리를 뜬 여성의 칵테일에 순식간에 무언가를 넣었다.

형사인 아람은 이런 데서도 직업 정신을 유감없이 발휘했다. 그 찰나의 순간을 놓치지 않았다. 뭐지? 싶으면서도 확실한 증거를 잡으려는 아람은 뭔가 말하려는 동인의 입술에 쉿

하면서 집게손가락을 갖다 댔다.

어리둥절한 표정을 하는 동인의 귀에 대고 아주 조곤조곤 속삭였다.

"동인아. 방금 저 남자가 자리 비운 여자 술잔에 뭔가를 타는 거 봤어. 내가 너한테 가까이 가면서 스리슬쩍 볼 테니 이리 와서 나 좀 가려줘."

아람은 코와 코가 닿을 정도로 동인에게 바짝 다가갔다.

"우리 언더커버야?"

"비슷해. 쉬잇. 여자 온다."

화장실에서 돌아온 여자가 자리에 앉아 탁자 위에 놓인 자기 술을 마시려고 잔을 드는데, 그걸 한순간도 놓치지 않고 뚫어져라 지켜보던 아람은 동인과 가까이 있다는 것을 잊고 살짝 고개를 돌리다 아차차, 얼굴이 부딪치면서 동인의 윗입술과 아람의 아랫입술이 슬쩍 닿아버렸다.

심장마비가 바로 이런 것인가. 아람의 머릿속에서는 천둥이 치고 번개가 내리꽂히는데 그런 사실을 아는지 모르는지 형사 모드로 전환된 동인은 눈만 말똥말똥 뜨며 아람에게 상황만 묻고 있었다.

"어떻게 됐어?"

"으응…, 그게 저…."

아람은 상황을 무마시키려고 머뭇거리며 어물쩍 넘기려는

데 여자가 술을 들이켜는 찰나였다. 답이 없는 아람 대신 직접 상황을 확인한 동인이 참지 못하고 아람을 밀치며 와락 일어났다.

그는 커플에게 다가가 여자에게 큰 소리로 말했다.

"한나 쌤! 서한나 선생님 맞죠? 저 기억 안 나세요?"

여자가 놀란 눈으로 마시려고 손에 든 술을 내려놓고 동인을 쳐다보았다.

"네?"

"저, 그때 왜…. 기억 안 나세요?"

여자는 당황하고, 남자는 불쾌한 기색을 보이며 저지하려는 행동을 취하는데 그제야 정신을 차린 아람이 일어나 다가갔다.

"헤, 선생님. 전 강아람입니다."

"저, 학교 선생님 아닌데요."

"그러니까요. 우리 거기서 만났잖아요."

동인과 아람이 슬그머니 여자를 감싸고 뭔가를 이야기하자 눈치를 보던 남자가 슬슬 일어나더니 어디론가 가버렸다.

아람은 여자에게 귓속말로 아까 그 남자가 술잔에 뭔가 타는 걸 보았다고 했다. 여자가 화들짝 놀랐다.

"정, 정말이요?"

여자와 남자는 소개팅 앱에서 처음 만난 사이라고 했다.

아람은 시약 검사를 하기 위해 술잔을 챙겨 들고 바텐더에게 빈 병이나 용기를 달라고 요청했다.

자리를 떠난 남자는 돌아오지 않았고 여자는 소개팅 앱에서 남자의 계정을 찾아 아람에게 알려주었다.

아람은 여자에게 자신의 명함을 주며 소속을 밝히고 전화번호를 받았다. 검사 결과가 나오면 알려준다고 했다.

이런 일에 휘말리다 보니 큰맘 먹고 나간 아람은 동인과 술은커녕, 데이트도 제대로 못 하고 집으로 돌아왔다.

내 팔자가 이러려니 하며 아람은 모처럼 한 짙은 화장을 박박 지우고 어김없이 올이 좌악 나간 스타킹에는 빨랫비누를 넣어 하얀 블라우스에 묻은 살사소스 얼룩을 말끔히 지웠다.

혹시 팔자에 남자가 없는 건가.

아람은 과거를 생각해봤다. 그러고 보니 대학교 때나 유학 가서도 제대로 된 장기연애를 해본 적이 거의 없었다. 알고 보면 동인이가 푸에르 에테누스가 아니라, 자신이야말로 영원한 소녀 푸엘라 에테누스(puella aeternus)가 아닌가 싶었다. 애인을 사귀고 싶어도 어떻게 시작하는지 모르겠고 썸을 타다 어떻게 관계가 형성되는 건지, 밀당은 어느 정도 해야 연인관계가 유지되는지 아는 것이 단 하나도 없었다. 학교 다닐 때 연애학이 있다면 좀 배워 놓을 걸 하는 생각이 들

정도였다.

'아이구. 상황이 이러니 관계가 진척될 리가 없지. 누구 하나는 좀 빠삭하게 잘 알아서 죽죽 리드하는 사람이 있어야 하는데 이건 뭐 죽도 밥도 안 되는 거잖아. 연애도 못 하는데 이래서 결혼은 할 수 있을까? 동인이 말고 그 누구라도?'

자신이 없었다. 형사 일도 힘들지만, 연애는 더 힘든 것 같았다. 연애는 뭣도 모르던 팔팔하게 젊은 20대 때나 하는 거지 지금 서른도 넘은 나이에 사랑을 꿈꾸며 연애하려니 맘대로 되지 않아 좌절했다. 여러모로 힘들기도 하고 뭣보다 체력이 후들댔다. 연애도 결혼도 젊어서 해야 한다는 게 맞는 거였다.

다음날, 아람은 마약 수사팀에 검사를 의뢰했고 며칠 후 결과를 받았다. 로히프놀이라는 벤조다이아제핀 계열 수면제 성분이 검출됐다고 했다. 아람은 여성에게 전화해 자초지종을 밝히고 한번 경찰서에 나와 진술을 해줬으면 좋겠다고 했다. 여성은 빠른 시일 내에 나오기로 했다.

진전없는 관계에 지친 아람은 속으로 동인과 거리를 두기로 결심했다. 하긴 동인이는 정말 사건이 생겨야 톡이 오고, 거의 일상적 선톡은 아람이 먼저 해왔다. 그게 불문율처럼 굳어져 버렸다.

아람은 이제 일에만 전념하고 다른 사람과 사귀는 것도 진지하게 검토하겠다고 마음먹었다.

그러던 중, 동인에게 다급한 연락이 왔다.

"강아람! 큰일났어! 빨리 여기로 좀 와줘."

동인이 보내준 링크를 보니 전철과 연결된 건물의 2층 발레 학원이었다. 아람은 동인이 다니는 곳인가 싶어 부리나케 달려갔다. 그간 알려달라고 졸라도 알려주지 않던 곳이 아니던가. 발레 학원이라고 적힌 스튜디오는 유리문을 열고 들어서자마자 환한 조명이 눈을 부시게 했다.

"동인아!"

아람은 동인의 이름을 큰 소리로 불렀다. 길게 연결된 복도에는 발레리나와 발레리노들의 포즈를 찍은 사진이 걸려 있고 향긋한 냄새가 났다. 복도를 지나 안으로 들어가니 너른 스튜디오 사방이 거울로 되어 있고 30대 정도로 보이는 발레 여자 강사와 중년 여성 2명과 2, 30대 정도의 여성 두 명이 동인이와 있었다. 여성들은 발레복에 발레 슈즈, 혹은 레깅스에 시폰 스커트를 걸친 차림새였다.

동인은 레깅스에 반바지를 레이어드해서 검은 스포츠 티를 받쳐 입고 발레 슈즈를 신고 있었다. 그의 옆으로는 발레 강사가 작은 카메라를 들고 고민된 얼굴로 서 있었다.

"나 왔어. 유동인, 대체 무슨 일이야?"

"그게 몰카가 발견됐는데, 내가 좀 의심되는 상황인가 봐."

동인이 아람의 옆에 와서 소곤거렸다.

"안녕하세요. 저는 강동경찰서 여성청소년과 강아람 형사 입니다."

아람은 신분증을 보여주고 강사 앞으로 다가가 카메라를 지퍼백 속에 넣게 했다.

"지문이 묻어서 제가 손으로 집으면 안 되니 직접 넣어 주십시오."

"어머, 제가 만졌는데요."

"감안할게요. 증거 제출 시 과학수사팀 선배님께 말씀드리 겠습니다. 그나저나 어떻게 된 일이죠?"

강사가 말하려는데, 좀 체격이 크고 볼륨감이 있는 중년 여성이 앞으로 나서서 진중하게 설명했다.

"저녁 발레 클래스에 이렇게 저랑 예진이 엄마랑 그리고 저기 직장 다니는 분들하고 여기 남자분하고 수업을 듣거든 요. 보통 때와 다름없이 수업을 들으려다 제가 목이 너무 말라서 잠시 물 마시러 정수기에 갔는데, 여기 액자 보이잖아요? 발레리나가 아라베스크 포즈하고 있는 사진이요. 이게 좀 튀어나왔다 싶긴 했는데, 예진이 엄마가 이상하다고 해서 손으로 더듬어 보니까 액자 틀 옆 꽃병 뒤로 이 카메라가 붙어 있는 거 있죠?"

중년 여성이 말한 꽃병은 스탠드형 정수기 위에 놓여 있었는데, 그 뒤로 작은 거치대가 있고 그 앞에 카메라를 붙인 흔적이 있었다.

"그러니까 누군가 무용실 안에 카메라를 설치하고 촬영하고 있었다는 말씀이죠?"

"네. 맞아요."

머리에 앙고라 헤어밴드를 한 예진 엄마가 맞장구치면서 덧붙였다.

"우리 클래스에 남자 회원은 한 분이잖아요!"

아람이 고개를 돌려 동인을 쳐다보았다. 동인은 얼굴을 뒤로 돌리고 딴청을 피웠다.

"거참, 그렇긴 하지만 남자라고 무조건 다 몰카범으로 모는 건 안 되죠!"

아람이 괜하게 화가 나서 한마디 했다.

"아차차, 혹시 아까 수업 시작할 때 공사 끝내고 가시던 전기기사님이 그런 거 아니에요?"

분홍색 시폰 스커트를 입은 30대 여성이 나서서 말했다.

상황을 설명하던 중년 여성이 말을 덧붙였다.

"맞아. 수업할 때 우리 보는 것 같아 기분이 나빴는데."

동인이 조심스레 말했다.

"그분은 복도 천장에 있는 전등을 교체하느라 시선이 그렇게 된 거지, 뭐 지켜보려던 의도는 없었다고 봅니다."

"그럼 대체 누가 설치한 거지?"

여성 회원들이 모두 동인을 주시했다. 아람이 나섰다.

"여러분, 솔직히 이 친구는요 제가 10년 넘게 안 사이인데 여친이 꾸준히 없었고 사귀지 못하는 걸로 봐서 아마 무성애자일 확률이 있어요!"

아람이 단정 지어 확고하게 말하자 동인이 난처한 얼굴로 두 손을 앞으로 내저었다.

"아, 아니요. 아닙니다. 결코 무성애자는 아닙니다. 진실은 말해야 하니까요."

"그렇다면 뭐 음, 아니라고 합시다. 어찌 됐든 남자라는 이유만으로 용의자가 되는 건 안 되죠."

강아람이 덧붙였다.

이번에는 회계사무소에 다닌다는 검은 토슈즈를 신은 30대 여성이 말했다.

"그런데요. 저기 천장에도 CCTV가 달려있어 우리를 찍는데요, 뭐 별거 있나요? 여긴 탈의실도 아닌데요?"

이 말에 갑자기 발레 강사의 눈이 커지더니 큰 소리로 외쳤다.

"잠깐만요. 저 몰카 탐지기 사둔 거 가져올게요."

강사는 사무실에 들러 탐지기를 들고 탈의실로 달려갔다.

아람이 뒤따라갔다.

강사가 손에 몰카 탐지기를 들고 다니고, 중년 여성은 몰카 탐지기 앱을 켜서 샅샅이 검색 후 탈의실은 괜찮다는 걸 확인해주었다. 모두 다시 무용실로 돌아왔다.

예진 엄마가 꽃병 뒤 거치대를 들어 보이면서 말했다.

"그게요, 그래도 CCTV는 위에서 비치니까 상관없는데 여기 꽃병 뒤에 있는 이 카메라는 우리가 발레 동작할 때마다 아주 각도가 정확하게 엉덩이를 비추잖아요. 그러니 각도가 문제인 거죠."

강사가 난처한 얼굴이었다.

"여기 계신 분들이 정말 범인이 아니라면, 형사님 어떻게 해야 하죠?"

"일단 지문을 떠보고요. 그리고 저 CCTV 영상 확인해서 이 뒤에 카메라 설치한 범인을 잡아야죠."

"그, 그렇겠죠?" 강사가 한숨 쉬었다.

강아람은 눈을 부리부리 뜨면서 협박하듯이 말했다.

"어서 나오시죠. 지문 뜨면 금방 알아냅니다."

이때 고개를 숙이는 여성을 아람과 동인은 놓치지 않았다. 일반인들은 조금의 압박에도 금방 진실을 털어놓는다. 전과자는 여러 번의 조사 과정에서 거짓말하는 노하우를 터득하지만, 그렇지 못한 사람은 금방 무너진다.

아람은 고개를 숙인 여성에게 다가갔다.

"진실을 말해주시죠."

검은 토슈즈를 신은 여성이 눈물을 글썽이면서 사정했다.

"그게 제, 제가 유튜브 영상 올리느라 그랬어요. 정말 죄송합니다. 너무 몰카범으로 몰아붙이니까 무서워서 그만 딱 잡아뗐어요. 다시 한번 사과드립니다."

수강생들이 분노하고, 여성에게 진심으로 사과하라 다그쳤다.

"진짜 죄, 죄송해요. 저, 전 단지 다들 얼굴 안 나오게 찍어서 제 계정에 영상 업로드하려고 한 거라고요. 얼굴 안 나오게 찍었고 만약 나와도 마스크 썼으니까 괜찮지 않아요?"

"그게 말이 돼요? 우리한테 허락도 안 받고 찍은 건데!"

중년 여성이 목소리를 높이자 강사가 조심스레 말렸다.

"그, 그런데 전부 제 잘못만은 아니에요!"

아람이 경찰서에 연락을 마치자마자, 토슈즈 여성이 외쳤다.

"제 잘못만은 아니다?"

"그래요. 이거 제 유튜브 계정에 댓글 보세요. 줄기차게 댓글을 다는 그 사람이 여기 회원들이 모두 여성들이니 카메라는 먼 거리에서 찍어서 얼굴 안 나오게 활용하면 괜찮다고 했단 말이에요."

아람과 동인이 토슈즈 여성의 폰을 유심히 보고 고개를 갸웃했다. 아람이 단호하게 말했다.

"말도 안 됩니다. 댓글 단 이 사람이 선동한다고 카메라를 설치해요? 본인 수업 받는 장면을 유튜브에 올리려고요? 다른 분들에게 말도 없이 말이죠. 일단 경찰서에서 형사들이 더 올 테니 자세히 진술해 주시죠."

"아니, 전, 제 생각에는 이 사람이 꼭 여기 수업 듣는 사람 같단 말이죠."

"네?"

토슈즈 여성이 자세히 이어 말했다.

"이 댓글들을 보면 오늘 있었던 수업에서 내가 무슨 옷을 입었는지 이 사람이 아는 것 같았단 말이죠."

"아, 그거야 영상 올리면 알잖습니까?"

"아니요. 영상을 안 올린 날인데도 수업 시간에 입은 옷이 어쨌다는 등 해서 그런 댓글을 발견하고 소름이 끼쳤어요."

"어디 봅시다. 그 글요."

"그, 근데 제가 이상해서 다음날 다시 보려니까 지운 거 있죠."

강사가 소름이 끼치는 얼굴로 여자에게 물어보았다.

"희연 님, 혹시 그 글, 가슴 파인 옷 입지 말라 뭐 이런 글 아니었어요?"

동인은 미세하게 사람들의 표정이 달라지는 걸 놓치지 않았다. 강사는 소름 끼치는, 토슈즈 여성은 억울하다는, 그리고 중년 여성은 깜짝 놀라면서 시선을 회피하는 얼굴이었다.

아람이 동인에게 속삭여 말했다.

"리드 신문 기법 알지?"

리드 기법은 미국의 경찰이자 심리학자 리드가 개발한 기법으로, 용의자의 행동을 보고 유추하면서 여러 단계를 통해 용의자의 심리를 압박하여 신문하는 기법이다.

동인은 즉시 고개를 슬쩍 끄덕였다. 아람이 자신감 있게 앞으로 나섰다.

"자, 저는 프로파일러 출신 여청과 형사고 수많은 피의자를 조사해 와서 이 상황을 누구보다 더 잘 컨트롤할 수 있습니다."

아람은 먼저 리드 기법 2단계라는 사인을 보냈다.

2단계는 피의자나 용의자와 라포를 형성하면서 권위를 세우고, 피의자가 자백할 계기를 마련해주는 것이다. 즉 적절한 수사 화제를 개발하는 것이다.

동인이 아람과 눈을 맞추다 옆에서 거들었다.

"게다가 강아람 형사님은 서울대 심리학과를 나오고 뉴욕의 시립 명문인 존 제이 대학교에서 범죄심리학을 전공하신

분이죠."

회원들이 수긍하는 얼굴을 했다. 그들은 동인과 아람을 마주 보면서 집중했다.

"저에게 잘 협조해 주시는 분은 선처받을 수 있게 최대한 노력하겠습니다. 아울러 자백한다면, 잘못의 무게가 훨씬 더 가벼워질 겁니다. 먼저 회원님이 카메라를 설치한 것은 맞으시죠?"

아람은 근엄한 표정을 지으면서 등허리를 꼿꼿하게 하고 토슈즈 여성을 직시했다.

토슈즈 여성이 고개를 끄덕이면서 시선을 내렸다.

"몇 번입니까?"

"딱 두 번이요. 오늘이 두 번째요."

아람은 리드 기법 4단계 '반대 논리를 제압하라'를 실천했다.

"거짓말하지 마세요. 제가 확인한 바로는 업로드 영상이 세 개이니 그 이상이겠죠. 거짓말은 형사들에게 거의 통하지 않는다는 걸 숙지해주시고 다시 묻겠습니다."

"몇 번이죠?"

아람의 다그치는 말에 토슈즈 여성은 훌쩍였다.

"죄, 죄송해요…. 다섯 번요."

동인은 리드 기법 5단계 주의가 흐트러지는 피의자나 용의자들의 관심을 이끌고, 유지하는 방법을 취하면서 거들었다.

"여러분, 이처럼 거짓말한 게 바로 드러나는 거 확인하셨죠. 이 형사님은 피의자 신문에 이처럼 능합니다. 유학 가서 응용범죄 심리학을 전공한 인재입니다. 사람의 마음을 꿰뚫어 보죠. 물론 증거에 근거해서입니다."

동인의 설명에 아람은 손으로 머리를 뒤로 넘기면서 어깨를 쫙 펴고 자신감 있게 고개를 들어 회원들을 쫙 둘러보았다.

회원들이 긴장하면서 손을 입가에 가져가고, 고개를 끄덕이면서 협조를 잘하려는 제스처를 보였다.

이번에는 아람이 리드 기법 6단계 '피의자의 소극적 태도를 알아차려 감정을 달래주라'를 떠올리면서 동인의 말을 이어 나갔다.

"질문에 진실하게 답변을 잘해주시는 등 협조를 해주시는 분은 최대한 편의를 봐 드릴 겁니다. 그럼 이번에는 다른 질문을 드리겠습니다. 저는 이미 답을 알고 있지만 확인 차원입니다."

아람이 앞으로 나서면서 시선을 위로 올리고, 다 안다는 얼굴로 좌중을 뚫어져라 하나하나 시선을 맞추면서 보았다.

"기대해보겠습니다. 솔직하게 나와 주세요. 다시 말씀드리지만, 진실을 말해주면 정상참작을 해서 선처를 고려하겠습니다."

이야기를 마친 아람이 손을 갑자기 번쩍 들었다.

"영상에 댓글 다신 분, 여기 수업 듣고 계시죠? 숨지 말고 나와 주시죠."

강사는 조심스레 중년 여성을 보았다. 시선이 흔들리는 걸 아람은 놓치지 않았다. 리드 기법의 7단계 양자택일적 질문을 던졌다.

"두 가지 방법 중 선택하시죠. 지금 안 나오시고 입 다물고 계시면 나중에 경찰서로 몇 번이고 나오셔야 할 일이 생길 겁니다. 지금 나오셔서 진실을 밝히시면 여기서 잘 해결할 수 있으니 어서 나오시죠."

다 알고 있다는 자신감 있는 아람의 표정과 말과 몸짓에 중년 여성이 덜덜 떨면서 앞으로 나왔다.

"저, 저, 제가 달았어…요."

아람은 지금 이 상황이 점차 리드 기법 8단계에 도달했다고 직감했다. 8단계는 구두 자백이다.

"자세히 설명해주시죠."

중년 여성은 아람이 다그치자 아무 말도 못 하고 몇 분이 흘렀다. 보다 못한 강사가 앞으로 나섰다.

"사모님, 이제 다 말씀해 주셔야죠. 사실 제 인스타 계정도 매일 체크하시고 제 남친이 별로라는 둥, 며칠 전에 놀러 간

호텔이 별로 아니었냐는 둥 댓글 다셨잖아요."

"아, 그건 그냥 내 느낌대로 말한 거죠."

"뭐라고요? 그럼 내 유튜브 계정에 매일 댓글 단 사람이 아줌마였어요?"

"아줌마? 보자 보자 하니. 이것 봐요. 나 사업하는 사람이에요. 카페 한다고요. 지금은 코로나로 손님이 줄어 시간적 여유가 있어서 수업 듣는 거지 원래는 얼마나 바쁜데요."

아람이 대차게 물었다.

"아니 그렇게 바쁘신 분이 대체 왜 여기저기 댓글 달고 다른 사람에게 카메라를 달아서 촬영하라고 선동하신 거죠?"

예진 엄마가 끼어들면서 비난했다.

"그게 저. 여기 수업 듣는 사람들이 다 젊고 예쁘고 맨날 좋은 곳 놀러 다니고, 강사님도 남친하고 알콩달콩한 글 올리니까 부러워서 그랬겠죠. 아니에요?"

중년 여성이 울부짖었다.

"아니, 어떻게 자기가 나한테 그럴 수 있어! 내가 예진이 옷을 얼마나 사줬는데."

"하여간 여기서는 잘잘못을 가려야 하잖아요. 그리고 그동안 사모님 비위 맞추느라 얼마나 힘들었는지 아세요? 예진이 옷 사준 건 제가 같이 놀아준 대가라 생각했는데요."

"뭐어야? 야! 이 파렴치한 것아!"

"정신 좀 차려요! 젊은 우리가 상대해 주는 게 고마운 줄 알아야죠."

중년 여성과 예진 엄마가 두 손을 맞잡고 싸우려는데, 동인과 아람이 뜯어말렸다.

"참으세요, 좀! 모든 건 경찰서로 가서 시비를 가리시고, 일단 모두 옷 갈아입으시고 나오세요. 오늘 수업은 이만 마치시죠, 선생님."

"네, 알겠습니다. 형사님 부탁드려요. 우리 학원에서 일어난 일이니, 확실하게 수사해주세요. 학원 명예가 달린 일입니다. 부탁드립니다."

강사가 아람에게 부탁하더니 휙 몸을 틀어서 아직 자리에 있는 중년 여성에게 진지하게 물었다.

"사모님, 설마 학원 명예 깎으려고 댓글로 선동한 건 아니겠죠?"

중년 여성은 머리를 숙인 채 고개를 저었다.

"그런 거 아니에요. 그, 그냥 댓글 단 거지 별 뜻은 없었어요."

애기를 마친 중년 여성이 갑자기 격분해 자리에 주저앉아 아이처럼 엉엉 울자, 아람은 자그마한 탕비실로 그녀를 데리고 들어가서 동인과 함께 달랬다.

"진정하세요. 경찰서에 가서 억울한 감정 있으면 마저 말해주십시오."

"제, 제 애기 좀 들어보세요, 형사님. 나도 여기 같이 수업 듣는 회원인데 맨날 나는 나이 많다고 자기들끼리 하하 호호 거리면서 떠들며 놀고 나는 끼워주지도 않는데 화가 안 나겠어요? 어쩌다 한번 생색내듯이 끼워주고, 말이죠."

중년 여성은 자신의 이름이 마영선이라고 밝히며, 자녀들은 이미 다 성장해서 외지에서 살고 자신은 혼자 남아 외로웠던 차에 발레를 배우러 다녔다고 했다. 가끔 골프 치는 친구들에게 발레 강사와 같이 연습하는 회원들이 얼마나 젊고 예쁜지 자랑도 했는데, 어느새 자신은 노력해도 그들에게 다가갈 수 없다는 걸 깨닫고 서운했었단다. 아까 말했던 카페를 운영한다는 것도 사실은 거짓이라고 했다.

마영선은 갱년기에 접어들어 몸과 마음이 힘들어서 네일 서비스를 받거나 운동을 배우며 젊은 여성들과 수다도 떨고 즐겁게 지냈는데 그들은 자신에게 진심으로 친구가 되어주지 않는 것 같았댔다. 그녀는 진심으로 강사와 회원에게 사과하고 싶다고 했다.

"미안해요. 모두에게. 저 때문에 이런 일이 생길 줄은 몰랐어요. 사실 아이들 모두 독립하고 빈 둥지 증후군이 와서 얼마나 외롭고 그랬는지 몰라요. 종일 아무것도 안 하고 집에 앉아서 창밖에 흘러가는 강만 내다보고요. 그러다 오래전 직장 다닐 때 혹시 내가 말실수한 것 같은 사람들에게 전화해서 미안하다고 용서도 빌고 그랬죠. 무의미하게 지내다 발레에 취미를 붙였어요. 처음에는 발레 배우고 그러니 즐거웠는데 그런데도 뭔가 채워지지 않았어요. 아무래도 나는 직업도 없고 하릴없이 집에서 시간만 보내니 나를 진심으로 끼워주지 않는 것 같았어요."

아람은 이해한다는 듯 고개를 끄덕였다.

"마영선 님이 선동한 것도 있긴 하지만, 실제로 카메라를 설치한 분도 잘못이 있으니 모두 경찰서로 가서 조사 잘 받으세요. 그게 사건 해결에 가장 좋습니다."

"네, 그럴게요. 죄송합니다, 형사님."

이야기를 마친 그녀는 마음의 짐을 덜어 놓은 것처럼 편안해 보였다. 아람은 뭔가를 생각하고, 동인은 작게 한숨 쉬면서 고개를 끄덕였다.

아람은 동인과 탕비실을 나오며 문을 닫고 그녀에게 생각할 시간을 주었다.

"후우, 리드 기법 안 통했으면 더 일이 커졌겠다."

"야, 강아람. 상황이 급박해 리드 기법 쓰긴 했는데 너 그 기법으로 거짓으로 자백한 피해자가 얼마나 많이 나온 줄 알아?"

"알아. 그래서 간단하게 끝마치려 최대한 노력했다. 근데 그 기법 쓸모없다는 형사님도 계시는데, 통하긴 한다. 역시 심리학 기술이란."

아람은 이마에 난 땀을 손등으로 쓱 훔쳐냈다. 속으로는 무척 긴장했었다.

"아니 근데 말이야, 저분 심리가 이해되다가도 이해가 안 되네. 그렇게 외로우셨다면 친구들이나 동년배들하고 골프 계속 치고 놀면 되지, 왜 그랬을까?"

"친구들도 자기 삶이 바쁘다고 그러면 매번 놀자고 말하기도 미안하지 않을까. 그러니 주변의 젊은 여성들과 교류하고 싶었을 거야. 아람아, 어머니께 잘해드려. 나이가 들어도 관심받고 싶고 사랑받고 싶은 건 인류 공통의 욕구야."

"정말 그럴까? 난 어르신들의 마음을 헤아려 본 적은 거의 없어. 심리학을 공부했다고 해도 사건과 관련한 범죄심리학 쪽만 탐구했지."

"아람 형사님, 《중년의 심리학》이란 좋은 책도 있으니 공부하도록. 사람은 평생 생명력과 활력을 향해 가고자 하는 욕구가 있는데, 중년의 시기에 그게 꺾이면서 내면을 돌아보게 되는 시기가 와. 그런데 그게 방향을 잘못 틀게 되면 오히려 주변 사람들과 과도한 활력에 싸우거나 늦바람에 뛰어들기도 한대."

"네. 알겠습니다. 서점 탐정님. 꼭 공부하도록 할게요. 하여간 책으로는 유동인이 모르는 게 없어. 도저히 이길 수가 없어."

아람은 형사들이 도착하자, 옷을 갈아입은 발레 학원 회원들과 강동경찰서로 출발했다.

아람은 오랜만에 플라워 미장원을 찾아 머리를 다듬었다.

원장은 나지막이 누가 들을까 아주 조용히 말을 꺼냈다.

"형사님, 이제야 말하는 거지만 저 사실은 원성구 씨하고 진지하게 만나고 있어요."

원장은 아람의 머리끝을 다듬어 주며 시선을 맞추었다.

"네? 원성구 씨요?"

"아이참, 방가방가 사장님요."

아하, 아람은 몰랐다는 듯 겉으로는 아무렇지 않은 척했지만, 속으로는 그럼 그렇지, 하는 마음이었다.

"아니, 내 나이 마흔다섯도 안 됐는데 생리도 규칙적이지 않고 얼굴은 화끈거리지, 흰머리 새치 염색은 보름마다 해야 하지, 밤에 잠도 잘 안 오고 그러니 답답하더라고요. 그런데도 미치도록 사람이 그립고 잘생긴 남자만 보면 그래도 감정은 살아있는지 한 번 더 보게 되고 가슴도 두근거리고. 인생의 사춘기가 아니라 사추기가 왔는데 아이는커녕 남편도 없고 이대로 살다가 홀로 쓰러지면 누가 도와줄 사람도 없겠구나 하는 생각이 들더라고요. 후우."

아람은 지긋한 심정으로 인생 선배의 신세 한탄을 들어주었다.

"누구한테도 신세 지기 싫어하는 성격인데, 이 나이 먹도록 이런 얘기 할 친구도 없고 거기다 친구들은 결혼해서 지금은 애들 다 키워놓고 놀러 다니거든요. 휴. 내가 보이는 모습이 전부는 아니에요. 고객들한테는 엄청 친절하지만, 개인적으로 다운될 때도 많고."

아람은 거울로 머리를 다듬는 원장의 모습을 보았다. 무표정하고 처진 얼굴은 처음이었다. 손님으로 자신이 본 원장은 늘 웃는 얼굴이거나 때로는 새침하거나 살짝 흘겨보는 혹은 눈꼬리가 올라가면서 궁금해하는 그런 활기찬 모습이었다.

"근데 성구 씨는 내가 그런 모습을 보여도 무척 잘 받아주더군요. 일 때문에 짜증을 내거나, 아무 이유 없이 화를 내도 다 받아주면서 얼굴의 뺨 부분이 슬쩍 붉어진다? 후후, 혹시 나를 좋아하나? 하는 생각을 했죠."

이야기를 이어가는 원장은 꿈에 부푼 표정이었다. 아람이 보고 있는데도 이상하게 원장의 온몸이 부풀어 보였다. 부푼 그 몸이 허공에 붕붕 뜬 것 같은 환상이 보일 정도였다.

역시 사랑의 힘은 대단했다!

아람은 쿡, 웃을 뻔했지만, 놀리는 모습이 되지 않도록 최대한 엄격하고 근엄한 표정을 지으려고 머릿속으로 온갖 진지한 상황을 생각했다. 그러면서 고개를 끄덕였다.

"그 마음 저도 조금은 알 것 같아요."

"그죠? 그래서 지난번에 꽃놀이 갔을 때 모른 척해준 거 고마웠어요. 좀 웃겼죠? 젊은 사람들만 가는 데에 올드미스랑 중년 홀아비랑 손잡고 간 거."

아람의 볼에 슬쩍 홍조가 올랐다. 그날 일이 떠올랐다.

"허허. 모른 척한 게 아니라 그냥 저희도 갈 데가 있어서, 바빠서 간 겁니다."

"그렇구나. 하여간 형사님도 유 대리님만 해바라기처럼 보지 말고 더 나이 들기 전에 동료나 다른 사람들도 쳐다봐요. 내가 좋아하는 것도 좋지만 나를 사랑해 주고 내 고민 들어주고 앞장서서 해결해 주려는 그런 사람이 최고야. 나를 좋아하는지 모르겠으면 나를 보거나 내 얘기를 들어주거나 할 때 볼이 슬쩍 붉어지는지 봐 봐요. 긴장감이나 사랑에 대한 불안 심리가 올 때 뇌에서 그런 신호를 보낸대요. 갱년기 증상 찾아보다 알게 된 오늘의 상식! 호호."

아람은 고개를 크게 주억거리며 동인이를 떠올렸다. 얼굴은 늘 허여멀겋다. 뭘 해도 좀처럼 붉어진 적은 없었는데 마스크로 가려져서 그럴지도 모른다고 위안으로 삼았다.

미용실에서 집으로 돌아온 아람은 미용실 원장님과 카페

사장님의 로맨스와 자신과 동인의 뜨뜻미지근한 친구도 아니고 사귀는 것도 아닌 요상한 사이를 비교해보았다. 이게 연인도 아니고 남사친도 아닌 것이 괜하게 신경만 쓰였다.

이걸 정리해 말아, 확 그냥!

답이 없는 고민을 계속하던 아람은 유튜브 영상 하나를 틀어놓고 눈을 감은 채 조용히 명상했다.

무노동, 많은 재산, 소비는 인간의 삼대 욕구인 수면, 식욕, 성욕의 현대적인 상징적 이미지거나 대가이다.

즉 잠을 설치며 일하고 밥 먹을 돈은 벌지만 사랑은 못 하니 대신 쇼핑몰에서 자잘한 물건들을 사서 욕구를 채운다. 인간은 영원히 자고 싶은 만큼 잘 수도 없고, 돈을 안 벌 수도 없고, 사랑을 원하는 대상과 할 수도 없다. 따라서 그냥 잘 수 있을 때 쪽잠이라도 당직실에서 눈을 붙이고, 회사는 죽을 것 같아도 아침마다 나가야 하고, 사랑 대신 오늘도 레이스 블라우스나 하나 장바구니에 넣으면 된다는 결론이다.

명상을 하던 아람은 깨달음을 얻었다. 슬며시 고개를 끄덕였다.

그래, 현대인의 욕구 충족에 맞게 대충 살면 되는 거지.

인정하고 모든 것을 감내하려던 그때, 갑자기 동인의 전화가 걸려 왔다.

'이놈의 자식, 꼭 이러니 내가 정신을 못 차린단 말이지.

이걸 살려, 말아.'

아람은 폰을 터치했다.

"왜! 유동인. 뭔데! 전화하지 마! 내가 지난번에도 쓸데없는 전화하지 말라고 했지."

"언제?"

"몰라 몰라. 그냥, 하지 마. 나 지금 인생에 있어서 중요한 터닝 포인트야. 인생의! 흥. 넌 모르겠지만."

"아람 아람. 화 좀 내지 말고 이거 봐봐! 내가 링크 하나 보낸다."

링크를 클릭하니 '아름다운 미림문고 서점인 상 수상자 목록'이 나왔다. 목록에는 미림문고 강동점 유동인의 이름이 있었고 밑에 사진을 보니 동인이가 수십 명의 사람 속 한가운데 서서 상을 들고 있었다.

톡이 왔다.

> 아람 형사님, 당신이 무지하게
> 화낸 사람이 가운데에서 아주
> 아름답게~ 상 받고 있습니다.
>
> > 옙, 셀럽 대리님! 알아서 잘 모시
> > 겠습니다. 그나저나 너희 집 초대
> > 어서 해라, 좋게 말할 때!

동인과의 톡은 거기서 끊겼다.

'흐음, 뭐지. 바쁜가?'

이제 동인과 헤어지려는 마당이지만 그래도 동인의 집에는 놀러 가 보고 싶었다. 동인이가 어떻게 살고 있는지도 궁금했지만, 동인의 방이 혹시 미림문고와 다르게 더럽고 후줄근하면 그냥 볼 것도 잴 것도 따질 것도 없이 바로 정리하려 했다.

이틀 후 저녁, 아람은 동인이 상 받은 턱을 낸다기에 미림문고 건물 1층의 콩나물국밥집으로 갔다.

"아람아, 근데 수상 턱치고는 너무 과한 것 같은데. 너무 비싼 거 아냐? 더 좋은 거 사주고 싶었는데 말이지."

동인이 반어법을 쓰며 미안함을 표했다. 아람은 고개를 절레절레 흔들며 만족한다는 듯이 대답했다.

"아니야. 먹고 싶은 거 사주는 게 제일 좋아. 여기 20년도 넘은 맛집이고 내가 먹은 지도 2년 넘는데 거의 똑같은 맛이야. 맨날."

아람은 속으로 나직하게 말했다. '바로 너처럼. 우리 사이처럼.'

동인은 고개를 저었다.

"놉. 똑같은 맛은 아냐. 내가 아는 건 아니고 사장님이랑 주방 이모가 주방에서 '오늘은 콩나물국밥이 잘 됐나 보다.' 하는 말을 들은 적이 있어. 그날 만드는 사람의 컨디션에 따라서도, 같은 재료라도 들어오는 날마다 맛이 달라진대. 물론 냄새도 다르지."

"그래? 쉬운 일은 없겠지만 하여간 이 깍두기나 겉절이 담그는 일부터 참 힘든 일이라고 본다."

"맞는 말이지. 나 예전에 이모가 아무리 마감 날이 다가와도 내 밥은 손수 차려주셨거든. 고등학교 때 야자 마치고 늦게 집에 가도 내가 배고프단 소리를 일절 안 했었어."

동인의 불편 끼치기 싫어하는 성격상 그럴만하다고 여겼다.

"근데 이모가 늘 차려두셨어. 그래서 먹었지. 말은 안 했지만 정말 배고팠거든. 6시에 석식 먹고 학교에서 더 공부하다 오면 왜 그렇게 헛헛했는지. 한창 자랄 때라 그랬나 그런 헛헛함을 먹을 거가 달래준다고나 할까."

"그러니까 난 우리가 밥 차려 먹기 싫어서 다른 일을 한다고 봐. 서로 재능을 나누는 거지. 그걸 생각해 보면 엄마들한테 잘해야 해. 엄마들이 사라지면 그 밥 누가 차려줄 건데."

"야, 엄마만 밥 차리라는 법은 없지. 아빠도 있고. 근데 너 엄마랑 사이 안 좋잖아. 그렇게 많은 밥을 차려주셨는데."

아람이 입을 냅킨으로 닦으면서 답했다.

"말이 그렇다는 거지."

"그렇군. 어렸을 때야 그렇다 치고 지금은 내가 만들어서 내 손으로 차려 먹는데. 넌 맨날 배달이지?"

"엥? 그럼 넌 뭐 해 먹는데?"

콩나물국밥을 뜨던 아람이 물었다.

"뭐 이것저것. 스테이크도 구워 먹고 토마토도 삶아서 껍질 벗겨서 갈아서 주스로 만들어 먹기도 하고. 과일도 먹고 그러지."

"대단하다. 너희 집 구경 가면 집밥 한번 해주라. 아니, 말 나온 김에 동인 탐정네 좀 가보자. 제발. 우리가 동기 사이고 지난 세월이 있는데 왜 집에는 한 번도 안 가봤지?"

동인이 고개를 갸우뚱했다.

"으흠, 왜 꼭 우리 집에 오려는 건데?"

"야, 친구 사이인데 가보면 안 되냐?"

"알았어. 대신 너희 집부터 가보자."

아람은 잠시 집을 떠올려봤다. 며칠 전부터 방바닥에 뒹굴던 수건과 펼쳐진 책들, 급하게 던져 놓은 뱀같이 구불구불한 코드가 그대로 나와 있는 드라이기, 산처럼 쌓인 옷들과 냉장고 안에 존재하는 폐기처분 직전의 음식들. 동인이가 아니라 그 누구라도 절대 집에 오는 건 사절이었다.

"어, 그게 저. 야, 우리 집이야 방 하나인데 뭐 볼 게 있겠어. 넌 가족과 함께 살던 집이니 클 거 아니야?"

"3층이긴 하지."

"뭐어? 유동인 재벌이었네. 저택은 구경해야지. 가자, 이번 주말에. 응? 추리소설에 종종 나오는 귀족 저택 같은 멋진 집 아냐?"

동인은 잠시 생각하다 고개를 흔들었다.

"아, 안 돼. 나 누가 우리 집 오는 거 불편해. 오지 마. 제발."

아람의 눈빛이 빛나면서 이거다 싶었다.

'이 녀석, 집에 못 오게 하는 거가 수상쩍은데 음, 집 구경이 유동인한테는 역린이구먼!'

아람은 집요하게 굴었다.

"동인아, 그러지 말고 제발 좀 구경시켜 줘. 친구 좋다는 게 뭐야. 솔직히 내가 너를 좋, 좋…아한 적도 있지만, 이젠 사심 없음."

아람은 거기서 말을 딱 끊었다. 동인의 눈이 둥그레지면서 아람을 보았다.

"아, 아냐. 그러니 그렇단 말이지."

아람은 동인의 손을 잡고 굽신거렸다.

"동인 님, 대리님, 동인 탐정님. 제발 제발 구경시켜 주세요."

"아, 알았어. 근데 집에 와서 애들처럼 이것저것 만지면 절대 안 되는 걸로."

"네 성격 아는 내가 그나마 낫지 않겠어? 나 말고는 앞으로 아무도 부르지 마."

아람은 동인에게 눈을 흘기면서 씩 웃었다.

3일 후, 드디어 아람은 동인의 집에 과일을 들고 입성할 수 있었다.

고덕동에 있는 3층 단독주택은 정원도 있고, 뭣보다 안으로 들어서자 바로 보이는 대리석 벽난로와 가죽 소파, 그리고 대형 수묵화와 비둘기 조각상 등이 돋보이는 고풍스러운 느낌의 집이었다.

"우와아, 동인이네 회장님 저택인데? 이 과일바구니가 초라하다."

"아람아, 그 머리 좀 묶어줄래? 여기 머리카락 떨어지면 안 돼. 그리고 슬리퍼도 좀 신어줄래? 아람, 아람."

"아, 알았어! 알겠다고. 다 해줄게. 머리 묶고 뭐, 슬리퍼 신으면 되지? 진정, 진정."

손목에 늘 감고 다니는 검은 고무줄로 머리를 질끈 묶은 아람은 신기한 듯이 1층 거실 벽에 걸린 그림들과 조각상을 보았다. 2층으로 올라가서 동인의 드레스 룸에서 동인이가 가지고 있는 액세서리나 의류들도 좀 살펴보고 침실도 몰래 열어보았다.

"우와아아, 저 캐노피 봐. 완전 공주님 방 같다. 잠옷도 반듯하게 개어놓고. 대단하다, 존경해."

"원래는 엄마가 쓰시던 방이라 그래. 내 취향은 아니야. 나와. 얼른 거실로 가자."

"그래도 작업실은 봐야지. 추리작가님이신데. 어디야?"

아람은 반대편 방을 열고 들어갔다. 빼곡히 꽂힌 책으로 가득한 서가에 떡갈나무 책상과 인체공학적으로 설계되어 오래 앉아도 편안함을 자랑하는 의자가 있었다.

"추리소설 대박 많다. 한국 작가는 물론이거니와 미국, 일본, 유럽 쪽도 다 있네. 거기다 법의학이나 과학책들까지. 꺼내 봐도 되지? 여기가 네 작업실이야? 글 쓰는 곳?"

"여기저기서 작업하긴 하지만, 주로 여기서 책 참조도 하고 그러는 편이야."

"그렇구나. 와, 나 이 법과학책들 사서 수사에 참조했는데, 추리작가도 그러는구나."

아람이 책 한 권을 손으로 집어 쑥 빼는데, 동인이 잽싸게 장갑을 건넸다.

"이거 껴. 그, 그건 《최후의 증인》 초판본이야. 그거 구하는 거 보통일 아니었어."

"음, 그렇군. 나 이거 재밌게 봄. 이구. 저 저 구석에 쌓인 책들 좀 봐라. 안 보면 중고 서점에 팔지."

"절대 안 됨. 놉놉. 나중에 유동인 작가 전시관에 도서관처럼 만들려고 보관 중이야. 사실 좀 힘들긴 해. 책이 자꾸 넘쳐나니까."

"꿈도 크다, 넌. 흠, 이건 다니자키 준이치로 시리즈인데? 야한 거? 우후후."

"탐미적 성향의 책이라 탐독했어. 일본 최초 노벨상 수상 후보였는데 사망해서 못 탄 거야."

"노벨문학상? 너도 언젠가 노벨문학상 꿈꾸는 거야?"

"그게 아니라 미스터리적 기법을 배우려고 정독했어. 그렇게 야하지 않고 재밌었는데…."

아람이 책을 원래 자리에 집어넣으려다 서가에 전시된 다스베이더 큐브릭 한 개를 떨어뜨릴 뻔했는데 동인이 몸을 날려 두 손으로 잡았다.

"야! 강아람, 너 이럴 줄 알고 그간 초대 안 한 거야. 아니 할 수가 없었지. 똥손 형사님."

"미안, 미안."

"아람아, 조심조심. 부탁이야."

"쏘리!"

아람은 합장하듯이 손을 맞대고 고개를 연신 숙였다.

아람이 그렇게 대답해도 불안한 듯 동인은 아람의 손을 잡아끌고 서재를 나와 1층 거실로 내려갔다.

동인이 부탁해도 가만히 있을 아람은 아니었다. 지하 주방과 옥상까지도 막 사냥개처럼 돌아다니면서 탐색했다. 옥상에서는 인공 잔디 트랙에서 한 바퀴 뛰어다녀도 보고 저 멀리 그린벨트를 내려다보기도 하면서 한바탕 크게 웃었다.

"너 완전 재벌이었네. 난 거의 원룸에서 원룸으로 돌아다니는 민달팽이인데."

"이거 내 집이 아니라 부모님 집인 거 너 알잖아. 제발 살려줘. 이제 거실에 가서 좀 앉아 있자. 워워."

"알았다고."

옥상에서 거실로 내려와도 서성거리는 아람을 보던 동인은 다시 한 마디 덧붙였다.

"아람아, 제발 좀 앉아주라. 어릴 때부터 나 혼자 방 써 버릇해서 그런지 누가 내 물건 건드리면 질색한다. 불안하고 그래. 지금도 좀…."

"알겠어. 자, 진정해. 아무것도 안 건드릴게. 그럼, 여기 테이블 뒤 소파에 앉는다."

아람은 흥분한 대형견을 진정시키듯이 두 손을 들어 동인의 앞에서 아래로 내리는 제스처를 보이면서 소파에 사뿐히 앉았다.

"이거 집들이 진짜 선물. 과일바구니는 그냥 덤."

"뭐야? 대체."

동인은 포장을 조심스레 풀었다. 금색 모래가 가득 든 모래시계였다.

"정확히 5분 걸린다는데, 잘 모르겠다."

동인은 모래시계를 뒤집어 놓았다. 황금 모래가 싸르르르르 한 알씩 떨어지는데, 찬연한 빛이 시야를 가렸다.

"오오. 멋진데? 흠, 고마워. 내 취향에 딱 맞는 거 같다. 이거 반복해서 엎어놓고 글 써야지."

"얼마나 골랐는데. 히히. 근데 이거 뭐야? 역시 넌 진기한 소품들 참 많아. 너 문구류 코너에서 종일도 쇼핑할 수 있지? 난 모나미 153이면 땡큐인데."

아람은 테이블에 놓인 유리로 된 물건을 들어보았다.

"그, 그건 내가 책 볼 때 쓰는 돋보기."

"예쁘다. 목걸이처럼 뒤에 금줄도 있는데?"

"목에 걸기도 해. 그, 그거 조심해. 비싼 거야. 유리라 금가."

"아, 알았다고. 어? 이건 뭐야? 제본한 거 말이야. 논문이야? 제목이 있네. '비 오는 날의 뜬금없음'."

발바닥에 본드라도 붙여놓은 듯 얼어붙어 꼼짝을 못 하는 동인이었다.

"어?"

"이거 뜬금없음 뭐냐고?"

'얼음'을 외쳤던 동인에게 누군가 와서 '땡'을 해준 것처럼 멈춰 있던 그가 그제야 움직이며 입을 달싹였다.

"그거 한번 읽어볼래? 공모전에 낼 건데."

아람은 배꼽을 잡았다.

"깔깔깔. 이거야? 네가 쓰던 그 공모전 소설이? 쿠하하하."

"그래 그거다, 왜!"

동인은 아람의 손에서 제본된 책을 홱 잡아당겨 뺏었다.

배를 잡고 웃던 아람이 미안한 표정으로 그제야 웃음을 멈추더니 동인에게 사정했다.

"아, 미안 미안. 내가 읽어보고 혹시라도 고칠 점이 있으면 말해줄게. 지금 바로 볼까? 너도 알지만 내가 또 독자로서 한 추리소설 하잖아. 제발 부탁해요. 읽어보고 싶다고."

동인은 안절부절못했다. 그런 동인을 보던 아람은 급 궁금증이 생긴 듯 동인에게 질문을 던졌다.

"유동인, 오늘따라 이상한데? 너 왜 몸을 비비 꼬고 그래. 형사로서 직감인데 수사기법으로 들어가자면, 너 뭔가 지금 어색하고 그렇지?"

동인의 얼굴이 굳었다.

"설마, 오늘따라 쓸데없이 말이 많은 건 너와 나 둘이서 집에 있는 상황이 못내 힘겨운 건 아니겠지? 그렇지? 우린 친구잖아. 응?"

동인은 아무 말도 안 하고 시선을 회피하다 갑자기 어깨를 들썩이면서 푸넘했다.

"아, 그거야 내 작품 네가 읽는다니 놀릴까 그런 거지. 작품성 형편없다고 생각할까 싶기도 하고."

아람은 동인을 날카롭게 살피다 고개를 끄덕였다.

"오키, 근데 너 추리작가는 왜 하고 싶은 거야?"

"음, 너무 쓰고 싶으니까."

"추리작가 되면 돈 많이 벌어?"

"아니. 돈이야 웹소설을 써야 많이 벌지. 책 소비자가 많이 줄었잖아. 그래도 OTT나 방송사에 드라마나 영화로 팔리면 원작 판권료도 꽤 받고, 책도 많이 팔린다나 뭐라나."

동인의 대답을 들은 아람이 정색하며 동인과 시선을 맞췄다.

"유동인. 너 그렇게 안 봤는데 말이야 문학 이야기하면 주제 의식을 먼저 고려하는 추리작가가 되어야지 판권이나 팔고 돈돈돈돈돈 얘기하는데, 누가 너를 등단시켜 주겠냐?"

"그런가?"

동인은 약간 삐진 얼굴이다. 그런데도 아람은 아랑곳하지 않고 계속 따박따박 이야기를 이어갔다.

"봐봐, 봉준호 감독의 《기생충》이 돈을 밝혀 잘 된 거야? 그게 아니라 한국적인 특수 상황을 영상으로 담아 전 세계적으로 납득을 시켜 상을 받고 그런 거 아냐. 결과적으로 대박이 난 거지만."

"아, 알았어."

아람은 동인이 풀죽은 얼굴이 되자 덧붙였다.

"야, 너한테 이렇게 쓴소리해 주는 사람은 나밖에 없다는 것만 알아 둬. 알았지? 어? 여기 주식 책은 뭐냐? 너 주식 해?"

"안 해. 소설에 주식 컨셉을 좀 넣어 볼까 하고 산 거야. 난 소설 써서 내 오리지널 지식재산권만 가지고 승부 볼 거야."

"알았어. 하지만 진짜 너무 돈돈돈돈돈 하면 정말 될 일도 안 된다. 그나저나 나도 너 작품에 투자나 할까나? 돈 벌게."

동인은 입으로 바람을 뿜으면서 대꾸했다.

"네가 더 돈 밝히네."

"아니. 내 말은 네가 작품으로 돈을 벌 수 있다기에 해본 말이지, 뭐."

아람은 혹시 유동인과 결혼하면 유명작가의 아내가 되는 건가 하는 생각을 아주 짧게나마 딱 1초간 해봤다.

'가만있자, 히가시노 게이고의 수입이 얼마라던데?'

아람은 선심 쓰듯 말했다.

"일단 읽고 평가해줄게."

동인이 덜덜 떨면서 조심스레 제안했다.

"그럼 읽어보고 말해줄래? 이 작품을 다른 사람이 읽는 건 네가 처음이야."

아람이 실눈을 뜨고 형사의 시선으로 동인을 위아래로 살피면서 물었다.

"너, 또 긴장하는 거 같은데. 난 가끔 우리가 만나면 너무나 대화가 끊이지 않는 게 이상하다는 생각 하긴 했는데, 유동인 설마 너 어색해서 말 많이 하는 거 아니지? 회사에서는 조용한 것 같던데. 하여튼 집중해볼 테니 잔잔한 음악 틀어. 참고로 난 발라드 팝송이 집중에 좋다. 알지, 카페에서 나오는 듯한 거로."

동인은 뭔가 굳은 얼굴로 침묵하다 음악을 틀었다. 조용한 분위기의 팝송이 흘러나왔다. 달콤한 음악이 귀에 다가왔다.

아람은 어디 앉을 데 없나 일단 주변을 살폈다.

"일단 지금부터 모니터링에 집중할 테니, 대신 커피 좀 내와."

"응."

아람은 제본된 책을 집어 들고 거실 소파에 몸을 파묻었다.

"밤이 되니 살짝 쌀쌀한데."

아람의 말에 동인은 커피를 내려놓고 부리나케 아람의 앞으로 달려갔다.

"그래? 그럼 오랜만에 페치카에 불을 좀 피워볼까? 너무 안 써도 고장 나면 안 되니까 습기 때문에라도 한번 때는 게 좋겠다. 연기가 조금 나도 괜찮지?"

"노 프라블럼. 오랜만에 불 보면서 멍때리는 불멍도 좋지, 뭐. 때 봐. 그리고 음량 하나 낮춰. 독서에 집중해볼게."

"알았습니다. 옛설. 강 형사님."

아람은 순식간에 갑을 관계가 바뀐 걸 느끼면서 작품 모니터링에 동인이 사활을 건다는 생각이 들었다.

지하로 내려간 동인은 통나무를 들고 올라왔다. 그리고 통나무를 난로 안에 넣고 토치로 불을 붙였다. 환풍기를 작동시키니까 연기가 위로 올라가 빠지면서 장작 타는 소리와 그윽한 나무 냄새가 풍겼다.

"오, 작가 집 분위기 나는데. 음악도 너무 좋다. 이 음악 무슨 차트야?"

"아, 아니 그냥 듣는 거."

"음악이 너무 달달한데, 너 설마 '키스하기 좋은 음악들' 이런 거 유튜브서 재생하는 건 아닐까 싶다. 유동인의 빅 픽처 아냐?"

"뭐라고? 키…스?"

"아, 아냐. 암것도."

동인의 얼굴이 난처해졌다. 갑자기 두 손을 들고 어쩔 줄 몰라 했다.

아람은 제본 책을 들고 미동도 없이 소파에 몸을 묻은 채 누웠다 일어났다 하면서도 손에서 책을 놓지 않았다. 동인이 조용히 핸드드립으로 커피를 내려서 아람의 잔에 리필해도 여전히 시선은 책에 꽂혀 있다.

동인은 초조한 마음으로 아람이 소파에 누워 한 손으로는 책을, 다른 손으로는 뒤통수를 받친 걸 보면서 경건하게 기다렸다. 무릎을 꿇기도 하고 두 손을 기도하듯이 모으고 무언가를 간절히 바라는 얼굴이었다.

1시간 후, 아람은 동인의 작품을 다 읽었다.

"이거 어디 낼 건데?"

"《계간 미스터리》. 추리작가협회에 가입하고 싶어서."

"흐음, 그게 말이지. 동인아."

"응?"

"냉철하게 말해줄게."

"그, 그래. 부탁이야. 어때?"

"너 여기 몇 번 떨어졌어?"

잠시 뜸을 들이며 곰곰이 생각하던 동인이 대답했다.

"작년부터 네 번."

"그럼 이번에 되겠다."

긴장하고 있던 동인의 양 입꼬리가 활짝 들려 올라가면서 반달눈이 되었다.

그런 동인이를 바라보던 아람은 궁금했다. 동인이가 과연 저렇게 활짝 웃은 게 몇 번이나 될까? 우담바라보다 더 보기 힘들다는 유동인의 함박웃음이다. 입꼬리가 하늘 높이 들린.

"정말? 진짜?"

"응, 될 것 같아. 왜냐면 재밌으니까. 솔직히 처음에 봤을 때 제목은 좀 별로라 생각했지만 그게 반전이 되는 서술적 트릭이니 어울려. 될 거 같은데?"

"우와와와와, 아람아!"

혼자서 손뼉을 치던 동인은 아람을 확 껴안았다. 동인의 품에 쏙 파묻혀 버린 아람은 놀란 눈으로 손에 든 책을 떨어뜨릴 뻔했다.

"고마워. 만약 되면 진짜 한턱 세게 낼게."

동인은 기쁨에 겨워 아람의 뺨에 쪽 소리를 내며 뽀뽀했다. 아람은 순간 몸이 굳었다.

아, 이거 뭐야? 동인과 첫 키스인가?

아니지. 입술도 아니고 뺨이잖아. 이런 건 키스라고 할 수 없어.

안 돼!!! 이런 식으로 유야무야 넘어갈 수는 없어. 제대로 된 키스를 원한다고.

지금이 절호의 찬스라는 걸 직감적으로 알아차린 아람은 관심 없는 척, 그러면서도 속에서는 이번 기회를 놓치면 다음은 없다는 절박한 심정으로 동인에게 말을 했다.

"그런데 소설 속에 나오는 라스트 키스신은 좀. 그거 아니다 싶은데. 너무 비현실적이더라고. 고치는 게 좋을 것 같은데. 이리 와봐. 우리가 직접 시험해보자."

무슨 말이냐면서 펄쩍 뛸 것 같았던 동인은 기쁨에 들떴는지, 시험해 보자는 말에 납득했는지 아람의 말에 별다른 토를 달지 않았다. 동인의 팔을 잡았다. 잡은 팔을 살짝 끌어당겼다. 마주 본 서로의 얼굴 사이가 30센티미터, 10센티미터, 5센티미터로 점점 가까워졌다.

손으로 잡은 동인의 팔에 힘이 들어가면서 그의 몸이 목석처럼 굳는 걸 느끼며 아람은 눈을 감았다.

아람과 동인의 입술이 천천히 닿았다.

짧지만 강렬하고 짜릿한 키스.

영원처럼 느껴지는 첫 키스.

절대 떨어지고 싶지 않았던 서로의 입술은 타다닷 하고 들리는 장작 타는 소리에 놀라 떨어졌다. 아람과 동인의 감았던 눈이 동시에 크게 떠졌고 아람이 겁에 질린 소리로 외쳤다.

"이거 혹시 불, 불나는 거 아냐?"

절대 그럴 리 없다는 확신의 표정으로 동인이 고개를 저었다.

"우리 다시 해보자. 이 모래시계 다 내려갈 때까지."

귓가에 대고 부드럽고 나직한 목소리로 소곤거리는 동인의 제안에 아람이 고개를 끄덕였다. 아람이 선물로 가지고 온 모래시계를 돌려놓은 동인이 아람을 그윽하게 바라보았다. 다시 그들의 입술이 1센티미터, 0.5센티미터, 0.0센티미터로 가까워지며 둘은 느긋하게, 하지만 아까보다는 조금은 더 격정적으로 키스했다.

치트 코드의 《Hate You+Love You>가 흘러나왔다. 아람은 노래 가사가 지금 동인과 자신의 사이에 딱 맞는다는 생각이 들었다. 밉고도 좋아하는 사이.

사실 이 키스 계획은 아람이 그동안 사랑에 대해 고심한바 세운 계획이었다. 친구의 충고나 중년 부인들의 사교 모임에서 배운 거 등등 종합적 상황을 고려해서 큰 그림을 그려 실행한 거였다.

동인의 사적 영역을 침범해 들어가 마음을 불편하게 하면서, 단둘이 있는 어색한 상황에서 조용한 분위기의 음악을 틀게 하고, '키스'라는 단어를 말해 암시를 걸고, 그에게 지금 긴장하느냐고 은근히 밀어붙이면서 아슬아슬한 상황을 연출

한다. 그러면 동인의 성격상 어쩔 수 없이, 일단 하게 만드는 것이다.

키스를!

심리학을 전공한 형사로서의 행동에 정말 어울리는 게 아닐까 싶지만 동인에게는 영원히 비밀이다. 그가 설계에 걸렸다는 것이.

키스하면서도 찰나에 생각할 건 다 챙겨서 하는 아람. 미워서 정리하려고 했던 마음을 접고 조금은 이 녀석이 마음속에 들어올 공간을 다시금 마련해줄까 생각하며 눈을 살포시 감았다.

작가의 말

《서점 탐정 유동인》 더 비기닝에 보여주신 독자분들의 사랑에 강아람과 유동인의 활약이 돋보이는 《서점 탐정 유동인 2》 리턴즈로 보답하게 되었습니다.

리턴즈는 더 비기닝과는 다르게 가을부터 겨울 그리고 봄, 여름에 이르는 사건들의 추리와 두 탐정의 감정 흐름을 잡아보았습니다. 어디로 튈지 모르는 두 명의 30대 청년들을 따라다니는 제가 숨 가빴지만, 너무도 즐거운 여정이기도 했습니다.

게다가 청년들의 문화에서 재미있게 생각했던 부분을 사건과 대사에 녹이면 참 재미있는 작업이 되기도 합니다.

서점의 MD들을 보고 시작했던 작품의 주인공들이 이제는 스스로 살아 움직여 제 생각보다 더 높은 텐션으로 움직이는 신기한 경험을 했습니다.

늘 그렇듯, 유동인과 강아람으로 즐거웠던 집필 과정이었 습니다.

어떤 독자들은 작가가 어떤 주인공에게 감정이입을 하는지 궁금해합니다. 저는 유동인의 눈으로 사건을 보기도 하고, 강 아람의 마음으로 친구인 동인이를 바라보기도 합니다. 그리 고 범인의 눈으로 보고, 보조 캐릭터들의 마음속으로 들어가 보기도 합니다. 그렇게 제가 겪은 경험이나 들은 이야기, 읽 었던 책의 내용 등 여러 다양한 재료들이 쏙쏙 녹아 들어가 게 됩니다.

모쪼록 독자분들도 저의 이야기에 흠뻑 빠져 같이 사건을 조사하고 경험하시기를 권해드립니다.

종이 질과 가공에 대해 알려주신 한솔제지 양종명 님께 감 사드립니다. 몽실북스의 주연지 대표님, 박영심 편집자님과 허은정 마케터님께도 감사드립니다.

언제든 제가 추리 월드 초대장을 보내드리면 어디서도 귀한 발걸음 주시기를 바라면서 이만 마칩니다.

책을 통한 여행을 같이 떠납시다~.^^

2022년 겨울 초입
김재희 드림

서점 탐정 유동인 2 리턴즈

1판 1쇄 인쇄 2022년 11월 23일
1판 1쇄 발행 2022년 11월 30일

지은이 · 김재희
발행인 · 주연지

편집인 · 석창진 **편집** · 박영심
디자인 · 김지영 **일러스트** · 백진연 이찬영
마케팅 · 허은정

펴낸곳 · 몽실북스 **출판등록** · 2015년 5월 20일(제2015 − 000025호)
주소 · 서울 관악구 난향7길 52
전화 · 02−592−8969 **팩스** · 02−6008−8970
이메일 · mongsilbooks@naver.com
네이버 포스트 · post.naver.com/mongsilbooks_kr
인스타그램 · instagram.com/mongsilbooks

ISBN 979−11−89178−70−3 (03810)

몽실북스에서는 작가님들의 원고를 기다리고 있습니다. 자신만의 이야기를 책으로 만들고 싶다 하시면 언제든지 mongsilbooks@naver.com으로 연락처와 함께 기획안을 보내주세요. 몽실몽실하게 기대하며 기다리겠습니다.